新潮文庫

わたし、定時で帰ります。3

仁義なき賃上げ闘争編

新潮社版

11820

目次

わたし、定時で帰ります。3

仁義なき賃上げ闘争編

第一章 もっと働きたい部下

自分はもっと働きたいのだ、とその若い部下は主張する。毎日十八時ぴったりに本《ほん》間《ま》誠志《まさし》は上司である東山結衣《ひがしやまゆい》の席まで尋ねに来る。

「今日も残業申請しちゃだめすか？」

「だめです」結衣はノートPCをパタンと閉じながら言う。

「えー！ もっと働かせてくださいよー！」

昨日も同じやりとりをした。不毛だと思いながらノートPCを鞄《かばん》に入れる。

「頼んでる工数計算書、そんな時間かかんないよね。あの規模の案件だったら三時間くらいでできるでしょ」

「もちろんす！」本間は親指を立ててから、わざとらしく脱力してみせる。「――なわけないじゃないですかっ！ そんな短時間じゃできません。まだまだこれからっす！」

テンションが高い。この前入ったラーメン屋がこんな感じだった。

「やり方に問題があるんだと思う。明日見せて。一緒に考えよう」

「いや大丈夫っす。あとちょっと残業すれば終わるんすよ！　残業させてください！」

「だから残業はだめだってば」結衣は腕時計に目をやる。もう十八時五分だ。「おっと、ぐずぐずしてるとハッピーアワーが終わっちゃう。もう出なきゃ」

ネットヒーローズ株式会社はウェブサイトやSNSやアプリなど、企業のデジタル方面におけるマーケティング活動の支援やコンサルティングを主な業務としている。創業は十三年前で、社員は去年から急激に増えて四百名余。成長著しい会社だ。大きなオフィスビルのワンフロアを借りていたが、スペースが足りなくなり先月からもうワンフロア増えた。

かなり上階にあるため、順調にいっても外に出るまでに十分はかかる。行きつけの上海《シャンハイ》飯店のハッピーアワーは十八時半までだ。

「まだ話終わってないっす！」

しつこいな。椅子《いす》をデスク側に押しながら結衣は、本間を煙《けむ》に巻くための話題を探す。

「最近、ジョッキを空にするのに時間がかかるんだよね。もう若くはないってことかな。死ぬまでにあと何杯飲めるんだろう……などと最近思ったりします。お先！」

慌《あわ》ただしく制作部を出ようとする結衣を見て、

「東山さんが帰るってことは、もう定時だ」

立ち上がったのは、今年入社したばかりの野沢花《のざわはな》である。

「残業時間は月二十時間まで。超過はダメですよー。東山さんの評価に響いちゃうので」

手をメガホンにして呼びかけている。今月から彼女はそういう係になったのだ。他のメンバーたちは「うわ、こんな時間」「疲れた」と言い合って体を伸ばす。

「そ、人事に怒られるのは私なのでみんな帰ってね。仕事が終わってなくても帰って」

そう言い残し、社員証をカードリーダーにかざして廊下に出る。エレベーターホールの「↓」を押し、なんとか間に合いそうだと思っているところに、本間が追って来た。

「定時で帰りたい東山さんと違って、俺は残業したいんですよ！」

本間は入社三年目で、二十五歳。新しく結衣のチームに配属された社員だ。平のデイレクターで、二週間前まで仙台支店にいた。

ネットヒーローズには支店が二箇所ある。十一年前にできた仙台支店と、八年前にできた金沢支店だ。どちらも営業拠点ではなく制作のみを行う拠点だった。本社の制作チームが受注した案件のうち、本社でさばききれない案件を支店が引き受け、現地採用した若い社員たちが作業にあたることになっている。本間もその一人だった。

その本間が急に本社で働くことになった。

配属されたのは結衣たちのチームである。マネジャー代理というポジションにいる以上、言うべきことは言わなければ。結衣は振り返る。

「あのね、残業っていうのはやむにやまれぬ状況でやるものなの。やりたいからって勝手にやっちゃだめなの。とにかく今日は定時で帰ってください」

結衣はこの会社で、どんな時も定時で帰る生活を貫いている。そうしようと決めて就職活動をし、ネットヒーローズに出会った。

創業した当時、この会社には定時がなかったらしい。だが十一年前、創業メンバーが一人倒れた事件をきっかけに、働き方の改革がなされ、定時で帰ることを推奨するようになった。結衣が入社面接に訪れたのはちょうどその改革の真っ最中だったらしい。

しかし、残業する社員はその後も減らず、部下に無理な残業を強いる上司もいた。その一人、前マネジャーの福永清次《ふくながせいじ》と闘った結衣が過労で倒れたのは昨年度末のことだ。

事態を重く見た社長はさらなる改革を行い、今年度より残業は月二十時間以内に収めなければならなくなった。

それは何度も説明した。だが本間は右から左に流している。彼の今月の残業時間はすでに十九時間に到達しているが、あと一時間くらいよいではないか、というのが本間の主張で、必要もないのに認められないというのが結衣の答えだ。

「だいたい、どうしていつも十八時を過ぎてから相談に来るの？」

エレベーター、早く来い。結衣は階数表示を睨《にら》みながら言う。

「定時を過ぎたら上司にだってプライベートってものがあるんだよ」

「って言っても、ビール飲むだけっすよね？」

それの何が悪いのだ。結衣は言った。

「今日はビールだけじゃないんです。大事な予定があるんです」

「それ、仕事よりも大事なことですか？」

「仕事は終わってます」結衣はやっと扉の開いたエレベーターに飛び込む。「じゃあ、本間さんも帰って、ゆっくり休んでね」

「いや、自分はまだまだやれるんす！」

狭まっていく扉の間から本間が必死に叫ぶのが見えた。

「もっともっともっと働きたいんす！　残業させてくださいよ東山さああああああん！」

扉が完全に閉まる。よし、なんとか振り切った。

エレベーターは結衣と同じく仕事終わりの雰囲気をまとった同僚で満員だった。前はこんなに混んでいなかった。この半年で定時退社する社員が一気に増えたのだ。

地上に着くと腕時計に目をやりながら走り出す。十八時十五分。交差点で止まり、信号が青に変わるのをジリジリ待ちながら、間に合うかな、と結衣はつぶやく。本間にも言ったが、今日はビールを飲むだけではない。大事な約束がある。

二週間ぶりに種田《たねだ》晃太郎《こうたろう》が帰ってくるのだ。


上海飯店は会社から五分ほど歩いた雑居ビルの地下にある。

薄暗い階段を下りていくと「福」という文字が逆さにベタ貼《は》ってあるガラス戸があらわれる。「倒福」といって福を招くための中国のおまじないだそうだ。

ここで十八時過ぎに待ち合わせしようと約束している。

種田晃太郎は今年で三十六歳。結衣と同じくネットヒーローズの社員である。まだ別会社にいた頃に一度、結衣と婚約している。だが、働き方の違いからすれ違いが起きて婚約は破棄。その後、この会社に転職してきて同じ制作部に配属され、同僚として過ごした後に復縁した。本当にいろいろあった。

だが、それも今日で終わりだ。ハッピーエンドに向かって結衣はガラス戸を押す。

「来てる？　来てるよね」

店主の王丹《ワンタン》がこちらを向いた。髪をゆるく一つに結び、黒いエプロンをした彼女が顎《あご》でカウンターを指す。そこへ向かって結衣は呼びかける。

「晃太郎！　よかったー。約束どおり帰ってきてくれて嬉《うれ》し……」

そこまで言いかけて眉根《まゆね》を寄せる。そこに座っていたのは晃太郎ではなかった。

「おほほ、プライベートでは、晃太郎などと呼んでおられるのですね」

恥ずかしそうにこちらを向いたのはぷっくりした小柄な若者だ。

「甘露寺《かんろじ》くん、なぜあなたがここに？」

甘露寺勝《まさる》は結衣が教育している新人の一人だった。大学浪人と就職浪人を一年ずつ経て、今年の四月に入社した二十四歳だ。二週間前から仙台支店に出張中の晃太郎に随行している。

「お二人が復縁されたということは仙台で伺いましたが、なんだか照れますなー」

社内の人にはまだ話さないでと晃太郎には言ったはずだ。よりによってなぜ甘露寺に話す。

「そっか、甘露寺くんも一緒に帰ってきたのか。で、こうた……種田さんはどこ？」

「仙台です」

「えっ」結衣は目を見開く。「出張は今日までだったよね？」

「そうなのですが、納品後にクレームが来て引き止められてしまったのです」

「えええ、でも対応終わったら新幹線に乗れるよね。今日中には帰れるよね？」

「いやあ、そんな呑気《のんき》な雰囲気ではなかったですよ。今夜は徹夜ではないですかね。他にも何か早口で言ってましたが、母から頼まれた牛たんジャーキーを買って帰らねばという使命で頭がいっぱいで、聞き逃しました」

甘露寺はこういう奴《やつ》だ。まともに伝言役を務められたことがない。そんな新人に伝言を頼まなければならないほど、事態は逼迫《ひっぱく》しているということだろう。だが、

「よりによってこんな大事な日にクレーム」

結衣はカウンターの椅子に崩れるように座った。

仙台支店にはベテランのサブマネジャーが何人もいる。彼らが対応すればいいではないか。なぜ出張中の晃太郎が対応しなければならないのだ。力が抜けて手を挙げる。

「王丹、ビール」

「だからよりを戻すなと言ったのに」と言い捨てて王丹は奥に入っていく。

「あのう」甘露寺が探るように言う。「大事な日とは？　師匠の誕生日とかですか」

師匠というのは結衣のことだ。なぜか甘露寺にはそう呼ばれている。

「ああ、うん、実はそうなの。でもクレームが入ったならしょうがないね。……しょうがない」

晃太郎にしか対応できない事態だったのだろう。そう自分に言い聞かせる。

「なんとまあ、会社員の鑑《かがみ》よ……」甘露寺はしみじみしている。「前回の破局は、種田氏が仕事中毒で、ご両親との顔合わせに現れなかったのがきっかけと聞いておりますが、今回は怒らないのですね。困難を乗り越えて相互理解に至ったのですね。すばらしい！」

「まあ、私も今日で三十三歳だしね。大人にならないとね」

「ならばよかった」甘露寺は胸を押さえている。「誕生日に入籍する予定だった――とかだったらどうしようと思いましたよ！　彼女の誕生日を結婚記念日にする。盛り上がってるカップルはやりがちじゃないですか。その約束をまたもや仕事ですっぽかされたとあらば、その結婚ちょっと待った、と申し上げるところでしたよオホホ」

あ、と結衣が口を開きかけた時、店に常連のおじさんたちがなだれこんできた。

「結衣ちゃん、この度はほんっとにおめでとう！」

「彼女の誕生日に入籍しようなんて晃太郎くんもロマンチックなとこあるね。これから二人で区役所の駅前出張所に行くんだよね？　証人欄にバッチリサインしておいたから」

いつも餃子《ぎょうざ》を食べているおじさんが婚姻届を広げて差し出してくる。

「あっ、えっと、わたくし、母がゴハンを作って待っているのでした」

甘露寺が椅子から滑り降りた。自分の伝票を結衣の方へ押しやると、すばやく店外へ走り去っていく。そこへ王丹がビールを運んできて、結衣の前にドンと置いた。

「飲みな」

それを見て、おじさんたちが「おっ」と盛り上がる。

「晃太郎くんはまだ来てないみたいだけど、先に乾杯しちゃおうか。俺は紹興酒にして」

「あの！」結衣は声を張り上げる。「祝福ムードの中まことに言いづらいのですが」

そこまで言った時、怒りが湧《わ》いてきた。

（あの馬鹿《ばか》）

目の前のジョッキを持ち上げる。氷のように冷たいビールを喉《のど》の奥に無理やり流しこんで、ジョッキを乱暴にテーブルに置く。

「晃太郎は来ません。以上、報告終わり。王丹お代わり」

「えっ、来ないってなんで？」

「クレームが発生して、まだ仙台だそうで」

「……そう、それは、なんと言えばいいのか」餃子のおじさんが時計を見上げる。

「でもさ、時間外窓口に出すんでしょ？　今日中に帰ってくれれば可能なんじゃない？」

「今夜は徹夜のようで。だから今日出しに行くのは無理です。せっかく来ていただいたのにすみません。お詫《わ》びにおごります。今夜は飲み明かしましょう。王丹、ビールまだ？」

自分の声が失望で尖《とが》っているのがわかる。

おじさんたちは顔を見合わせた。それぞれ溜息《ためいき》をつきながら席に着く。「まあまあ」と餃子のおじさんが言う。

「晃太郎くんも忸怩《じくじ》たる思いだろうよ」

「さあどうだろ。仕事のスイッチが入ったら、プライベートなんか頭から吹っ飛んじゃう人ですからね。王丹、ビールは？」

ちょうどそこへ来た王丹の手からジョッキを奪って口をつける。

「あっそれ俺の」と言う辛いもの好きおじさんを、餃子のおじさんが止める。

「まあガッカリするのも無理ないか。晃太郎くんが出張を命じられたのって、よりを戻したその日だっけ？　恋人らしい時間ほとんどなかったってことだよねえ」

そうですよ、と二杯目のビールも飲み干してから、結衣は言った。

「デートもせず、話もろくにせずに、晃太郎は仙台に行っちゃったんです」

二人がよりを戻したのは二週間前の土曜日である。

新興スポーツウェアメーカーであるフォースのコンペが終わった直後のことだった。パワハラ体質のクライアントと二ヶ月渡り合った結衣は、ビールも喉を通らないほど疲弊していた。

その結衣を、会社の近くにある分譲マンションに晃太郎は連れて行った。

買った、とあの男は言った。

泥酔《でいすい》した結衣に、よりを戻したいならマンションを買え、と言われたのを真に受けて本当に買ってしまったのだという。中古だが、築浅で、ローンは三十五年。ここに一緒に住もうと晃太郎は提案してきた。さすがに毎日定時で帰るのは無理だが、ここなら会社が近い。帰れと言われたらすぐ帰って来られる。そう言ったのだ。買ってしまう前に一言相談してほしかった。普通はそれくらいするのではないだろうか。

だが、晃太郎のその言葉を聞いた後に飲んだビールは美味《おい》しかった。黄金の液体が胃に浸みこんでいき、体中がパチパチと発泡した。

それが答えだと思った。結衣は自分からプロポーズした。

——種田晃太郎さん。私と結婚してください。

しばらく無言で結衣を抱きしめた後、晃太郎は耳元で「いい？」と言った。

初めてした時もこう訊《き》かれた。そう思い出しながらうなずくと、晃太郎は手を伸ばしてきた。親指で結衣の口に触れると顔を近づけてくる。

「ちょっと待った」

緊張に耐えられなくなって、結衣は晃太郎の胸を押し返した。

「やっぱ無理だ。いきなりすぎる」

「は？　なんで」晃太郎が声を低くする。

三年前までつきあっていたとはいえ、昨日までただの同僚だったのだ。復縁したからといって、急に恋愛関係には戻れない。まずは映画を観《み》るとか、ご飯を一緒に食べるとかして、ゆっくり恋人に戻りたい。そう言おうとしているところに、晃太郎のスマートフォンが鳴った。反射的に画面に目がいく。「グロだ」

グロこと、石黒良久《いしぐろよしひさ》は、ネットヒーローズの管理部ゼネラルマネジャーだ。

「出たら」と結衣は言って、ついでに晃太郎の腕から逃れる。「フォースのコンペに勝ったって話を聞きつけたのかも。それで役員会が動いたのかもしれない」

ネットヒーローズの役員たちは裁量労働制を導入しようと動いている。社員を定時に帰らせて利益が出るわけがない、というのが彼らの主張らしい。定時をなくすことに反対の社長の灰原忍《はいばらしのぶ》は彼らと対立していた。

灰原を勝たせたい石黒は、結衣にプレッシャーをかけた。

——非管理職の残業を月二十時間以内に抑えて、なおかつ売上は一億五千万！

その期待に応《こた》え、結衣はチームメンバーとともに総額一億五千万円もの案件を受注した。定時で帰っても利益が出せるということを証明してみせたのだ。

「裁量労働制にならずにすみそう？」

晃太郎が石黒との電話を終えると、結衣は尋ねた。

「うん、営業から社長にコンペに勝ったって報告がいったらしくて、その件は保留になったらしい。電話はそれとは別件で……ちょっと出てこいって」

「今から？」

「会社のビルのパスタ屋で飯食ってるって。行ってきていい？　すぐ戻る」

いいけど、と結衣は首を傾《かし》げた。石黒は効率重視の男だ。意味もなく休日に部下を呼び出したりはしない。悪い話でないといいけど、と不安が胸に兆《きざ》す。

晃太郎が出て行った後、メールアプリを開いた。フォースのコンペに勝った旨《むね》を書いてメンバーに送信する。今日は休日だが、こればかりはみんなすぐに知りたいだろう。

窓から湾岸地域のビル群を眺めながら時間を潰《つぶ》す。梅雨入りしたばかりで空は灰色だ。

帰ってきたら晃太郎と出かけよう。映画を観に行くのもいいし、昔一緒に行った横浜中華街にご飯を食べに行くのもいい。行きたい場所を検索しながら帰りを待っていると、晃太郎は思ったより早く帰ってきた。リビングに入ってくるなり言う。

「月曜から仙台に出張しろって言われた」

「仙台って、仙台支店ってこと？」結衣は拍子抜けした。「なーんだ、そんなことならメールで言えばいいのにね。じゃ、デニー証券のミーティングは火曜にリスケしよう。それで考えたんだけどこれから映画でも――」

「火曜には帰れない」晃太郎は首を横に振った。「二週間って話だ」

二週間、とつぶやいた結衣の前に腰を下ろし、晃太郎は真面目《まじめ》な顔になった。

「仙台支店が派手に燃えてるらしい。本社から受注した案件が遅れに遅れて、つまり炎上だな。それを二週間で鎮《しず》めて来いと言われた」

どんなに燃え盛っている案件でも、種田晃太郎が出てくれれば鎮火する。社内ではそう言われている。だが……。結衣は心配になって言った。

「星印工場の案件以来ろくに休んでないじゃん。フォースのコンペのためにゴールデンウィークも土日も返上で準備してたでしょ。どうして晃太郎が行かなきゃいけないの」

「心配しなくても、仙台にいても本社の仕事はきっちりやるから」

「そうやって仕事を抱えこむとこが危ないんでしょ」

仕事ができる晃太郎のもとには仕事が集まってくる。それを仕事中毒のこの男は際限なく引き受けてしまう。また無理をするつもりなのか、と思った時、晃太郎が言った。

「帰ってきたらマネジャーに復帰させると言われた」

「グロがそんなことを」

晃太郎が降格させられたのはフォースのコンペの最中だ。部下にパワハラを訴えられたからというのが表向きの理由だが、実のところは結衣をフォースから守るためだった。

「過失があっての降格ではないとはいえ、復帰させるためには表向きの理由が必要だ。仙台支店の炎上を鎮めたという実績がいる。そう言われた。俺が行かなきゃダメなんだ」

それを聞いて反対はできない。

「……二週間か。長いな」

結衣がそう言うと、晃太郎は表情を和らげた。

「二週間後の金曜日は結衣の誕生日だろ？　その日には必ず帰るから、一緒に区役所に行って婚姻届を出そう」

前つきあっていた時、晃太郎は約束をすることを嫌がった。急な仕事が入るかもしれない。それが口癖だった。その晃太郎が自分から約束をしようとしている。

「わかった」と素直に答えたのは、その変化を信じようと思ったからだ。

「炎上してるんだったら、途中で一時帰宅とかもできないだろうね。一緒にいられるのはこの土日だけだね」

「今夜は俺は寝ない。結衣も覚悟しろよ」晃太郎は真顔で言った。

「……うん」また緊張してきた。デートしたいなどと悠長なことを言っている場合ではないかもしれない。しばらく会えないのだから、すぐに恋人モードに戻らなければ。

覚悟を決めて結衣はうなずいた。

「わかった、この際、晃太郎のしたいことをしよう」

「協力的でありがたい」と晃太郎の視線が向かったのはスマートフォンだった。「では今から新生活構築プロジェクトにおけるタスクを優先順位の高い順に言います」

「え？　……何プロジェクト？」

「一緒に住むことに同意しただろ。ここへ帰る途中でこの土日にやることをリストアップしてきた。……まず両家両親に挨拶《あいさつ》。家電、家具、カーテンの購入と設置。水道と電気とガスは開通済みだからルーターの設置とWi-Fi環境の整備。アレクサも買おう。で、夕飯食いながら管理会社の連絡先等の情報共有をするためのミーティングもやろう」

「ちょっ、ちょっと待って、それ今日明日でやる必要ある？　アレクサ要《い》る？」

「今日明日じゃない。今挙げたのは今日中に終わらせるタスクだ。アレクサは要る」

「全部、晃太郎が帰ってきてからでよくない？」

「よし、レンタカーの予約取れた。車とってくるから、まず実家行こう」

スイッチが入るとこれだ。結衣は声を強めにして言った。

「二人でゆっくり過ごそうよ！」

「そんな暇ない」晃太郎はスマートフォンを眺めたまま玄関に向かう。「結衣が月曜からここで暮らせるようにすることを本プロジェクトのゴールとする。じゃ、行ってくる」

それからの二日間は過酷だった。

晃太郎の運転する車で慌ただしく両家を回り、家電量販店や家具店をはしごした。移動中の車内でも、住所変更などオンラインでできる手続きを進めるよう急《せ》かされ、会話はなかった。新居に帰ってベッドを組み立てると限界だった。

「ごめん、私もう意識飛びそう」

結衣はマットしか敷かれていないベッドの上に倒れこんだ。薄れゆく意識の中で、晃太郎が他の家具を組み立て続ける音が聞こえていた。

翌日は早朝に起こされ、父の車で実家にある自分の荷物を運ぶという重労働に追われた。終わったのは深夜で、その夜もベッドに倒れこんだ。目を覚ますと朝になっていて、梱包《こんぽう》を解かれた掛け蒲団《ぶとん》が自分の上にかけてあった。

身を起こすと、すべての家具のセッティングが終わっていた。家電も段ボール箱から出されて配置済みだった。ここまでやらなくてもと思いながら見回す。冷蔵庫にはWi-Fiのパスワードを書いた付箋《ふせん》が貼ってある。当の晃太郎はスーツケースを玄関に運んでいた。

「寝たの」と尋ねると、「新幹線で寝る」と返された。

「待って」結衣は玄関に走り出た。

離れる前に、なんでもいいから恋人らしいことをしたかった。晃太郎はすでに靴を履き、スーツケースをドアの外に出そうとしている。

「Money Forwardをスマホに入れといて。銀行口座を連結して家計管理ができる。あとTimeTreeっていうスケジュールシェアアプリも共働き夫婦に評価が高くて――」

「わかった。わかったから、晃太郎、行く前に一回だけ」

両手を広げてみせる。晃太郎は迷う顔をしたが、近寄ってきた。荷物を持っていない手で抱きしめられる。しかし、体が触れ合うや否《いな》や、すぐに身を離して言った。

「考えたんだけど、住宅ローンはしばらく俺が一人で払う」

「……え、でも折半するって話じゃ」

「おととい、移動中に言ってたよな。貯金がないって。そんな奴にローン折半なんかさせられるわけないだろ。収支から見直せ。上海飯店は週三日までにして現金を貯《た》めろ。駅前に西友があるから買い物はそこで。じゃ行ってくる」

晃太郎はドアノブに手をかけ、こちらを振り返った。

「フラフラすんなよ」

そう言って出て行く。結衣の目の前で扉がゆっくり閉まった。

自分も支度して会社に行かなければ。でも動けなかった。心の中で叫ぶ。忙《せわ》しないにもほどがある！　指示に次ぐ指示で、上司に休日出勤させられたような気分だ。それに、なんなんだ、最後の指示は。

どういう意味だと思う？　とパジャマのままで、ついメッセージを送った。

『コーニーは不安なんじゃないですか』

返してきたのは種田柊《しゅう》。晃太郎の九歳下の弟だ。新卒で入った会社を二年で辞めて、今は家に引きこもっている。小さい時の癖で柊は兄をコーニーと呼ぶ。

『一度婚約破棄してるっていうのが、兄なりにトラウマなんじゃないかと。出張する前に引っ越しさせて、同居まで済ませてしまおうとしたんでしょうね』

種田家の弟による兄の分析は相変わらず辛辣《しんらつ》だ。

『でも二週間会えないんだったら、僕なら引っ越しよりデートしますけどね』

『だよね？　それが普通だよね』

『いつものことながらアンポンタンな兄ですみません。でも、それでもいいって言ったのは結衣さんですよ』

種田家に挨拶に行った時、柊に廊下に呼び出されて言われたのだ。本当にコーニーでいいんですか、と。結衣は、いいの、と答えた。

『そうだった。朝から愚痴ってごめん。本人に後でメッセージ送ってみる』

『いえいえ、愚痴ならいつでも。向こうからもメッセージ来ると思いますよ』

晃太郎から連絡が来たのは、結衣が出勤して仕事を始めた頃だった。

『着いた』

それだけだ。新幹線では寝られたのだろうかと心配になり『大丈夫？』と送ったが、返信があったのは二日後だった。『はい』とだけ書いてあった。

なかなか返ってこないメッセージを待つ毎日が積み重なって、気づいたら二週間がすぎていた。昨日の夕方に来たメッセージにはこう書いてあった。

『返信する暇がまったくない。明日、予定通り帰るから婚姻届用意しておいて』

でも帰ってこなかった。晃太郎が書く欄だけ空いた婚姻届が目の前にある。

結局、上海飯店の閉店時間までおじさんたちをつきあわせてしまった。酔いでふらふらになってマンションに帰りソファで寝た。目が覚めると着信履歴が何件かあった。晃太郎からだ。結衣が出なかったからだろう。『ごめん』とメッセージも届いていた。

『甘露寺から聞いたと思うけど、クレーム対応でまた燃えてて、帰れそうにない』

前につきあっていた頃は、こういう連絡を星の数ほど受けた。そのたびに結衣は会えない寂しさで怒り、喧嘩《けんか》になった。だが今はできない。大人になった結衣はこう返信する。

『こっちのことは気にしないで。ちゃんと寝てる？』

『寝てる。本社の仕事もできてなくて申し訳ない』

『そんなのいいって。それより三食食べてる？』

『食べてる』

本当かな。また無理をしていないだろうか。週末いっぱい考えたが、信じるしかない、という結論に達した。疲れを自覚できるようになったと言っていたし、前のような無茶な働き方はしないだろう。

自分にできるのはマネジャー代理として晃太郎の不在中のチームを守ること。それだけだ。

四月から六月までの間に、このチームが受注した案件はフォースを含めて六つ。総額一億五千万円のウェブ構築を納期までにやりおおせるために、チームのマネジメントをしっかりやらなければならない。進捗《しんちょく》に問題はないが、本間が残業しないと終わらないと主張している工数計算書の件を、どうにかしなければ。

月曜日、出社すると結衣は本間の席に直行した。

「本間さん、今日こそミーティングしましょう。工数計算書を見せてください」

工数とはわかりやすく言うと作業時間のことだ。ウェブサイト制作に必要なタスクは案件ごとに違う。それを洗い出し、各タスクにかかる作業時間とそれをこなすのに必要な人数を計算したものが工数計算書である。それがなくてはプロジェクトが始まらない。

だが本間は見せようとしない。

「まだ途中です」と言いながらモニターの前に体を移動させている。

「途中でいいから見せてくれる？」本間の肩越しに覗《のぞ》きこもうとすると、

「完成してから見せたいんす！」本間は腰を浮かせる。

「完成してなくていいから……ね、さっきから何でモニター隠すの？」

思わずイラっとした時だった。

「まあ、まあ、まあ、まあ、東山さん！」

人の良い笑みを浮かべながら登場したのは、小粋な銀フレームの眼鏡をかけた男だ。

「本人が完成するまで見せたくないと言っているんだから」

出た、と結衣は思う。仙台支店から来た厄介な人物は本間だけではない。本間と残業の問題を話し合おうとするたび、この人物は必ず現れる。

塩野谷和樹《しおのやかずき》。服のセンスがよく、すらっとしているので、見た目だけは若いが、もう三十九歳で社歴も長いらしい。にもかかわらず、まだサブマネジャーというポジションにいる。

この年上の部下が結衣は苦手だった。

「だけど、残業しないと終わらない仕事があるなら相談してもらわないと」

「定時で帰る会社にしたいっていう東山さんのポリシーはもちろん知ってる。……だけど僕に言わせれば、そういう上司って、働くのが好きな部下からすると迷惑なんだよね」

　またそれか。結衣はうんざりしながら言う。

「向こうで話しませんか」

　打ち合わせテーブルに着くと、塩野谷はまた柔らかな笑みを浮かべた。

「同期社員の女性でマネジャー代理になったのは東山さんが初めてだってね。上に早く認められたいのはわかるけどさ、自分の主義を押しつけすぎじゃないのかな」

「押しつけてなんかいません」

「この会社が長い僕に言わせれば、会社側に立っても何もいいことはないよ」

　面倒見がよく、ベテランの立場からアドバイスをくれる彼のことを、最初は親切な人だと思っていた。でも、すぐに、やりづらい相手だということに気づいた。

　結衣が意見を述べるたび、塩野谷は「うん」と笑みを浮かべてうなずき、「でもね」と返してくる。その後に続くのは「この会社が長い僕に言わせれば、そんなやり方じゃうまくいかない」という言葉だ。

　要するに結衣は上司として認められていないのだ。舐《な》められている。

　さらに困ったのは、彼が残業に甘いことだった。

「この会社がなぜ社員に残業させない方針なのか塩野谷さんはご存知ですよね。十一年前、石黒さんがタスクを大量にのせられて倒れたからです」

「もちろん知ってるよ」塩野谷の目が静かに光る。「よく知ってる」

「三月に私も残業をしすぎて倒れました。ほら、このおでこ！　五針も縫いました」

「でもその事件の後、残業時間は減りに減って、今や上限二十時間。それっぽっちで倒れる人なんかいないでしょ。この会社で過労死なんて起きないよ。今や東山さんの思い通りの〝働きやすい〟会社になったわけだ。だからさ……」

塩野谷の目元がわずかに歪《ゆが》む。

「残業したい人たちを迫害するのはそろそろやめたら？」

この人は何を言っているのだ。その時、スマートフォンが震えた。

「すみません、石黒さんに呼ばれたので行きます」

「グロと君とは新人研修が一緒だったんだっけ？　それで管理の鬼の派閥にいるわけだ」

いつからそんな派閥ができたんだ。動きを止めた結衣から、塩野谷は目をそらして笑みを浮かべた。

「どうぞどうぞ、いってらっしゃい」

「なんなの、あの余裕ありげな笑顔、ほんとムカつく！」

悪態をつきながら、非常階段の防火扉を強く押し開ける。

真っ赤でギザギザした髪の男がこちらを振り返った。縦縞《たてじま》のシャツの襟元を大きく開け、金のチェーンをぶら下げている。

管理部のゼネラルマネジャー、石黒良久だ。創業メンバーで役職上はけっこう偉い。赤字に厳しいことで知られ、管理の鬼と昔から呼ばれている。

その隣にストンと座りながら、結衣は愚痴る。

「年上目線でアドバイスばっかりして、そんなに部下に残業させてあげたいなら自分がマネジャーになればいいじゃん。会社に長くいるんだから、なる機会くらいあったよね？」

「イライラしてんなー、怖い怖い」

からかうように言って石黒は菱形《ひしがた》の目を歪めた。

かつては制作部にいて、結衣の上司だったこともある。大学を中退して入社したので、まだ三十一歳と若い。長いつきあいなので結衣はグロと呼んでいる。

「ねえ、うちのチームの本当のマネジャーはいつ帰ってくるの？」

「それより、昨日送ってきたメッセージはなんだ？　例のブツを止めるって正気か」

ブツとは砂糖のことだ。石黒は砂糖を摂取すると集中力が上がるのだそうだ。

だが二十代の間に摂取しすぎて今は糖尿病になってしまった。厳しく食事制限をされているらしく、一日に一回スティックシュガーを飲み干すことだけが、この男の唯《ゆい》一《いつ》の楽しみだった。会社にいる間の管理を、彼の若くて美人の奥さんに頼まれ、結衣が一週間分をまとめて月曜日に渡していたのだが、

「先週奥さんから連絡来た。検査結果悪かったんだって？　供給停止だそうです」

「手が回るのが早いな」石黒はうつむく。

「心配してるんでしょ。で、種田さんはいつ帰るの？」

「その件、さっき小原《おはら》にヒアリングしてきたんだけどよ」

小原チームは五つある制作部のチームの一つで、結衣たちからするとお隣さんだ。

「あいつらが仙台支店に社内発注していたのは、ガイアネット保険の公式サイトの設計と開発だ。どうやら設計通りの開発になってなかったらしくてな。それはそれで大問題なんだが、もっと問題なのはそれを修正するための予備日を確保してなかったってことだ。慌てて残業増やして休日出勤もしたが間に合わず、炎上したってわけだ」

へえ、と結衣は言った。そんな初歩的なマネジメントのミスのせいで晃太郎は仙台に行かされたのか。

「種田が入ったおかげで炎上は鎮火して、木曜に納品も終わってる。だが納品後にクライアント側の受入テストで致命的なバグが見つかってクレームがついたんだと」と石黒は言う。「それで検証テスト、全《すべ》てやり直しだってさ」

「全て？」結衣は愕然《がくぜん》とする。「どうしたら、そんなことになるの」

「そもそも納品前の検証テストがいくつか抜けてたらしいんだよな」

「そんなことありうる？　種田さんはチェックしてなかったの？」

「あいつが案件に入ったのは納期直前だ。社歴が長いサブマネが何人もいるんだからテストなんかとっくに終わってるだろうって思うわな。まあ小原チームと仙台支店のチェック体制の問題だわな」

それでも晃太郎は自分の責任だと思ったのだろう。だから残ると決めたのか。

「入籍はもうしたのか」石黒は菱形の目をこちらへ向けた。

「……おかげさまで延期だけど、それ誰に聞いたの」

「種田だよ。パスタ屋に来るなり、東山さんと結婚することになりました、って圧強めに言ってきやがった。ありゃ俺へのマウントだな。ムカついたから仙台送りにしてやった。つうのは冗談で、……どうもどうも、この度はおめでとうございます」

石黒は小さく頭を下げている。こういうところは妙にサラリーマンぽい。

「どう？　三年ぶりに復縁して」

「ふっ、それがプラトニックのまま遠距離になりました」

「うわまじか。ひさんー」石黒は嬉しそうだ。

「この二週間、グロのこと呪《のろ》ってた。で、いつ帰ってこられそう？」

「わからん」禁断症状が出たのか口を触りながら石黒は言う。「仙台はやばい。種田が電話でそう言ってた。思い切ったテコ入れが必要なんじゃねえか」

「まさか……種田さんにテコ入れまでやらせる気じゃないよね？」

「さあな。あっちはまだ修羅場らしくて、詳しい状況は落ち着いたら報告するってよ。まあでも金曜までには落ち着くんじゃない？　この週末には一旦《いったん》帰宅できるだろ」

「一旦」その言葉に不安がこみあげる。

「種田が帰るまで、塩やんたちもこっちに居残りだ。引き続き頼むな」

石黒の横顔を、結衣は見上げる。「その塩やんだけど、何なの、あの人」

「創業メンバーだ」石黒は表情を変えずに言った。「社員番号は俺の次で九だ」

この会社では入社すると社員番号がつけられる。番号は入社順で一番は社長の灰原。創業に立ち会った社員の番号は一桁《けた》台が多い。ちなみに結衣は四十八番だ。

「だったら、会社が働き方改革に踏み切った経緯も知ってるんだよね」

「知ってるつうか、一番よく知ってるんじゃねえか」

「なのになんで、部下の残業をどんどん許可しちゃうわけ？」

石黒は隈取《くまど》りしたような目を細めた。「塩やんとうまくいってないんだな」

「さっさと仙台に帰ってほしい。なのに延長戦なんて胃が痛い」

「まあ、うまくやってくれ。あいつにもたまには本社の空気を吸わせないとな。今回の炎上だって仙台支店のベテラン社員の意識改革が遅れてるから起きたようなものだからな」

二週間前にも同じことを言われた。種田の代わりに、仙台のサブマネジャーをお前のチームに入れる。社内インターンだと思って、こっちの空気を吸わせてやってくれ、と。

だが、人手がいくらあっても足りないはずの仙台支社から、このタイミングでサブマネジャーレベルの人材を本社によこす意図がわからない。

「何の戦力にもならない甘露寺くんを種田さんに同行させたのはなぜ」

「種田が自分で連れていったんだ。手がかかる新人の面倒を見ながら、東山さんがチームを一人で回すのは無理だろうって。交換で本間って奴を入れてやったろ」

「残業したがりの本間さんのこと？　甘露寺くんよりよっぽど手がかかるんですけど。

塩野谷さんもそれわかってて止めてくれないし、二人まとめて早く仙台に帰ってほしい」

「塩やんのことは……まあ色々あんだよ」石黒は珍しく言葉を濁す。

結衣も黙った。創業メンバー絡《がら》みの話には首を突っ込まない方がいいという暗黙の了解がこの会社にはある。塩野谷が口にした「石黒派」のことも訊かない方が良さそうだ。

「ユイユイだって俺にとっちゃ年上の部下だ。今回のことは管理職として成長するための試練だと思え」

石黒の声には有無を言わさぬ響きがあった。結衣はうつむく。

「私やっぱり管理職むいてない」

「またそれか。福永に約束したんだろ？　出世して待ってるって」

昨年度末、星印工場の案件を燃やしてメンバーたちを過労に追いこんだ福永に、結衣は休職を勧めた。その時、約束したのだ。見捨てはしない。マネジャーに出世して待っていると。でも――。

「種田さんがマネジャーに復帰したら、私はサブマネに戻してもらえるんだよね？」

「ユイユイ、そのことだがな」と石黒が言いかけた時、電話がかかってきた。人事部の番号だ。

「あ、まずい、十時から新入社員のオリエンテーションだった。忘れてた」

まだ何か言いたそうな石黒を残して結衣は非常階段を走り出た。


十時には何とか間に合った。会議室に入ると、すでに人事部の女性と、来栖《くるす》泰斗《たいと》がいて、オンライン会議に繋《つな》いでいる。

「遅いですよ」と顔をしかめる人事部の女性の隣に座ると、結衣はウェブ会議の音声と映像をオンにする。

「おはようございます、制作部の東山です。八神《やがみ》さんの上司になります」

と画面に向かって話し始める。

「八神さんには本社制作部にある私のチームに入っていただきます。システム開発ではなくクライアントワークになりますが、大丈夫ですか？」

「構わないよ」

と答えたのは、八神蘇芳《すおう》だ。

白いシャツの上に黒いジャケットを着たこの若者は性別を明かしていない。現在二十二歳で、今日から三ヶ月遅れで入社する。といってもただの新卒ではない。

「システム屋はシステムを作るだけでユーザーが見えない。だから、クライアントワークに参加させてもらえるのはありがたい」

八神は大学在籍中から、ベンチャー企業でシステム開発のエンジニアとして働いてきた。自分でアプリ開発もしたことがある新卒デジタル人材だ。

「それを聞いて安心しました」結衣は微笑《ほほえ》んで見せる。「八神さんにはMA導入のサポートをしていただくことになります」

今やどんな組織でもウェブサイトを持つ時代だ。その中でビジネスに生かせている企業はまだ少ない。閲覧者を見込み客へと育てることができる人材が不足しているからだ。

だが、デジタル技術の進化によってプロセスが自動化できるようになった。これがマーケティングオートメーションである。MAと呼ばれるこのツールを導入したいという企業は多いが、この会社にはこれまでこの分野に強いエンジニアがいなかった。

人事部が八神を採用したのはそういう理由だ。

八神は一度ネットヒーローズの内定を蹴《け》っている。しかしこの春に就職した大企業の社風が合わず、再びこの会社の説明会に現れた。そこで結衣を見て入社を決めたらしい。

なぜ気に入られたのかはわからないが、優秀な新卒デジタル人材をどうしても入社させたかった人事部は、結衣のチームに八神を配属させると言ってきた。

「ウェブ構築の国内市場はほぼ頭打ち。ここから先は新規分野を開拓しないと会社は成長できません」

「それは私も同じ意見」長い前髪の下から知的な瞳《ひとみ》がこちらを見つめている。

「クライアントのため、チームのため、八神さんの手を貸してください」

結衣の話が終わると、人事部の女性が眼鏡を押し上げながら言った。

「おはようございます、人事部の麻野麗《あさのうらら》です。八神さんは契約社員として入社していただくことになりますが、メールでお送りした契約書は確認していただけましたか」

八神は淡々とうなずいたが、驚いたのは結衣である。

「正社員だとばっかり思ってました。契約社員なんですか。どうして？」

「おじさん社員たちに配慮してのことじゃないですか」

横から口を挟んだのは来栖だ。

「八神さんの年収は一千万スタートなんですよね。おじさんって自分より給料の高い若者がいるとふてくされちゃうらしいですよ。ネットにもそういう記事よく出てます」

「来栖くん、言い方」結衣は小声で囁《ささや》く。「〝おじさん〟じゃなくてベテラン社員でしょ」

来栖は今年で二年目の若手社員だ。八神と一緒に仕事をするシーンも多くなると予想されるので同席してもらっている。

「この会社にもそういう人いますよ。八神さんの年収聞いてザワザワしてるベテランい」

思ったことをすぐ口にするので有名な来栖を、麻野はひと睨《にら》みして言う。

「八神さんは勤務形態が特殊です。労働時間は一日三時間。午前中のみ勤務です。弊社の人事制度の枠にははまりにくくて、苦慮した結果です」

そうなのだ。八神は定時で帰るどころではない。昼には帰ってしまう社員なのだ。

「ええと」結衣は八神に向き直る。「いま喋《しゃべ》ってたのが来栖くんです。彼には上海にある企業に出向してもらっています。社名は――」

「ブラックシップスでしょ」八神が口を開いた。「MAツールを自社開発する上海のベンチャー。見本市でデモを見たことが。ランディングページとフォームのカスタマイズの自由度が高い」

さすがよく知っている。八神は続けた。

「東山さんに言っておくことがある。私は敬語を使わない。あなたも使わなくていい」

「……あ、そうなんだ。私は構わないけど、クライアントの前では使うんだよね？」

首を横に振る八神に結衣は重ねて尋ねた。「使わないの？　どうして」

「時間の無駄だから」

返答はそれで終わりだった。「予定の三十分を過ぎました」と麻野が告げ、オリエンテーションは終了となった。会議室を出て、廊下を歩きながら結衣はぼやいた。

「なんで、いつも私のとこには手のかかりそうな新人しか来ないんだろう」

「そうですか？」来栖が首を傾げる。「合理性重視な人で僕は気が合いそうですけどね」

「ということは他の人とは合わないってことだよね。気が重いなあ」

結衣が溜息《ためいき》をつくのを見て、来栖が口角を上げた。

「そう言いつつ、東山さん、僕のことも見捨てなかったじゃないですか。柊くんのことだって、種田さんと別れた後もずっと面倒見てあげてたんでしょう。柊くんが言ってましたよ」

柊と来栖を引き会わせたのは結衣だが、その後もこの二人は親しくしているらしい。

「柊くんは手がかからないもの。頼めば情報収集してくれるし、私よりも大人だし。でもああいうタイプの若手はなぜか別のチームに行っちゃうんだよね」

「柊くん、最近悩んでるみたいですよ。情報収集のバイト代、結衣さんのポケットマネーから出てるらしいですね。このまま甘えてていいのかって」

「そんなこと気にしてるの？」

　義理の弟になるのだから、もっと甘えてくれてもいいくらいだが、来栖にそうは言えない。「正当な報酬を払ってるだけだよ」とだけ結衣は言った。

　ネットヒーローズにも社内結婚した夫婦が何組かいる。同じ部署やチームで働く夫婦だっている。知られて困ることはない。

　ただ、結衣はすでに二度も婚約破棄をしている。今回はできれば入籍が済むまで伏せておきたい。だから柊に頼んでおいた。来栖くんには言わないで、と。もっとも肝心の晃太郎が石黒や甘露寺に喋ってしまったのでバレるのは時間の問題だろうが。

「新しい仕事はどう？」結衣は話題を変える。

「まあまあです。ブラックシップスに出向になったからには、上海に行くのかと思いきや日本にいるし、席も東山チームに戻されたし、変化がなさすぎて笑いましたけど。幸いイーサンにはすごく気に入られてます。今日も定時後に待ち合わせしてて」

ブラックシップスのCEOは劉王子《ラウワンズゥ》。イングリッシュネームはイーサン・ラウで、一週間前に東京にオフィスを開いた。来栖はそのオフィスとネットヒーローズとを行き来して、業務提携にまつわる手続きをすることになっている。

「イーサンっていま来日してるの？」

「いえ上海です。待ち合わせっていうのはオンラインでってことです」

「あ、ゲームか。イーサンとは年が近いものね。仲良くなるのはいいけど、引き抜かれたりしないでね。あくまで提携先だからね」

「僕が取り込まれるとでも？」来栖は心外だという顔になる。「まあたしかに、イーサンは頭がいいし、料理うまいし、VRの試供品くれたし、リーダーシップもあるし、でもこの会社を辞めたりはしませんって。そんなことしたら東山さんがかわいそうだし、イーサンもその方がいいって言ってくれてるし」

「そりゃどうも」にっこりしながら内心で思う。取り込まれやがって。

結衣に心酔していた時は恋をしているようにさえ見えたのに、今はすっかり劉王子にやられているようだ。誰に心酔しようと自由だが、うっすら悔しくもある。

一時は際限なく残業をしていた晃太郎に憧《あこが》れて、こんなことも言っていた。

——結局のところ、評価されるのはああいう人なんです。

ふと本間のことを考えた。彼も評価されたいのだろうか。そのために残業をたくさんしたいのだろうか。……いや、それにしては仕事が遅い。絶望的に遅い。

そんなことを考えていると、スマートフォンが震えた。画面を見てハッとする。晃太郎だ。急いで廊下の奥に移動する。

「甘露寺から伝言聞いた？」

二週間ぶりに聞く晃太郎の声は緊迫していた。

「こっちの状況を詳しく伝えとけって言っといたんだけど、聞いてる？」

「いや甘露寺くんからは伝わってない。……あ、でも、グロから聞いたよ。検証テストやり直しだってね。大変だね」

「その件で、仙台からそっちに行った二人の仕事、東山さんはチェックしてる？」

東山さん——そう呼んだ。周りに仙台支店の人たちがいるのかもしれない。

「いや、あんまできてない。……私は会議が多くて、現場は塩野谷さんに任せきりで、まずいとは思ってるんだけど、本間さんの工数計算書もまだ見られてない」

「工数計算書作らせてんのか」晃太郎は苦々しげに言う。「それ早く見た方がいい」

「え？　これからクライアントを回って直帰予定だったけど、急いだ方がいい？」

「チームを燃やしたくなかったらな。あと、当分帰れない」

「今なんて？」

「とにかく、そっちはそっちで持ちこたえてくれ。じゃあ、切る」

電話は切れた。結衣はスマートフォンを呆然《ぼうぜん》と見つめる。当分帰れないってどういうことだ。

電話をかけて問い質《ただ》したいという思いがこみあげてきたが、仕事中だ。とにかく晃太郎の言う通りにしてみよう。オフィスに戻ってあたりを見渡す。

「ちょっといい？」と手招きすると、吾妻《あづま》がモニターから顔を上げた。

吾妻徹《とおる》。結衣と同じ三十三歳で、彼はエンジニアだ。かつてはオフィスに寝泊まりすることが多く、会社に住む男と呼ばれていたが、今は就業時間内だけ勤務している。

「本間さんの工数計算書、本人が見せないんだけど、見る方法ないかな」

「へ」吾妻は怪訝《けげん》な顔だ。「俺になんとかしてくれってこと？　まあいいけど……。錦上《きんじょう》製粉が商品回収のプレスリリース出すから、二十一時まで待機しててくれって言われてんの。その時に、うまいこと言って見せてもらうわ。……え、何その苦い顔？」

「それって、本間さんにも残業させろって言ってるの？」

「定時後に一緒に仕事した方が連帯感出るからさ」

「妙なもの出さないでいい。手段は選ばなくていいから、就業時間内によろしく」

そう言って顔を上げると、視線を感じた。

さり気なくオフィスを見回すと、塩野谷だった。離れたところに立って新人の指導をしているようだ。その目がこっちに向いている。さっき言われた言葉が脳裏に蘇《よみがえ》る。

——残業したい人たちを迫害するのはそろそろやめたら？

迫害なんかしていない。結衣はノートPCを鞄《かばん》に入れてオフィスを出た。

外回りが終わると十八時になっていた。上海飯店の前まで来て結衣は足を止めた。ジョッキに注がれたビールが飲みたい。そんな誘惑を振り払い、駅前の西友へと向かう。野菜炒《いた》めを作ろうと思って、キャベツを手に取ったが案外高い。

この二週間、苦手な自炊を頑張った。家計管理アプリに収支の入力もした。晃太郎がキッチンのカウンターにドサッと置いていったマンション購入時の資料をめくって、ローン返済を試算した紙も見つけた。

このマンションは、なんと六千三百万円もするらしい。

築浅とはいえ中古で駅から遠く、ファミリー物件にしては六十五平米と狭めなのにこんなにするのか。都内のマンション価格が高騰《こうとう》していて手が出ない、という嘆きを同僚たちから聞いたことはあったが、これほどとは思わなかった。

三十五年ローンだとして月々の返済は利子を抜いても十五万円。さらに管理費、修繕積立費、固定資産税も出ていくだろう。ざっと計算するだけでも気持ち悪くなった。

だがネットヒーローズは薄給ではない。入社十一年目の結衣の年収は四百八十万円。晃太郎はヘッドハンティングを受け、管理職採用されているから、結衣よりも高年収のはずだ。二人で稼げば、毎日上海飯店に通う余裕くらいはあるのではないだろうか。

結衣は一人で夕飯を食べたくないのだ。

子供時代、父は深夜帰り、母も遅くまでパートで、兄も父に反発して部屋にこもりがちだった。大人になったら、毎晩一緒にご飯を食べてくれる人と結婚する。そう思いながら結衣は育ったのだ。

なのに、どうして仕事中毒の男を好きになってしまったのか、自分でもわからない。

そっちはそっちで持ちこたえてくれ、か。完全に仕事モードの声だった。

無性に腹が立ってきて肉と野菜の上に塩胡椒《こしょう》を多めにふりかけて雑に炒める。

晃太郎は本社の仕事もやると言い張ったが、結衣は渡さなかった。限界を超えるまで働いて〝向こう側〟に——仕事中毒の人間が行きつく場所に行かれてしまうのが怖かったのだ。

前につきあっていた頃、晃太郎は零細企業にいた。結衣と結婚が決まった後、彼は社長をしていた福永に頼んだ。定時で帰れる会社に転職したい、今抱えている案件を全て片付けるから辞めさせてくれ、と。そして不眠不休で働き、両家両親との顔合わせにも現れなかった。当時住んでいたマンションで倒れていた晃太郎を発見したのは結衣だった。

大事な人を目の前で失う恐怖に耐えられず、結衣は晃太郎から逃げた。婚約破棄して別々に生きる道を選んだのだ。

でも、今回は逃げたくない。心配だが信じて待つしかない。

問題は仕事だ。

今期のスケジュールは晃太郎がいる前提で組まれていた。出張が長引けば厳しい状況になるだろうが、しばらくは一人で持ちこたえなければ。

しっかり食べて、たっぷり寝よう。それだけやっていれば明日の自分がきっと何とかする。缶ビールを開け、食べ始める。あまり美味《おい》しくないが栄養は摂《と》らないと。

『ご飯食べてね』

晃太郎にも書き送る。少し考えて、もう一つメッセージを送った。

『仙台の地ビールって美味しい？　忙しくてもしっかり食べて、ちゃんと寝てね』

既読だけがつく。まだ余裕ないか。そう思いながらビールを飲んでいると、

『ヤバイもの見ちゃった！』

スマートフォンの画面に文字が浮かび上がった。吾妻からだ。

『例の工数計算書、やっぱ本間のガード固くてさ、結局肩越しにモニターをこっそり撮った。それからクライアント対応が忙しくなっちゃって、やっと中身を確認できたんだけどさ……。定時後だけど、そっち送っていい？　拡大すると数字が見えるから』

汗をかいた絵文字が文末についている。直後に画像が送られてきた。

見てすぐに違和感を覚えた。数字が……なんだかおかしい。

スマートフォンから会社のサーバーにログインして見積もりファイルを開く。そこに書かれた数字と、画像の工数計算書の数字を見比べる。……全く違う。

なぜ違うのか。一つの推測に至って結衣は愕然とした。まさかそんなことがあるはずがない。落ち着くために、もう一本缶ビールを開ける。

こんな仕事のやり方をする人を結衣は入社以来見たことがない。これは本間だけの問題なのだろうか。そうなのだと思いたかった。だが塩野谷は本間を妙に庇《かば》っていた。

――仙台はやばい。

石黒から聞いた晃太郎の言葉が思い浮かぶ。もし、このやり方が仙台支店で常態化しているとしたら、たしかにやばいかもしれない。

明日こそ本間と向かい合わねば。ビールを飲み干しながら結衣はそう決意した。


「今日こそミーティングしましょう。工数計算書見せて」

翌朝、出社して一番に本間の席に行く。結衣が後ろに立つと、本間は昨日と同じようにモニターを隠そうとしたが、今日という今日は逃さない。

「会議室も予約したから、ノートPC持って、行こ」

「まあ、まあ、まあ、東山さん！」

塩野谷がテーブルを回って微笑みながらやってくる。出たな、笑顔アドバイス野郎。

「塩野谷さんのアドバイスはもう伺いました。私は本間さんと話したいんです」

「だけど、僕に言わせれば――」

「残業したい部下を迫害するな。塩野谷さんはそう言いましたよね。でもこのままでは本間さんのためになりません。さ、本間さん、行こ」

「いや、いいっす！」本間は首を横に振った。「話があるならここでお願いします」

一対一で詰められるのが嫌なのか、本間はガンとして動かない。他のメンバーの前で仕事の不出来を指摘するのは気が進まないが、仕方なく結衣は話し始める。

「ごめんなさい、本間さんの工数計算書、実は内容見ちゃったの」

「えっ」本間の視線が宙を彷徨《さまよ》い、隣の吾妻に向いた。「もしかして吾妻さんですか。昨日、俺の後ろをうろうろしてましたよね？　マジっすか、密告っすか」

「密告っていうか」吾妻が頭をかく。「会社から給料もらって作ってるもんを上司に見せないってのはまずいよ。普通は共有ファイルに入れとくだろ」

吾妻にしては真っ当なことを言う。追い詰められた顔になった本間に結衣は告げた。

「この工数計算書の工数、どうやって算出したか教えてもらえるかな」

ウェブ制作にかかるコストのほとんどは人件費だ。その人件費は、当たり前のことだが、クライアントがくれる予算内に収めなければならない。だが……。

「本間さんが入力した工数のままでいくと、人件費が見積もりの額を越えちゃうよ。これじゃ赤字になっちゃう。どうしてこんな数字になったの？」

「この案件に入るメンバーに、どんだけかかるか訊《き》いたら、この数字を答えたんで」

「誰に訊いたの」

「野沢さんや、加藤《かとう》さんや……」

本間が挙げたのは入社一年目の社員たちだ。結衣は溜息をつく。

「そりゃ、彼らに訊いたら工数多めに答えるよ。まだ新人で自信ないんだから。それをそのまま書いてどうするの。このままだと人件費が膨らんで利益が出ないよ」

「りえき」本間はどろんとした目で言う。

「利益」結衣は繰り返す。「私たちはそのために働いてるの。なぜかというと――」

その先を言おうとした時だった。

「ああもう東山さんって！」本間が目頭を親指の付け根でグリグリした。「利益とか効率とかそういう話ばっかっすね。そこまでして残業減らして、誰が幸せになるんすか？」

「え……？」

「定時退社の強要って、俺たちから働く喜びを奪ってるって思うんすよ」

今まで結衣が対峙《たいじ》してきたのは、やむなく残業している人たちだった。居場所を失うのが怖くて、病気でも休まなかったり、家庭を犠牲にしたり、会社に住んだりしていたけれど、残業をしたくてしていたわけではなかった。

でも、なんだろう。本間は彼らとは違う。話していると調子が狂う。

「東山さんには信じ難いかもしれないけどさ」

それまで黙っていた塩野谷が口を開いた。

「残業が好きだって人もいるんだよ」

「残業が、好き？」

結衣がそうつぶやくと、「その通りです」と本間がうなずく。

「今は多様性の時代っすよね？　ダイバーシティなんすよね。だったら働き方の多様性だって認められるべきじゃないっすか。俺は仕事が好きです。もっと働きたいんです！」

仕事が好きと聞いて思い出すのは晃太郎だ。だが本当に仕事が好きならこんな杜撰《ずさん》な工数計算書を作ったりはしない。それをどう言ったらいいだろうと考えていると、

「東山さん、何か問題が？」

横から声をかけられた。顔を向けると、黒いジャケット姿の若者が立っていた。長い前髪の下から色素の薄い目が結衣を見ている。八神だ。

自分の段取りの悪さに舌打ちしたくなる。

「八神さん、今日が初出社だったね。……ごめん、ちょっとバタバタしてて」

「それはいいけど、チームに問題が起きているの？　よかったら共有して」

「ああ、大したことじゃないの。その、見積もりと工数計算書の数字が違ってたから、それはダメだよっていう話をしていたところ」

自分で言っていて恥ずかしくなる。あまりにも低レベルな話だ。

「なるほど。……そのファイル、両方とも私に送って」八神はリュックからノートPCを取り出した。本間の机に載せて開く。「早く送って」

口調は静かだが、抵抗できない強さがあった。

「わかった。本間さん、チームの共有ファイルに入れてくれる？」

本間が窺《うかが》うように塩野谷を見たが、彼は何も言わなかった。顔を少し強張《こわば》らせ、八神のすることを見つめている。本間はしぶしぶ共有ファイルに工数計算書を入れた。

しばらく沈黙が続いた。八神がキーボードを叩《たた》く音だけが響く。オフィスに入ってきた来栖が結衣に近づいてきて囁く。「何してるんです？」

「できた」八神が顔を上げた。「見積もり書と工数計算書を連結した。こっち来て」

結衣に手招きして、モニターを指差す。

「社内審査を通った見積もり書の人件費の数字が、工数計算書に自動的に反映されるようにしてみた」

「うわあ」来栖も覗《のぞ》いている。「これ、便利じゃないですか。この規模の案件の工数計算書なら三時間くらいで作れそうです」

「いや、一時間もあれば」八神が本間を見る。「本間さんは何時間かけてた？」

本間は苦しげな顔をして黙った。静寂がオフィスに満ちる。

「三日」仕方なく結衣が答えた。「時間でいうと二十四時間」

それでも完成していないのだとは言えなかった。

「わお」八神は肩をすくめる。「でもこれからはもっと楽になるよ」

「八神さん、こういうのもできますか」来栖がすかさず言う。「過去数年の案件データから各メンバーの生産性を見える化して、その平均値を工数計算書に自動反映させるとか」

それはさすがに、と結衣が口を挟もうとした時だった。

「やめろ！」

本間がパニックを起こしたような声をあげ、音を立てて席から立ち上がった。

「なんでそんな、仕事する時間をどんどん短くしちゃうんすか。時間かけてやることの何が悪いんすか。これ以上、効率化するのをやめろ！　俺から残業を奪うな！」

そして、自分を囲む社員たちを押しのけ、オフィスから駆け出していってしまった。

「言ってることが全然わからない」来栖はキョトンとしている。「効率化っていいことですよね」

「私にもわかんない」結衣はそう言いつつ、本間を追おうとしたが、ふと気づいて来栖を振り返った。「フォローしてくるから、来栖くんは八神さんにオフィスを案内してあげて」

その時、塩野谷がつぶやくのが聞こえた。

「東山さんはまだ若い」

ムカッとしたが、その言葉を振り切って走り出す。上着のポケットでスマートフォンが鳴った。人事部の麻野からの電話だ。

「八神さんがそちらへ行きましたので受け入れお願いします。それと本間さんの残業時間が上限を超えそうです。きちんと管理しないと東山さんの評価が落ちますよ」

「やってます！　どっちも」廊下を駆けながら答える。

「それからもう一つ。塩野谷さんと本間さんの本社出張が延長となりました。種田さんが戻るまでの間、東山さんのチームで預かっていてください」

通話を切って、エレベーターホールに出ると、本間がエレベーターに乗りこむのが見えた。どこに行く気だ。結衣も隣のエレベーターのボタンを押して後を追う。追いついたのはビルのエントランスを出たところだった。追いかけながら尋ねる。

「どこ行くの」

「仙台では残業はしたいだけさせてもらえた。こんなに効率効率言われなかった。あっちの方が俺には働きやすいです。もう帰りたい」

本間は男性で歩幅が広い。必死についていきながら結衣は言う。

「仙台が炎上しているのは知ってるよね。種田さんが帰ってくるまでは、本間さんも帰れない。人事からも追って連絡が来るはず。もう少し一緒に働こう」

「いや、帰ります」

「財布もスマホも持ってないのにどうやって新幹線乗るの。私もお金持ってないよ」

「歩きます」

結衣は自分のスマートフォンを出して「Ｓｉｒｉ」と話しかける。仙台まで歩いたら時間がどのくらいかを尋ねてから、本間に呼びかける。「三日かかるって！」

「三日でも歩けます。東山さんと違って楽ばかりしてないので」

そう言われて結衣は立ち止まった。

面倒を見きれない。まともに相手するのが馬鹿馬鹿《ばかばか》しくなってきた。そんなに帰りたければ帰れ。私の知ったことではない。オフィスに戻ろうと方向転換して、そこで体が止まった。

でも、向こうには晃太郎がいる。

こんな面倒な部下を仙台に帰らせたら、あの男の仕事がまた増える。

ああもう、と結衣はまた体の向きを変えた。走って本間の前に回りこむ。

「わかった、私も歩く」

「へ？」本間は目を丸くした。

「こうなったら意地だ。どっちが先に仙台に着くかレースしよう。本間さんが勝ったらいくらでも残業していい。その代わり、私が勝ったら定時で帰るんだよ。いい？」

本気でやる気はない。ここまで言えばあきらめるだろうと思ったのだが、

「勝つのは俺です！」本間は気合を入れて早足で歩き出す。

くそ、裏目に出たか。なんて面倒くさい奴《やつ》なんだ。

「本間さん、仙台はそっちじゃないよ！」

結衣は大声で叫んで後を追った。


一時間後、本間は汗まみれになって上野駅前の自販機の前の縁石に座っていた。結衣は自販機にスマートフォンをかざしてスポーツ飲料を二本買うと、一本を本間の前に差し出した。

「東山さんって見かけによらず体力あるんですね」

ペットボトルを受け取る本間の額には前髪が貼《は》りついている。その隣に腰かけて、

自分の分を飲みながら、結衣は言った。

「定時で帰って、ちゃんと休んでるから、いつも元気なの。でもさすがに仙台までは歩けない。本間さんが早めにへばってくれて助かった」

「仙台ではいつも車だったんで……こんな炎天下を歩くことってなかったです」

「種田さんの外回りに同行すると、めちゃくちゃ早く歩かされるから、うちのチームの人たちは鍛えられてるかもね。それがいいかどうかは別として」

あの男が出張する直前の、悪夢の二日間を思い出す。イケアとニトリとヨドバシカメラの広大な店内を早足で歩き回った。休憩すらなかった。

「仙台、帰りたかったな」意気消沈している本間に、結衣は言った。

「ひとまず、会社に戻って荷物とって、それから仙台に一時帰宅したらどう？」

「会社戻るとか無理っす。工数計算書にわざと三日もかけてたことがみんなにバレたし」

「だけど、そのおかげで工数計算書を楽に作れるシステムができたじゃん？これも怪我の功名だよ。明日は有給とっていいからさ、もう少し一緒に仕事をしよう」

そう言って仙台がある方向を眺める。いま上野駅を発車したらしい新幹線の走行音が耳に響く。あの先に晃太郎がいるんだな、と思った後、結衣は「ん？」と視線を戻した。

「わざと……ってどういう意味？」

本間はさっきそう言った。

「わざと遅くやってたってことですけど。え、気づいてましたよね」

「え……？」結衣が目を丸くしているのを見て、本間はしまったという顔になる。

「気づいてなかったんすか。え、それで俺のこと詰めてたんだと思ってました。くそ、気づいてなかったんだったら、言わなきゃよかった」

本間はいったい何を言っているのか。

「なんで？」自分の声も遠くに聞こえる。「なんでわざと遅くやるの？」

本間は悪事が見つかった子供のような顔で答える。

「残業代を稼ぐためですよ」

「残業代？」気持ちを落ち着けるためにスポーツ飲料を一口飲んでから言う。「じゃ……、好きだって言ってたのは……残業代だったの？　残業じゃなくて？　もっと働きたいって言ってたのは自分の給料のため？」

「そりゃあそうですよ。残業代が出ないのに残業する人なんかいないですよ」

あまりのことに結衣は少しの間黙る。そのうち心の底からふつふつと怒りがこみあげてきた。でも、頭ごなしに叱《しか》ってはだめだ。

「本間さん」怒りを抑えて言う。「あなたの給料を出しているのは誰か知ってる？」

「会社です」

「違う、クライアントの予算から出てるんだよ」

工数計算書を作っていて、そんなことにも気づかなかったのか。

「私たち制作部はクライアントから予算をもらって、ウェブ制作という業務を請け負っている。予算の多くを占めるのが人件費。あなたの給料はそこから出ている。仕事をできるだけ効率的にやって、この人件費を抑えれば利益が出る。そこから総務や人事やバックオフィスの人たちの給料も出る。そうやって会社は動く。言ってることわかる？」

「はあ……」わかっていなそうな顔だ。

「つまり、必要ない残業をして自分の給料だけを上げるっていうのは、一緒に働く人全員に対する裏切り行為だってことだよ。さすがに見過ごせない。制作部長に報告する事案だと思う」

「ちょっ、待ってください！　違うんす」本間は青ざめている。「実は彼女と結婚決まって、同居も始めてて金がいるんす」

「それが何？　だから不正をしてもいいっていうの？」

あきれる結衣に、本間は必死に言う。

「俺、まだ二十五歳で、年収も三百六十万で、そこからいろいろ差っ引かれて月の手取りは二十万ちょっと。彼女は派遣社員やってますが、東京より時給安くて、二人合わせても生活に使えるのは三十万くらいなんです」

ちょうど自分の手取りと同じくらいだと思った時、

「将来がすげえ不安なんです」

本間が立ち上がって言った。頬を汗が伝っている。

「彼女は非正規でいつ収入がなくなるかわからないです。そうなったら俺一人で家族を養わなきゃいけない。でも手取り二十万じゃそれはできない」

給料が上がるまで結婚を待てなかったのか。そう言おうとした時、本間が続けた。

「去年まではガンガン残業できたんで、今年より手取りが五万は多かったんです。それがずっと続くと思っていて、だから結婚してもなんとかなるって思って。なのに――」

今年になって急に残業をしにくい空気になったというわけか。

「東山さんのせいですよね」

気づくと、本間は立ったまま、結衣を見下ろしていた。「私のせい？」

「定時で帰れる会社を作りたいって、東山さんが社長に言ったから、その上過労で倒れたから、この会社の働き方改革が進んでしまった。その結果、残業がしにくくなってしまったんですよね」

結衣は入社以来、残業代をもらったことがほとんどない。だから、

「本間さんの言っていること、私にはよくわからない」

と首を横に振った。

「そもそも残業代をあてにして暮らすこと自体が間違ってない？」

「そんなことくらいわかってます。でも……たぶん東山さんが二十代だった頃より、消費税とか年金とか上がってるんす。今の方が手取り少ないんです」

本間の頰を汗が伝って顎《あご》から滴《したた》り落ち、地面に黒いしみを作る。

「贅沢《ぜいたく》はしてません。外食はせずに節約してます。お米は格安スーパーで一番安いの買ってます。お酒も第三のビールばっか飲んでます。それも一日一本だけ。お店でビールを飲むだなんて贅沢、もうずいぶんしてないんです」

お店でビールを飲むのが贅沢。冷や水をかけられた気がして、結衣は黙った。

地面に目を落とし、本間の汗が作ったしみを見つめる。何と言ったらいいかわから

ず、ただ尋ねた。

「本間さん、ビール好きなの？」

「仙台で残業してた時は毎晩飲んでました。缶ビール買うだけですけど、それでも本物のビールを飲むと、残業頑張ってよかったな、これが働く喜びだな、って思えて幸せでした」

それを聞いた時だった。心の中に、シュワシュワと白い泡と黄金の液体が盛り上がってくるのを感じた。しばらく考えた後、結衣はまた尋ねた。

「じゃあ、もし残業を減らしても、給料が減らないとしたら？」

「へっ？」

「定時で帰っても本物のビールが毎日飲めるようになったらどう？　しかもお店のビール。ジョッキに注いだビール。そしたら本間さんは働く喜びを得られる？」

「それは」本間は汗を拭《ぬぐ》って言う。「はい！　そうなったら残業なんかしません」

「工数計算書も三時間で作る？」

「一時間で作ります。八神さんの作ってくれたシステム使って」

余計なことに首を突っこむなと、もう一人の自分が頭の中で言う。でも、と白い泡が反論する。この若者はあなたのせいでビールを飲めなくなったと言っている。

「じゃあ、こうしよう」結衣は本間の方へ身を乗り出す。「定時で帰るために努力してくれたら私があなたの給料を上げる。そうしてもらえるよう上に交渉してみる」

「えっ？」本間が素《す》っ頓狂《とんきょう》な声を出す。「そんなことできるんすか」

「わからない。でも、ビールのためには、それしかないでしょ」

そう答えた時、塩野谷の例の笑顔が視界いっぱいに広がった気がした。

――東山さんはまだ若い。

またそんなことを言われてしまうかもしれない。だが塩野谷は知らないのだ。結衣がこれまであらゆる手を使ってチームメンバーを定時で帰してきたことを。今回もきっとできる。自分にそう言い聞かせて、

「まずは会社に戻ろうか」結衣は立ち上がる。「給料のことは私がなんとか考えてみるから」

とは言ったものの、どう交渉したらいいかなんてわからない。今まで考えたこともないのだ。とりあえずは、と結衣はつぶやいた。

「ベテランの意見でも聞きに行ってみるかな」

部下の給料を上げたい、という結衣の話を聞き終わるや否《いな》や、父は言った。

「そんなことできるわけないだろ！」

言うと思った。結衣は父のグラスに新たにビールを注いでから尋ねる。

「そこをなんとかお知恵を拝借できませんか」

結衣は実家に帰ってきていた。テーブルには駅前で買ってきたビールと漬物がある。暑い夏の日はこれが一番だ。塩分とビールとが絡《から》みあっていくらでも体に入ってくる。

「三十年も会社員やってきたんだから何かあるでしょ。さ、多少古くてもいいからアイディアを出して。それを叩き台にして、私がもっといい策を練るから」

それが年長者に知恵を乞《こ》う態度か、と父は漬物を口に放りこんで言う。

「会社には給与制度がある。そこで昇給昇格の基準が厳正に決まってる」

「それくらい知ってます」

「給料を上げるタイミングがあるとしたら期の終わり、三月と九月。だいたいの企業はそのあたりで管理職が部下の評価をつける。それをもとに人事が昇給昇格を決めるんだ」

「じゃあ、私が本間さんに高評価をつければいいってことか」

「だが、その本間ってのは仕事が遅いんだろ？　他の社員が三時間でやってた仕事を二十四時間もやってたんだろ？　高評価なんかつけられるわけない」

「そこは何とか、こっちにいる間に効率的なやり方に変えてもらって……期末に評価会議でプッシュすればいいってことなのかな。よし、希望が出てきた。何とかなりそうだ」

「お前はなぜいつもそう楽観的なんだ」父は苦り切っている。「そんな簡単に人間変わるもんじゃないし、評価だって上がらないよ」

「大丈夫だよ。ビールが好きな人に悪い人はいないし、彼女のために頑張るって言ってたし。……それはそうと、お母さんは今日いないの？」

「買い物に行っているのかと思っていたが、いっこうに帰ってこない。

父はコップをテーブルに叩きつける。」

「えー、また喧嘩《けんか》したの？どうせお父さんが悪いんでしょ」

「なぜそう決めつける。お母さんはな、カルチャーセンターに行って変なことを吹きこまれたんだ」

「どういうこと」

　父はテレビの前を指差した。ローテーブルに小さな冊子が置かれている。結衣は立ち上がって歩み寄ると、その冊子を手に取った。

「『賃上げ交渉の歴史』――だって。へえ、こんなものお母さん読むんだ」

普段なら興味も持たなかっただろう。しかし、賃上げという言葉に引っかかってページをめくる。賃上げ交渉、それはまさに給料を上げる交渉のことじゃないか。

『日本最初のストライキ――雨宮《あまみや》製糸工女たちの闘い』

最初のページのタイトルにはそうあった。

『山梨は一八八六年（明治十九年）には甲府を中心に機械製糸業地帯に発展していた』

百年以上も前の話か、と手に持っていた漬物をかじりながら先を読む。

『その頃、生糸は海外に飛ぶように売れた。殖産興業の名のもと、雨宮製糸工場では工女たちを朝四時半から夜七時半まで働かせて生産していた』

思わずつぶやく。「朝四時半から夜七時半まで……？」

一時間の休憩をとったとしても十四時間だ。そういえば日本史の授業でそんなようなことを習った。明治時代の若い女性たちは工場で過酷な労働を強いられていたのだと。

当時の若い女性たちも、こんなのはおかしい、と思っていたらしい。

『雇い主が同盟規約という酷な規則をもうけ、わたし等を苦しめるなら、わたし等も同盟しなければ不利益なり。そう叫んで工女たちは百名あまりで寺に立てこもった』

これが日本初の工場労働者によるストライキなのだという。この運動はやがて甲府全域に広がっていったそうだ。

「ふうん、明治の女子、やるな。ファイターだね」

結衣は冊子を閉じる。日本で初めてストライキをしたのが女性だとは知らなかった。

「何がファイターだ。お母さん、すっかり影響されて、どうして私だけ休みもなく家事をやらなきゃいけないんだ、あなたが家事をやるまで家には帰りません、と、こうだ」

「なるほど、お母さんもストライキを始めたってわけか。あれ、これ何？」

小冊子の中に、葡萄《ぶどう》を抱いたハローキティのステッカーが挟まっている。付箋《ふせん》が貼ってあり、「結衣へ」と母の筆跡で書いてある。

「知らん」と父はそっけない。

「あっ、わかった。これ山梨のお土産だ。甲府って言ったら葡萄だもんね」

カルチャーセンターの講師か、他の受講者にでももらったのかもしれない。結衣はステッカーを剝《は》がして、スマートフォンケースに貼りつけた。

「ま、とにかく、早く謝った方がいいんじゃない？」

「ふん、どうせすぐ音を上げるさ。お前もそうだ。賃上げ交渉なんて会社に逆らうようなことはやめとけ」

捨て台詞《ぜりふ》を吐いて父はリビングを出ていく。

「会社に逆らおうなんて思ってないし」

結衣が上げようとしているのは本間一人の給料だ。賃上げ交渉だなんて大げさなものではない。そして、どさくさに紛れて皿洗いから逃げたな。

腕まくりをして結衣はキッチンに立った。シンクに溜《た》まった皿をしばらく見つめた後、甘やかしてはいけない、と思い直した。自分が使ったグラスと皿だけを洗うことにする。

本間はあれから結局、財布を取りにオフィスに戻り、早退して仙台に一時帰宅すると言っていた。今ごろは婚約中の彼女に会っているのだろう。

いいなあ、とグラスを水切り籠《かご》に置きながらスマートフォンに目をやる。

晃太郎からの返信はまだない。本間の工数計算書の顚末《てんまつ》を書いたメッセージを夕方に送ったのだが、既読になっただけだった。帰って来られるのはいつになるのだろう。

今まで、晃太郎とは毎日職場で顔を合わせていた。口喧嘩も多かったし、仕事の話ばかりだったけれど、二週間以上も離れていることは、この八ヶ月なかった。

手を拭《ふ》き、スマートフォンを開いて新幹線の終電の時間を調べた。今から会いに行ったら怒られるだろうか。そんなことを思ってしまう自分がいる。

だが、明日は朝から取材対応がある。本間は有給を取らず、明朝には出社すると言っていたから、工数計算書をもう一度、見てやらねばならない。

はあ、と息をついてスマートフォンを置き、再び水に手を突っこむ。

「とりあえず、このうちは食洗機を買った方がいいな」

そうつぶやいて、結衣は洗い終わった皿を水切り籠に置いた。

第二章　社歴が長い社員

「取材は以上です。貴重なお話をありがとうございました。入社以来、定時帰りを貫いてきた東山さんのお話、面白く伺いました」

そう言ってノートをしまいながらライターの女性はしみじみとつぶやいた。

「今の若い女性って、仕事よりプライベート重視なんですね」

「いえいえ、その言い方は語弊があるというか」結衣は慌《あわ》てて言う。「プライベートが充実していて、定時に帰らなければならない理由ができれば、人は仕事を効率的にやろうと思うようになる――という話をしたと思うんですが」

今日は有名なビジネス誌の取材を受けていた。入社以来、定時帰りを貫いてきた若い女性管理職。それが結衣のプロフィールらしい。人事部が雑誌の編集部に売り込んだのだそうだ。

編集部から依頼を受けて来たというそのライターは結衣より十歳は年上に見えた。

取材が終わってほっとしたのか、雑談モードに入っている。

「私もそりゃプライベートは大事にしたいです。でも誰よりもたくさん働かなければと焦《あせ》ってしまうんですよね。仕事の依頼は全部断らずに、予定ギチギチでこなさなければと」

それでか、と結衣は思う。彼女は結衣の仕事内容をソフトウェア開発だと勘違いしていた。予定が詰まりすぎて下調べを十分にして来なかったのではないか。結衣は言った。

「スケジュールに余裕がないと質の高い仕事はできない。私はそう思います」

「会社員の方はそれでいいかもしれません。でも、私はフリーランスですから。出版不況で原稿料も安くなる一方だし、数をこなさないと食べていけないんです」

「じゃあ、原稿料を上げてくれって交渉してみたらどうでしょう？」

結衣がそう言うと、え、とライターの目が泳ぐ。

「原稿料が上がれば数をこなさなくてすみますよね。余裕を持って下調べができて、いい取材ができるようにもなります。その方が、次の仕事につながるのでは？」

「……東山さん？」同席していた人事部の麻野が硬い声を発した。

「実は私もやってみようと思ってるんです、部下の給料を上げてくれっていう交渉を」

「それ、詳しく聞かせてください」ライターが再びノートを取り出そうとする。

「今のは記事に書かないでください」麻野が再び硬い声で言った。「一時間というお約束でしたので、取材はここまでに」

はあ、とライターが立ち去ると、結衣は椅子《いす》の背にぐったり寄りかかった。

「あー、喋《しゃべ》りっぱなしで疲れました……。この重いピアスもうとっていいですか」

今日は人事部が用意した衣装を着せられている。深いネイビーのスーツにミント色のとろみのあるブラウス、大きなシルバーのピアス。コンセプトはデキる女、らしい。

「交渉とは何ですか？」

気づくと、麻野が怖い顔でこっちを見ていた。

「ああ」結衣は椅子の背に預けていた上半身を起こす。「聞いてました？」

「隣にいましたからね。何ですか、その交渉というのは」

「実は、その、生活費を稼ぐために残業する部下に手こずってまして」

誰とは言わず、本間とのトラブルを話す。聞き終わると麻野は淡々と言った。

「それは生活残業と言って、昔からある問題です」

「昔から」

「昭和の時代から」麻野は紙コップを片付けながら言う。「長時間労働が減らなかったのは、残業すればするほど残業代が出て給料が上がったからという側面もあるんです」

「でも、それは帰りたくても帰れなかった時代の話ですよね」

「そうでもありません。過労死寸前まで働く人は減りましたが、仕事をゆっくりやって一、二時間分の残業代を稼ごうとする人たちはこの会社でも減っていません」

本間を思い浮かべる。彼は言っていた。これ以上、効率化するのをやめろと。

「彼らは倒れるまで働いたりはしません。ほどほどに残業します。一人当たりの残業代は月二、三万円で微々たるものですが、会社全体ではかなりの利益が吸い取られています。頭の痛い問題ではありますが、解決が難しく、今まで看過されてきました」

「なぜ難しいんですか」

「わざとやっているかどうかの見極めが難しいからです。一人一人真偽を確かめていたら管理職は死にますよ」

「定時で帰っていては給料が低くて将来が不安だとその部下は言ってました。……どうでしょう、その部下が生活残業をやめたら、良い評価をつけて給料を上げる。そういうことって……できなくはないですよね？」

「そんな簡単なことでは」麻野はにこりともしない。「東山さんはうちの会社の給与制度には詳しいですか？……その表情を見れば答えはわかりますが」

やはり安請け合いするべきではなかったのか。心細くなった結衣に麻野は言った。

「今度時間を取りましょう。それはそうと東山さん、あなた、種田さんとご結婚されるそうですね」

「え？　なぜ知ってるんですか。グロが喋ったんですか」

「人事を長くやっているとわかってしまうものなんです。やっぱりそうなんですね」

麻野の顔を見て鎌《かま》をかけられたのだということに気づく。

「正式に届けがあるまで外には漏らしませんが、結婚後のキャリアについて種田さんと話し合われていますか？」

「いや、仙台出張が延びてて、連絡すらろくに取れません」

「ご存知でしょうが、定時で帰る管理職であるあなたを、社員のロールモデルにしようという計画が人事部には少し前からあります。取材を受けていただいたのもそのためです。この会社には女性の管理職が少なすぎるんですよ。後進のためにも道を切り拓《ひら》いてもらいたいんです」

社員のロールモデル。後進のため。重い言葉が肩に乗せられていく。

「あの、期待が重いというか、私にはそこまでできないんじゃないかと」

それを聞くと麻野はうんざりした顔で「はあっ」と溜息《ためいき》をつく。

「女性はみんなそう。新人から苦労して育ててきたのに、結婚すると家事育児しながら出世をするのは無理と言い始める。愛する男の世話係と化してしまうんです」

「いや、それ以前に管理職の仕事が多すぎません？　種田さんみたいに命懸けて働いちゃう人じゃないとこなせないっていうのがそもそも変なのでは——」

テーブルに置いたスマートフォンが振動する。話を遮られた結衣は画面に表示された名前を見た。体温が上がり、とっさに通話マークをタップする。

「もしもし晃太郎、そっちはどう。夜は寝てる？　ご飯食べてる？」

麻野が小さく首を振って立ち上がった。

「女は結婚するとダメね」勝手に決めつけて、会議室を先に出ていく。

「今、周りに誰もいないから電話した」晃太郎の声が耳元で聞こえる。「メッセージ読んだ。やっぱそっちでも生活残業が発生していたか」

昨夜、晃太郎に本間が作っためちゃくちゃな工数計算書の画像を送った。本間が訴えた将来への不安の話も書いた。

「人事部の麻野さんは昔からある問題だって」

「その通り、今に始まったことではないんだが、取り締まりが厳しくなって、残業する方も必死になってるんだろう。若手メンバーがとにかく残業を増やそうとする」

「残業代のために？」

「俺には必死に隠しているが、甘露寺にはゲロッたらしい」

甘露寺はデスクワークの生産性が極めて低い。そんな社員相手なら喋っても大丈夫だと仙台支店の若手たちも油断したのだろう。

「問題はこっちのサブマネたちが残業を許可しまくってるってことだ」

塩野谷もそうだ、と思っていると、晃太郎が続けた。

「というか、仙台支店全体がそもそも非効率極まりない。デジタル企業だって自覚がまるでないっていうか……佐竹《さたけ》っていう奴《やつ》なんか、俺が効率的なやり方に変えようとするたび、社歴の長さを盾にして、うまくいかないって冷笑してくる」

「ああ、それは塩野谷さんも同じだ。いつも笑顔だよ」

「生活残業したい若手メンバーたちからしたら、そういう上司の方がありがたいんだろうな。ここじゃ俺は悪者だ。昨日も言われた。自分たちから残業を奪うなと」

本間も同じことを言っていた。小さく溜息をついて結衣は尋ねる。

「検証テストのやり直しは進んでるの」

「突貫でやってる。が、納品がこれだけ遅れたら運用を取るのは無理だろうな。本社の小原チームはガイアネット保険への謝罪対応で、他の案件に手が回らないらしい」

ガイアネット保険の案件は小原チームが仙台支店のチームに設計と開発を任せているから、案件が燃えれば両チームとも実績が下がることになる。だが、話を聞くに仙台支店側の危機感は薄い。

「小原チームはうちのチームと並んで高い予算目標を設定されてる。あそこが回らなくなると制作部全体の予算達成もできなくなる。会社の業績もこのままじゃ危うい」

「クライアントのために働いてるっていう意識がないのかな」と結衣はつぶやく。

本社チームはクライアントに日々接する。競合企業とコンペで闘い、いかに利益率の高い案件を受注するか、しのぎを削っている。案件が燃えて納品が遅れれば、次の受注はできない。そういうプレッシャーを背負って晃太郎も結衣も仕事をしているのだが……。

「仙台支店の連中はクライアントに一度も会わずに納期を迎える。あいつらにとっちゃ仕事も給料も本社から降ってくるものだ。少しでも給与明細の数字を上げようと要らん仕事を増やしてるうちに、クライアントのために働くなんて意識はなくなり、緊張感も失われていった。そんなことやってる間に、肝心要《かなめ》の検証テストが工数計算書から抜け落ちたってわけだ」

晃太郎の声は苛立《いらだ》っていた。自分にも腹が立っているのだろう。

「社歴の長さと能力の高さは比例しない。わかってたのに、俺がちゃんとチェックしなかった。石黒さんにはお前のせいじゃないと言われたが、俺のせいだ」

それで結衣にも工数計算書を早く見ろと言ったのか。

「小原チームも気づかなかったってことは情報共有がうまくいってなかったってことか」

「そこで、八神さんだ」晃太郎の声が明るくなる。「昨日作ったっていうシステム、俺も見た。このタイミングで入社してくれたことに感謝しかない」

昨日、結衣がスマホ決済ができるタクシーを拾って本間とオフィスに戻ったのは正午だった。帰り仕度をしている八神にシステムを組んでもらったことへの感謝を述べると、こう言われた。

——時間と予算をくれればもう少しちゃんとしたものを作れる。社内のデータを繋《つな》げて、仕事の進捗《しんちょく》を互いにオープンにできるよ。

晃太郎にも昨日のうちにメッセージでそのことを知らせておいたのだ。

「うちってビジネスチャットの使用が徹底されてないでしょ。まずはそこからって言われちゃった。デジタル企業のくせに社内連絡をメールでやることにこだわる人、まだいるものね」

「仙台がまさにそうだ。サブマネたちの連絡手段はメールがメイン。昨日俺に来たメールなんかたった一行の用件を述べるために、部署名、役職、宛名《あてな》、枕詞《まくらことば》に結びの言葉も入れて全部で十行もの長文が書いてあった。わざわざ紙にして推敲《すいこう》してる新人もいた」

「メールをプリントアウトしてるってこと？」

「そうだ。残業代稼ぐためにやってんのかって訊《き》きたいとこだが、無理に追及すればパワハラだ。だが強制的にでもやり方を変えさせる。でなきゃまた炎上は起きる」

「強制的にやるのは逆効果だよ。私なんかそれで上野まで歩く羽目に」

「だが、あいつらが非効率なやり方をやめない限り、俺は現場に張りついてなきゃいけない。この週末だって帰れない。出張だっていつまでも終わらない」

声が尖《とが》っていた。結衣は思わず言った。「私がそっち行こうか？」

「え？」晃太郎の声が強張《こわば》る。

「仙台ってご飯美味《おい》しいよね。笹《ささ》かまを自分で焼いて食べられるお店があるでしょ。焼いてみたいなー」

「そんなもん焼いてる暇ない。来られても困る。じゃ、会議始まるから」

通話は一方的に切れた。

気の利《き》いたことを言える男ではないことはわかっている。

結衣との結婚も仕事も両方大事にするなんて俺には無理だ。だからあきらめた。三年前に別れた理由を、晃太郎はそう説明していた。何でもできると思われているけれど、実のところあまり器用ではないのだ。それはわかっているのだが……。

来られても困る、か。結衣はまた溜息をつく。

とはいえ、晃太郎の邪魔はできない。預かっているチームを持ちこたえさせる。それが自分の仕事だ。目下の課題は、本間の仕事を効率化すること。

ようし、と結衣は借り物のスーツの袖《そで》をまくった。


自分の部署に戻ると、ちょうど入り口にいた来栖泰斗がこちらに視線を投げた。

「おっ、取材ですか」と言って結衣の服装を興味深げに見ている。

「普段もそんな格好すればいいのに」

前に王丹の服を借りた時も、晃太郎にそう言われた。

「毎日こんな格好してたらお金がいくらあっても足りないよ。……あ、いたいた、本間さん、遅れてごめん。工数計算書を作り直してみよう。会議室に来て」

振り向いた本間は結衣の格好を見て、「はいっ」と張りのある声で答えた。

「見た目変えただけでリーダー感半端《はんぱ》ないですね」来栖はおかしそうだ。

本間は会議室に入ると自らノートPCを開いた。そして、よろしくお願いします、と頭を下げる。給料を上げるという目標ができて少しは意識が変わったようだ。

「……まず、こうやって、すべてのタスクを洗い出す。この作業は八神さんが自動化してくれたから、本間さんはガイダンスに従って選択すればいい。一緒にやってみよう」

八神が作ってくれたシステムは本人曰《いわ》く「お試し用の急拵《ごしら》え」らしい。だが、それなりによくできていて、絶対に必要な——検証テストなどの項目は上長の許可なく外せないようになっている。これで仙台のような問題は起きないはずだ。

「工数は見積もりから自動入力されるので、自分と上司で二重チェックをしてから、チャットで共有っと。これで不備があったら指摘がもらえる。すごい、本当に一時間で終わった」

結衣の指示に従って作業を終えた本間も驚いた顔になっている。

本格的に構築したいのであれば外部会社からツールを購入する必要がある、と八神には言われているが、これだけ効率が上がるなら、予算はたぶん下りる。このチームだけで回してみて小さな成功が得られたら、次は制作部全体でやればいい。

「ルーティンワークが早く終わると、新規提案に割く時間も作れるよ」

「新規提案？」

「どういうサイトにすればビジネス成果を最大化できるか、クライアントに提案していくの。本間さんは入社三年目だよね。そろそろそういうこともできるようになっていこう」

本間は怯《おび》えた顔になる。「その提案って自分で考えるんですか？」

「そりゃそうだよ。給料を上げたいんでしょ？」

「俺には無理では……」本間は不安げだ。

ハードルを上げすぎたか。評価会議でプッシュしたいという思いが先走りすぎたかもしれない。小さく深呼吸して結衣は言った。

「じゃ、まずは目の前の仕事の効率化に集中しようか。それだけでも今より評価は上がる」

「評価っていえば」本間はさらに不安げになった。「東山さんが給料を上げてくれるって話、塩野谷さんに話したんす」

「え、話したの？」

塩野谷の横槍《よこやり》なしで進めたかったのだが、話してしまったのか。

「塩野谷さん、心配してました。この会社が創業した時からいるけど、そんなことうまくいくとは思えないって」

「うまくいかない」結衣はげんなりする。「またそれか」

「真面目《まじめ》に勤めて、社歴が長くなれば給料は上がっていくものだから、余計なことはしない方がいいって。入社十四年目の塩野谷さんは年収一千万もらってるらしいんすよね」

「そんなに」創業メンバーの年収は高いと聞いていたが、まさか自分の倍以上もらっているとは思わなかった。

「仙台で次に給料がいいのは社員番号十番の佐竹さんだそうで」

「佐竹さんか」その名前は晃太郎から聞いた。「でも本間さんは入社三年目でしょ。社歴が長くなるのを待ってたら、いつ本物のビールを飲めるようになるかわからないよ」

「だから若い社員には残業代を稼がせてやるんだって塩野谷さんは言ってました。仙台支店のサブマネの人たちもそういうスタンスで上限ギリギリまで残業させてくれてました」

やはり生活残業だとわかっていて許可していたのか。

そうやって緊張感のないマネジメントをしていた結果、設計通りの開発になっていないとか、検証テストが抜け落ちるとかいうミスを見逃してしまったのではないか。

そう言いたくなった時だった。

「まあ、まあ、東山さん、そんなに本間くんを詰めないで」

柔らかな声がして結衣は顔を上げた。塩野谷が会議室の入り口にいた。換気のためにドアを開けていたのだが、そこで聞いていたらしい。

口出しはしないでほしい。そう言おうとしたが、先に塩野谷が言った。

「実は僕の方に仙台の若手たちから相談がきている。種田さんにチャットを使って業務連絡をオープンにしてやれと言われたそうだ。仕事を監視されてるみたいで怖いって」

晃太郎の足まで引っ張るつもりか。ムッとして結衣は言い返す。

「怖いのは残業代が稼げなくなることでは？」

「本社にいる人たちにはわからないだろうけど」塩野谷は立ったまま足を交差する。

「仙台の若手は現地採用が多い。向こうじゃ、共働きしようにも東京と違って雇用が少ないんだ。女性の給料なんかびっくりするほど低い。残業しなきゃ貯金だってできない」

「そう、そうなんです」と本間がうなずく。

「残業代が減れば一時的には苦しいかもしれません。だけど仕事で評価されるようになれば給料が上がって、残業代がなくても暮らしていけるようになるのでは」

「残業を減らしたら評価が上がるの？」塩野谷の口に笑みが浮かぶ。

負けるな。結衣はまた言い返す。「上がるように私がします」

「上がらなかったらどうする。給料が減るだけで終わりじゃないの。それで生活していけるの、本間くん。冬には子供も生まれるんでしょ？」

「えっ」結衣は本間を見る。「そうなの？」

　本間は気まずそうに目を伏せる。「すみません、昨日は言いづらくて」

「東山さん」塩野谷の笑顔がこちらに向く。「八神さんの作ってくれたシステムが便利だってことはよくわかった。すごいと思うよ。本当にそう思ってる。でも仙台じゃ誰も使わないよ。効率化に励んだところで本社に評価なんかされないからね」

「あのう」本間が小さく手を挙げる。「やっぱり残業をやめるのは怖いです」

「なんで」ぐったりした気持ちで結衣は言った。

「……あ、十時半から、アサインされてる案件の会議なので失礼しまっす」

ノートPCを抱えて本間は逃げるように出ていく。その後ろ姿を見送ると、塩野谷は眼鏡のつるに手をかけて位置を直した。結衣は再び口を開いた。

「種田さんは何としても仙台を効率化すると言っていました」

「種田さんねえ」塩野谷は眉間《みけん》に皺《しわ》を寄せる。「彼、中途でしょ」

「中途かどうか関係あります？」

「社歴の長い人間たちを説得できるとは思えない。それに彼、修羅場になると人が変わるらしいじゃない。パワハラ疑惑で降格もさせられてるよね」

「降格させられたのは別の理由で、種田さんに落ち度はなかったです」

「でも星印工場の案件では、東山さんも彼の仕事中毒に巻きこまれて倒れたそうじゃない。その傷もその時にできたんでしょ？　噂《うわさ》が仙台にまで聞こえてきたよ」

塩野谷は結衣の額を指す。口ぶりからして二人の過去の関係までは知らないらしい。そっちの噂は仙台には届かなかったのだろう。塩野谷は腕を組んだ。

「種田さんを引っ張ってきたのはグロだよね。前職の給料に百万円も上乗せして口説いたって話だけど、でも中途は中途。この会社を変える力なんて種田さんにはないよ」

百万上乗せの話は初めて聞いた。でも……。

「種田さんはすでにこの会社の一員で、チームのメンバーです。高い給料に見合った仕事だってしています」

そう言い捨てて会議室を出る。最後の一言は嫌味だ。大人気ないことはわかっているが、腸《はらわた》が煮えくり返って、つい言ってしまった。

本間のやる気はまたくじかれてしまった。

年収一千万円、という数字が頭をぐるぐる巡る。そんなにもらっているのに、塩野谷はなぜチームのことを考えてくれないのか。仙台支店の炎上について、どうして他人事《ひとごと》でいられるのか。だからいい年をしてサブマネジャー止まりなのではないのか。

心を真っ黒にして歩いているところに、「おっ、東山」と野太い声がした。

「どうした？　バリキャリみたいなかっこして。さては役員を目指す気になったか？」

黒くて太い縁の眼鏡をかけた彼女は賤ヶ岳《しずがたけ》八重《やえ》だ。

結衣にとっては二つ上の先輩で、新人時代の教育係だった。双子を出産して八ヶ月ほど前に復帰し、今は結衣のチームでチーフをしている。

「これは取材のためのコスプレです。先輩だってやらされたことあるでしょ」

「させられたね。キラキラした格好させられた。あの頃は私も無理してたからなあ。後進のために道を作らなきゃって」

出産後すぐに復帰した賤ヶ岳は、女性初の役員を目指して積極的に残業をしようとしていた。その姿はスーパーワーキングマザーとして社内報に取り上げられた。

「先輩はともかく、私はロールモデルになるとか無理です」

「そうは言っても出世しちゃったんだからしょうがないでしょ。弱音吐いてないで早く着替えてきな。八神さんはもうエントランス。塩野谷さんはどこ？」

「あーそっか」結衣は額を押さえる。「一緒にデニー証券に行く予定でしたね」

「おや、また塩野谷さんと揉《も》めたの？」

おかしそうに笑う元教育係に結衣はつい弱音を吐く。

「同じ年上でも先輩とはうまくいくのになあ」

「そりゃ私が人間できてるからっしょ。双子の夜泣きに比べたら、あんたの面倒見るくらい何でもないよ。さ、塩野谷さん、呼んどいで！」

たくましい手で背中を叩《たた》かれ、結衣は一歩よろめいた。

デニー証券はネット上で投資サービスを取り扱う金融会社だ。その本社は内幸町《うちさいわいちょう》にある。リアル店舗ではないのでオフィスは小さいが、現代的な内装でこざっぱりしている。

「マーケティングオートメーションの導入にあたって私たちが望むのは、個人投資家の属性や興味関心に基づいた情報提供です。また、そのデータを活用したマーケティング施策も実施したいと思っています」

そう話すのはデニー証券のマーケティング部の如月《きさらぎ》だ。はきはきした女性で、結衣が取材で着せられたようなデキる女のスーツをきっちり着こなしている。

「さらに、これを機に会社全体のデジタルトランスフォーメーションの推進に取り組み、業務時間の短縮をしたいんです」

デジタルトランスフォーメーション。略してDX。市場環境のデジタル化に対応するため、単に業務のデジタル化を行うだけでなく、企業組織やビジネスモデルそのものを抜本的に変革することをいう。八神が専門とするMAもその一つだ。

「それは可能だが、すぐにはできない」八神は言った。「システムを育てないと」

「どういうことでしょう？」如月が塩野谷を見る。挨拶《あいさつ》の時に新しいサブマネジャーだと紹介してあったからだ。

「はい」と塩野谷は賤ヶ岳に顔を向ける。「彼女から説明させます」

「あの、私の担当はウェブ本体の進捗管理です。MAは専門外なんですが」

賤ヶ岳にそう言われ、「じゃあ、東山さん」と塩野谷がこっちに振ってくる。

なぜ上司気取りなのだ、と内心で思いながら結衣は如月に向き直る。

「システムのプランニングから導入までは弊社で行いますが、御社のビジネスに合わせて最適化していく作業は、そちらの社員の方にご担当いただくことになります」

「なるほど」如月は思案顔になる。「担当者はどんな人がいいでしょう?」

「新人がいい」八神がきっぱり言った。「三十五歳以上はやめた方が」

「八神さん、そういう言い方は」

隣にいる塩野谷がやんわりたしなめた。如月は小さく笑みを浮かべ、八神に尋ねた。

「会社をよくわかっているベテランがやった方がいいということはありませんか」

打ち合わせが始まる前、彼女が四十路《よそじ》なんですと言っていたことを思い出し、結衣は少しだけ緊張する。だが八神は物怖《ものお》じしない。

「会社に長くいるベテランは変化を嫌う。どんなに新しいシステムを入れても、使う人の脳が古ければレガシーな仕事のやり方が再生産されるだけだ」

「八神さん、失礼だろう」とまた塩野谷が牽制《けんせい》する。

「MAの導入を成功させるため、伝えるべきことを伝えているだけ」

「なるほど、よくわかりました」如月が言った。「あの、東山さん。後で残っていただけますか。お話がありまして」

何だろう。緊張しながら結衣はうなずく。打ち合わせが終わり、塩野谷と賤ヶ岳が会議室を出て行くと、八神が寄ってきた。

「そっか、十二時が定時だよね。直帰してください。お疲れ様でした」「私はもう帰る」

八神の背中を見送ると、結衣はテーブルの資料をまとめている如月に恐る恐る尋ねた。

「お話というのは、その、八神が敬語を使わないことですか」

「八神さん？　いいえ、全く気になりません。話が端的でわかりやすいですし、うちのエンジニアたちもあんな風ですよ」

如月は表情を和らげた。しかしすぐに声を鋭くする。

「それより塩野谷さんです。あなた、彼に舐《な》められているのでは？」

痛いところを突かれ、結衣は慌てて笑顔を作る。

「それは、塩野谷は年上で、ベテランなもので……」

「一ヶ月前に一緒にいらっしゃった種田さんもあなたより年上に見えました。でも、私たちの前ではあなたを強力にサポートしていた。メンバー内での連携もしっかり取れていた。スピードのあるチームに見えました。ですが今は……塩野谷さんはそこにいるだけという印象に見えましたよ。あなたを支える能力がないのでは？」

わずかなミーティングの間にそこまで見抜かれた。結衣は小さく頭を下げる。

「ご不安を感じさせてしまってすみません」

「よその会社のことにまで口出しするのはどうかと思ったけれど」

如月は後輩に語りかけるような口調で言った。

「私にも年上の部下がいるの。部長職までいった人が役職定年で私の下についたのですが、未《いま》だに私を舞美《まいみ》ちゃんと呼びます。そういう人とチームになるのは難しい」

舞美は如月の下の名前だ。「はあ」と結衣は相槌《あいづち》を打つ。

「八神さんの言う通り、人は歳《とし》を取ると変化を嫌います。うちの会社にもたくさんいます。変わらないでいるためなら彼らはどんなことでもするんです。仕事がなくて暇ですから社内政治をする時間もたっぷり。MAの導入もうまくいかないと、社内でロビー活動をしています。……だからね、東山さん、あなたたちパートナー企業だけでもチームとして一枚岩であってほしいの」

「はい。一枚岩となって迅速な導入をサポートいたします」

結衣は力を込めて言う。如月はうなずいてくれたが、

「できれば、種田さんが早く戻られると嬉《うれ》しいんですが」

そんな言葉を背負わされて会議室を出た。あなただけでは不安だと思われているのだろうな、と気持ちが沈む。デニー証券のビルの外に一歩出ると、灰色の空が重く広がっていた。


この日、結衣は訪問先から直帰した。マンションに帰り着いたのは十八時半だった。

「ごめん、待ったよね。打ち合わせが長引いちゃって」

「こちらこそすみません、急に押しかけて」

エントランスで待っていたのは、種田柊だ。

「叔父が北海道旅行に行ったらしくて、土産を持ってけって母がうるさくて」

「柊くんならいつでも大歓迎だよ。ビール飲む相手ができて嬉しい」

タグキーでロックを解除して、案内しながらエレベーターに乗る。といっても、見せるほどのロビーやゲストルームなどはない。隣に建つタワーマンションのような豪華さもないが、共用施設が少ない分、部屋までのアクセスはいい。

いかにも晃太郎が選びそうな堅実な物件だ。

部屋の鍵《かぎ》を開けると、柊は感慨深げに部屋の中を見回した。

中古物件ではあるが築浅だったため、リフォームはしていない。前の住人が設置した靴箱やカップボードも残っていた。窓からは湾岸エリアが見渡せる。

部屋の隅にある未開封の段ボール箱は晃太郎の荷物だ。柊が息をつく。

「本当に結婚するんですね。実感湧《わ》いてきました」

「私は実感ないけどね。ここに帰ってきても誰もいないし、入籍も延びちゃったし」

「うちの両親も心配してます。いきなり長期出張なんかして、また結衣さんに愛想尽かされるんじゃないかって。お土産は口実で、様子伺いに寄越されたんですよ」

冗談めかして言うと、柊はお土産の入った紙袋を結衣に渡す。そうだろうなと思っていた。この前、母の件で連絡を取った時、東山家の兄も新生活を心配していた。

「あ、アレクサだ！　いいなあ、新しいガジェット！」

柊は壁際《かべぎわ》の棚に駆け寄った。こういうところは晃太郎と似ている。そう思いながらビールをグラスに注ぎ、コースターの上に置いて、柊を呼ぶ。

「よかったら晩御飯食べていく？　昨日の夜作っておいた麻婆豆腐《マーボーどうふ》あるんだけど、どう？」

「いいんですか？」

「もちろん。味見してみて」

「未来のお義姉《ねえ》さんの手料理か。

「うわー照れますね」

そう言っていた柊だが、温めて出した麻婆豆腐を食べ始めると言葉少なになった。

「無理しなくていいよ」結衣は苦笑いしながら皿に手を伸ばす。

「そっかー、柊くんが食べても微妙か」

諏《す》訪巧《わたくみ》と婚約していた時は、彼の家族の前でいい婚約者としてふるまおうとし、失敗した。今回はその轍《てつ》を踏みたくないので悪いところも見せていく。もっとも晃太郎の家族には実家初訪問の時に飲みすぎて泥酔《でいすい》したところをすでに見られているのだが。

「兄は結衣さんのご飯を食べたことがあるんですか」

「晃太郎は食べられれば何でもいい人だし、お腹空《なかす》いたら自分で作るから」

「へえ……。この結婚うまくいくかもって初めて思いました」

レンゲを置いた柊の目が、椅子に置かれた結衣の鞄《かばん》へ向いた。鞄から出してあったクリアファイルの資料のタイトルが透けて見えている。

「職能給制度……って何ですか」

「人事部にもらったの。今日の午後、レクチャーを受けたんだ」

麻野が三十分だけ時間を取ってくれたのだ。

——ネットヒーローズでは職能給をベースとした制度を取っています。知識、経験、技能、リーダーシップ、協調性ほか、職務遂行能力を基準に給与が決定される制度です。

入社研修で聞いたな、と結衣が思っていると、麻野は言った。

――その能力は会社に長くいればいるほど向上することになっています。

長くいるほど向上する……。デニー証券での塩野谷のふるまいを思い出して、結衣が腑《ふ》に落ちない顔をしていると、麻野が補足した。

――実際には向上していなくても、しているとみなすのが職能給制度なんです。要するに年功序列。これは今残っている創業メンバーに報いるための制度なんです。

麻野は含みのある笑い方をした。

――十三年前、この会社が創業したばかりの頃、給料は満足に支払われていませんでした。残業代も出なかった。その頃の労に報いて彼らには職能給が高く設定されているんです。

塩野谷も創業メンバーの一人だ。だから年収一千万なのか。

――ですが、東山さんが入社した前年より定時ができ、給与制度が見直されました。残業代が出るようになり、それ以降に入社した社員の基本給は低めに抑えられました。

そうやって創業メンバーとそうでない社員との間に給料格差ができた。残業代を稼いで給与額を上げようという人も生まれたというわけか。

——とはいえ、成果主義も取り入れなければ、種田さんのように中途で入った人たちからは不満が出ます。成果を出して出世した人、つまり管理職には職能給の他に役割給が出ます。給与明細に役職手当という項目がありますが、それが役割給にあたります。

結衣もサブマネジャーになってから月に二万、マネジャー代理になってからはさらに二万が上乗せされている。年収のうち四十八万円は役職手当だ。

——そうは言っても、二十代の社員が出世して役割給をもらうのは難しいですよね。

来栖ならともかく、あの本間なのだ、と心の中でつぶやく。

——ですが職能給の方は上げられます。チームの利益率の向上に貢献したと評価会議で主張できれば、社歴が短くても職能給を飛び級させられます。

それだ、と顔を上げた結衣に、麻野はこう付け加えた。

——ただその部下が残業をする限り、チームの利益率は下がります。

つまり本間は自分の首を絞めているのだ。麻野は最後に言った。

——私の経験上、人は失うものの方へ感情が大きく動きます。残業代を手放す勇気がその部下にあるかどうかですね。

そこまで話し、柊が持ってきてくれたチーズを皿に並べながら結衣は続けた。

「ちなみに晃太郎は三年前の入社以来、役割給だけじゃなく職能給の方もガンガン上がってるんだって。新規クライアントをたくさん開拓して成果あげてるからだって」

「へえ」柊は興味なさそうな顔をする。

「だけど、本間さんに晃太郎の真似《まね》をしろって言ってもな。ルーティンワークをゆっくりやって残業代を稼ぐ。そういう会社員生活が染《し》みついちゃってるから」

自分のグラスにビールを新たに注ぎつつぼやく。

これ以上、時間を取られていてはチームが回らない。本間一人の残業代程度なら、チームの利益率を大きく圧迫するまではいかない。放っておくべきなのだろうか。

「だけど、その本間さんって人の気持ち、僕は少しわかるな」

と柊が言った。

「前の会社にいた時、入社してしばらくは、僕にも残業代が出てたんです。でもある日突然、お前みたいに仕事ができない奴に残業代を払う必要はないって言われて」

それは本間とは状況が違う。結衣は言った。

「残業させておいて、残業代を出さないのは違法だよ」

「そうなんでしょうけど、給料を減らされると自己評価が下がっちゃうんですよね。

僕なんかどうせ頑張っても無駄だっていう気持ちになってしまう」

そうやってサービス残業を続けた結果、柊は追いつめられて線路に飛びこもうとさえした。会社を辞めてからは家に引きこもり、外出できるようになるまで二年もかかった。少し考えた後、結衣は口を開いた。

「柊くんは仕事できるよ。うちに来てもらいたいって前に言ったの、本気だからね」

「ありがとうございます。……でも再就職の自信はまだないです」

「だったら、いつも頼んでる情報収集、今まではメールに箇条書きで送ってもらってたけど、社内資料レベルの体裁でまとめるとかしてもらおうかな。柊くんに自信がつくまで私がチェックする。その分バイト代も上げるよ。どう？」

「それ、やりたいです。やらせてください。でもバイト代を上げてもらうのは悪いです」

「それはだめだよ。私が入社した頃、上司のグロになんて教えられたか知ってる？　働いたら金をもらえ。どんな相手からもきっちり徴収して来い、だよ」

そんなやり取りをしていると、スマートフォンが鳴った。賤ヶ岳からのメッセージだ。定時後ではあるが緊急だといけないので通知だけ見る。

『仙台でまた炎上事件発生』

「ちょっ、ちょっとごめん」と柊に断り、急いで賤ヶ岳に電話をする。「今度は何の案件が燃えたんですか？」

「案件じゃない。炎上してるのは社内チャット」

社内チャット？　結衣が戸惑っていると、賤ヶ岳が言った。

「八神さんが今日の午前中に作ったグループ知ってる？」

「知ってますけど」と鞄からノートPCを出してダイニングテーブルで開く。

それは仙台支店と本社のメンバー双方が参加するグループだった。結衣と電話をした後、晃太郎が八神に依頼して作ってもらっていた。グループ名の脇《わき》に「新着五十三件」という通知が表示されている。

嫌な予感がする。だが管理職であるからには見なければならない。

佐竹守一《もりかず》、という社員がこんな投稿をしていた。

『本社小原チーム、東山チーム、仙台チーム各位
お疲れ様でございます。各チーム、それぞれの案件でお忙しいところ、度々の長文投稿を失礼いたします。

私が八神さんに対して行ったマナー違反の指摘について、本社の若手メンバーの

方々から異論を頂戴《ちょうだい》しております。異論を発すること、それ自体は問題ありません。風通しのよいチームを作る上で、多様性を認めていくことが大事だと、灰原社長も全体ミーティングでおっしゃっていました。

ですが、マナーはそれとは別です。

どんな組織にも〝秩序〟が必要です。社内チャットといえども、こうあるべき、というコミュニケーションの様式があります。それに一人でも従わないというのなら、社員同士が美しい絆《きずな》を結んでいくという、ネットヒーローズ創業時からの社風が破壊されます。

私なりに悩み、午後いっぱいを使ってこの文章をしたためております。

これからはフラットなコミュニケーションが主流になるなどと世間では言われていますが、だからといってともに働くメンバーへの感謝の気持ちを忘れていいわけではありません。新人だから、新卒デジタル人材だから、許されるということではありません。

以上、若手メンバーの方々の〝意識改革〟を何卒《なにとぞ》よろしくお願いいたします。

仙台支店サブマネジャー　佐竹』

……何なんだ、この長ったらしい文章は。チャットでやり取りする長さではない。

思わず賤ヶ岳に尋ねた。「何ですか、これ」

「グループを作った時ね、八神さんが利用に関する注意事項を書いたんだ。だけど八神さんって敬語使わないじゃん？　それを佐竹さんが気にしてさ。マナーを守れって」

「マナーってなんですか」

「チャットに投稿する文章に正しい尊敬語、謙譲語、丁寧語を使うこと。相手の名前の後には役職名を書くこと。文章が短いと冷たい印象になるので長くすること。自分より社歴の長い人たちの投稿は既読スルーにせず、いいねを押すかコメントをすること」

「えっと、効率的にやり取りするためにチャットにしたんですよね？」

「そのまんま来栖が書いてた。これじゃメールより非効率的だって」

「それで佐竹さんもムキになってこの長文を書いたってわけか」

「それに対して、小原チームの若手がさらに反論。彼らガイアネット保険の案件のせいでストレス溜《た》まってるからさ、そんなことだから納期に間に合わないんだって怒り狂ってる」

「種田さんは？」

「テストに集中してて気づかず。まさか隣の席で佐竹さんが社内チャットを炎上させてるとは思わなかったようでさ。電話で知らせたんだけど、何も言わないで切られた」

「うわ……ヤバい感じだな」

「だね。とりあえず八神さんに連絡して投稿停止にしてもらったけど」

「先輩対応早い。すばらしい。夕飯時に申し訳ないですが、もう少しいいですか？」

「いいよ」と賤ヶ岳は言うが、双子の赤ん坊たちが泣く声が聞こえる。結衣は早口になる。

「先輩は創業メンバーをご存知なんですよね？　佐竹さんってどんな人ですか」

「うーん、記憶にないんだよなあ。創業の中心になった人たちはもう辞めちゃってるんだよね。エンジニアができる創業メンバーで残ってるのはグロくらいかな」

「そういや、そんな話、昔聞いたような」

「今いる創業メンバーは古い体質の大企業からの転職組なんだよね。……それより私が思い出したのはね、本間さんの工数計算書、ああいう非効率なやり方さ、私が入社した頃はみんなやってたことなんだよね。あの頃は効率なんて言葉はなくて、残業しまくる人が評価されたから、仕事がなくても無理やり作って遅くまで残ってた」

「でも、あんなやり方をしてたら赤字になります」

「それを最初に言いだしたのがグロなんだよ」

「……あ、なるほど、そこからあの事件に繋がるのか」

結衣が入社する前、石黒が倒れた事件には、裏の話がある。

彼に過重労働を課したのは彼より年上の社員たちだが、愛社精神が欠如していると して「再教育」しろと命じたのは社長の灰原だった。石黒が倒れたことを知って、自責の念にかられた灰原は、二度と同じ悲劇を繰り返さないよう管理部を作った。

石黒の進言通り、非効率な仕事を一掃するための改革に踏み切ったのだ。

「でも創業メンバーが何人もいる支店じゃ、非効率なやり方を引きずってるって噂があってさ。若手にも蔓延《まんえん》してるんじゃないかって話は、けっこう前から聞いてた」

「じゃあ塩野谷さんと本間さんが本社に来たのは……」

「あんたに預けたら少しは変わるだろうって、グロの奴《やつ》が思ったんじゃないの」

だったらなぜそれを結衣に言わない。塩野谷のことになると妙に歯切れが悪かったことも含めて、この話にはさらに裏がありそうだ。

「兄は大丈夫でしょうか」賤ヶ岳との電話を切ると、柊が尋ねた。「また悪いモードになってるんですか。もしそうなら結衣さんも近くにいないし、止める人がいないですよね」

「心配は心配だけど、仙台に来られても困るって言われてるしね」

その言葉に自分が傷ついていたことに気づく。

「助けを求めてこない限り、こっちは何もできない。……大丈夫だとは思うけど」

ならいいんですが、と家具も家電も揃《そろ》った新居の中を見回しながら柊は言った。

「弱いところを見せられないって点では、うちの兄はかなり厄介ですよ」


翌朝、出社した結衣は、ブラックシップスとの電話を切ったばかりの来栖の横に立ち、腕組みしながら言った。

「私が来た理由、わかってるよね」

「チャット炎上の件ですよね」来栖は悪びれずに言う。「でもおかしいのはむこうです」

「私もそう思ってる。でもただでさえ炎上してるとこに油を注いでどうするの」

「東山さんはどっちの味方なんですか。八神さんですか。老害の人たちですか」

「どっちの味方でもない。会社にはいろんな人がいるの。それでもチームとしてうまくやってかなきゃいけないの」

塩野谷とうまくやれない自分を棚上げしてよく言う、と我ながら思う。

「それから、老害とか言わない。心で思ったとしても、相手が傷つく言葉は口に出さない。来栖くんもそういうとこ成長していこう」

「どうして若手社員ばかりが成長しなきゃいけないんですか」

来栖は悔しそうにPCのモニターを睨《にら》む。

「うちの会社は、これからMAを売っていくんですよね。業務効率化のツールを新しい事業の柱にするんですよね。なのに社内のベテランたちがこれじゃあ……」

そうだね、と結衣はうなずく。

「わかってる。何とかするから、来栖くんは仕事に集中して」

次は八神のフォローだ。鞄を置く暇もないまま、別の島にある八神の席に移動する。

八神はいつもどおり黒い服を着て淡々と作業していた。モニターを見ると、デニー証券の仕事をしているようだ。集中しているからか、近くから呼びかけても答えない。

「八神さん」手を振って気づかせてから言う。「あなたが敬語を使わない件、仙台と共有できてなくてごめん。まさかこんな強い拒否反応があると思わなかった」

昨日の夜は晃太郎とは連絡が取れなかった。検証テストを中断することはできない。

余裕がなかったのだろう。それでも、明朝九時半に電話ください、とメッセージを送ると、夜中になって、わかった、と返事があった。

八神は長い前髪の下から結衣を見つめて言った。「敬語は使いたくない」

「わかってる。種田さんに話して、仙台の人にもわかってもらう」

八神は目を伏せた。またキーボードを打ち始めたが、その手が止まった。

「なぜ」口が動いている。「なぜみんな仕事を楽にしようとしない」

その言葉が結衣の胸にすっと入る。なぜだろうね、とつぶやく。

「なんでみんな疲れる方へ行こうとするんだろうね」

九時半になっても電話はこなかった。過労で倒れていたらどうしよう。そんな考えが浮かび、指先が冷たくなった時、電話が鳴った。急いで出ると父だった。

「なんだ、お父さんか。切るね」

「あのな、電話は若い奴が先に切っちゃいけないんだ」父は憮然《ぶぜん》としている。

「そういう話、今一番されたくない。悠々自適な人と話してる時間もないんです」

「話した方がいいぞ。お前、賃上げ交渉するって言ってただろ。今からネットの記事のリンクを送るから読みなさい」

一方的に言って、父は電話を切った。見るとラインに通知が来ている。いつもながら強引だ。晃太郎からの電話を待つ間だけなら、と送られてきたリンクを開いてみる。

『八幡《やはた》製鉄所の労働争議――二万五千人の労働者のストライキ』

というのがタイトルだった。

「私はストライキなんかしないってば」

と、独り言を言いながら流し読みをする。

『明治三十四年に操業を開始した八幡製鉄所は第一次世界大戦を経て拡張を続け、大正九年には二万五千人を超える大企業に成長していた。労働者たちは予《かね》てから待遇改善を求めて局所的なストライキを行っていたが、警察からの禁止命令などの抑えこみに抵抗するため、全労働者で闘う体制を固めはじめた。当時、彼らの労働時間は一日十二時間であった』

十二時間か、と結衣はつぶやく。

雨宮製糸工場の工女たちが日本初のストライキを起こしたのが明治十九年。彼女たちは十四時間労働だった。それから元号が変わって大正時代になっても、工場労働者が置かれた労働環境は劣悪なままだったのか。

『八幡製鉄所の労働争議に加わった労働者たちが製鉄所に求めたのは、八時間労働制の導入と、賃上げだった。二万五千人がストライキに入ったことで、十九年燃え続けてきた八幡製鉄所の溶鉱炉の火は消えた』

　現代では法律で定められている八時間労働を提案したのが、工場労働者だったとは知らなかった。しかも同時に賃上げも要求するとは、かなり大きく出たな、と思う。

　父からまた電話がかかってきた。廊下に出て、通話マークをタップする。

「その続き、知りたくないか。八幡製鉄所の工場労働者たちがどうなったか」

「二万五千人も参加したんだから要求は通ったんでしょ」

「いや、製鉄所当局と警察の激しい弾圧を受けた。首謀者は逮捕され、多くの工場労働者がストライキをやめたそうだ」

「弾圧……」怖い言葉だ。胸が冷たくなる。

「ただまあ、最終的には、八幡製鉄所側も折れてな、八時間労働制を導入、賃上げもしたらしいんだ」

「ならよかった。切るね」

「でもな、その後、労働争議への弾圧はどんどん厳しくなっていき、ストライキの指導者が虐殺《ぎゃくさつ》されたり、投獄されたりした。賃上げ交渉の歴史は血塗られている。お前も気をつけろ」

　それを言うためにわざわざ電話してきたのか。結衣は話題を変える。

「そういえばお母さん帰ってきたの？」

「まだだ。だがすぐ音を上げるだろう。ストライキなんか俺がやめさせてみせる」

不穏なことを言って父は電話を切った。溜息をついて結衣はオフィスに戻る。

母には何度かラインを送っている。が、既読になるだけで返事がない。兄夫婦とは連絡を取っていて、居場所もわかっているらしい。尋ねたが教えてもらえなかった。

――結衣は晃太郎さんと暮らし始めたばかりだし、負担かけたくない。

というのが母の言い分らしいが、兄夫婦にも小さい子供がいる。早く解決するといいなあ、と思いつつ、スマートフォンをノートPCの脇に置いた時だった。

また電話がかかってきた。今度こそ晃太郎だろうと画面もろくに見ずに出ると、のんきな声が響く。

「うふふ残念でした。甘露寺勝です」

「甘露寺くん、種田さんからの連絡を待ってるとこなんで切ってもいいかな」

「その種田氏ですが、そちらへ連絡するどころではなくなってます」

そういえば甘露寺もまた仙台に戻っていたのだ。「何で？」と結衣は尋ねる。

「実は仙台支店は現在、労働者全員がストライキ状態に入っておりまして」

「は？」と結衣は耳を疑う。父に八幡製鉄所の話をねじ込まれたせいで聞き違いをしたのか。そうであってほしいと祈りながら言う。「どういうこと」

「発端を作ったのは種田氏です。社内チャット炎上の件で、佐竹サブマネジャーを激詰めしてしまいまして……。クライアントの信頼回復のため全力を注ぐべき時にマナー講習なんかに時間を使ってどうする、頭がおかしいんじゃないか、などなど……」

「うわ」結衣は目を瞑《つむ》る。

晃太郎は納期が近づくと人が変わる。仕事ができないメンバーたちをフォローするいつもの優しさは消えてしまう。そうなったら社内で鬼と呼ばれている石黒より怖い。

「サラリーマンなら利益のことを一番に考えるべきだ、創業メンバーなら高い給料をもらっているはず、それに見合う働きをするべきだと、とにかく激詰めです」

「それでストライキが起きたってわけ？」

「徹夜明けの種田氏が社宅に戻って仮眠している隙《すき》に、佐竹氏らサブマネたちが、カードキーの登録を外してロックアウト。かくしてデジタルなバリケードが築かれたという次第です」

「それで仕事をするのをやめたと」

「それが、仕事はしてますのです」甘露寺は言う。「給料泥棒のような言い方をされてはたまらない、自分たちだけで検証テストをやり抜く、というのが彼らの主張です。

ですが、何分にも仕事が遅い方々ですので、あいつらだけで間に合うわけない、俺がいなければまた納品が遅れることになる、業務がストップしたも同然だ、と種田氏は言ってます」

「なるほど、それでストライキ状態ってわけね」

その状態が続けば、今度こそガイアネット保険に切られるだろう。晃太郎のマネジャー復帰もなくなるかもしれない。頭が痛くなってきた。

八神の言葉が耳に残っている。なぜみんな仕事を楽にしようとしない。

「種田さんは今どうしてるの」

「近くのドトールにインしましたが、メニューをぼうっと見ています」

「……何もしてないの？」

「実を言うと、種田氏はこちらに来てからずっと孤立してまして。ランチに行くたび愚痴を延々聞かされたものです」

「種田さんが甘露寺くんに愚痴を」それはかなり重症だ。

「お二人の過去のお話もたくさん聞けましたので私は面白かったですがオホホ。……お！　ミラノサンドができたようなので、戻ります」

「連絡ありがとう。種田さんにも何か食べさせておいてね」

電話を切った後、どうしたらいいだろう、と途方に暮れる。いま聞いたことを石黒に報告するか。その前に制作部長か。どちらにせよ、関係者全員の評価は下がるだろう。

それだけならまだいい。結衣の頭にデニー証券の如月の顔が浮かんだ。クライアントにとってウェブサイトは重要な営業ツールだ。彼らのビジネスを支えることがこの会社の仕事なのだ。信頼を失えば会社は傾く。仙台支店のメンバーたちにはそれがわかっているのか。晃太郎はこの二週間、そういう人たちと対峙《たいじ》し続けてきたのか。

「東山さん」

声をかけられた。振り返ると、小柄な野沢が自分を見上げている。

「あのう、残業代って一時間やるといくらなんですか？」

戸惑いつつ、結衣は少し考えてから答える。

「給料から手当を引いた額を勤務日数かける時間で割ると時給が出るよね。それをさらに二十五パーセント増ししたのが残業代。野沢さんの場合は一時間千六百円くらいかなあ」

「ってことは、月二十時間残業したら給料は三万円くらい増えるってことですね」

「……まあ、そうだけど」心がざわついて結衣は尋ねた。「なんでそんなこと訊くの？」

「あっ、深い理由はなくて、その、知りたかっただけです」

「言っとくけど」自分の声が尖るのを感じる。「残業代を稼ぐ目的で必要のない残業をするのは生活残業といって、チームの利益を損なう行為だよ」

「わかってます。やりません。やりませんから、忘れてください」

野沢は手をひらひら振りながら遠ざかっていく。

胸騒ぎがした。野沢は趣味のために定時に帰りたい派だ。だが趣味に思い切りのめりこむために稼ぎたいとも言っていた。本間が残業代を稼いでいることを知って、自分もやりたいと思ったのではないだろうか。

「まずいな」結衣は額に手を当てる。

仙台支店で常態化している生活残業。それが本間を介してこっちのチームにも伝染するかもしれない。どうすればいい。

考えこんでいるところへ、八神がやってきた。

「デニー証券のプランニングのラフ案を送ったから、今日中に見ておいて」

八神の色素の薄い目を見た瞬間、結衣の口は動いていた。

「ね、今日だけは緊急対応をお願いできないかな」

「事由が納得できるものなら」そう答えた八神に、結衣は言った。

「なぜみんな仕事を楽にしようとしないのか。その答えを見つけに行かない？」

「見つけに行くってどこへ」

「仙台へ」

その時には結衣は覚悟を決めていた。晃太郎を助けに行く。ただし婚約者として寄り添うためではない。定時で帰る管理職として、晃太郎の上司として行く。

「バリケードを解いて、ストライキ状態をやめさせる」

八神にそう言うと、まずは情報を入手するために、結衣は甘露寺に電話をかけた。

東京駅から新幹線に乗ると、結衣は崎陽軒のシウマイ弁当を食べながら仙台の状況を八神に話して聞かせた。その後はずっとスマートフォンを見ていた。

八神もノートPCを広げていたが、一時間もすると不安になったらしく尋ねてきた。

「バリケードを解くって言ってたけど、ビルシステムのセキュリティは、私は専門外だよ。本社の総務に連絡した方がよくない？」

「それは最終手段にしておきたい。話し合いで解決できるならそうしたい」

「……じゃあバリケードはどうやって突破する？　私はどこで役に立てばいい？」

「突破する方法は今考えてる。本社から来たって言ったら、絶対に入れてもらえないよね。裏技を使うしかないか。八神さんに役に立ってもらうのはその後……って、いま何時？　うわもう仙台か」

　車内アナウンスがもうすぐ仙台と告げる。慌《あわ》てて支度して停車した新幹線を降りた。あきれ顔の八神が追ってくる。

「裏技ってなに？　ハッキングでもするの」

「そんなの必要ない。八神さん言ってたでしょ。どんなに新しいシステムを入れても、使う人の脳が古ければ……って。そこを突こう」

　そう言いながら、仙台駅を北口から出て、右手に鞄、左手に東京ばな奈の紙袋を持った姿で見回す。すぐに小柄な若者が目に入った。

「あ、いたいた。甘露寺くん！」

　迎えに来てくれた甘露寺に八神を紹介すると結衣は尋ねた。「仙台支店の状況は」

「種田さんをロックアウトしたままです」

「そっか。種田さんはまだドトールにいるの」

「その辺を走ってくると」

「走る?」不思議そうな顔になった八神に「精神的にきつくなると走るの」と結衣は説明する。

「お言いつけ通り、師匠たちが来ることは言ってません」甘露寺は敬礼して言う。

「甘露寺くんはロックアウトされてないんだよね」

「はい、種田氏とは違ってわたくしは愛されキャラですから……。ですが本社の人間を連れて行けば警戒されるでしょうな。師匠は種田氏の上司でありますし」

小さくうなずきながら決心する。仙台支店はここから徒歩一分のところにある。新幹線の中で考えついた策はこれしかない。結衣はお腹を押さえた。

「いたたた……。何だろう、急にお腹に激痛が」

と地面にへたりこむ。「大丈夫?」と八神が顔を覗《のぞ》きこんでくる。

「大丈夫じゃない。……全然大丈夫じゃない」結衣は苦しい息を吐く。

「救急車を呼びます! いや、その前に種田氏に連絡を」

「だめ、心配かけたくない」結衣は呻《うめ》きながら言う。「特効薬があるの。セイロガン糖衣A。あれさえ飲めば治る。いつもは持ち歩いているのに、今日は家に置いてきちゃった」

「買ってきます!」

こういう時に限って無駄に気が利《き》く甘露寺の服の裾《すそ》を結衣は摑《つか》んだ。

「一番近い薬局まで五分。でも仙台支店なら一分」

顔をしかめながらスマートフォンを出して画面を見ろという仕草をする。

「サブマネの佐竹さんの机にセイロガン糖衣Aがある」

見せたのは佐竹のフェイスブックに投稿された写真だ。机の上が写っており、そこに薬の瓶があった。

「この薬さえ飲めば治る。早く飲みたい。いたたたた！　五分も待てない」

「佐竹氏に連絡しましょう。ロックアウト中ですが、彼とて鬼ではありますまい」

「ありがとう、でも恥ずかしいから、私の名前は出さないでもらえると」

「ガッテン承知の助」甘露寺は素直に電話をかけ始めた。「もしもし、佐竹氏？　いま仙台駅におるのですが、腹痛で苦しむ女性と遭遇……。セイロガン糖衣Aはお持ちですか？」

三分後、結衣と八神は仙台支店のオフィスに通されていた。

お腹を押さえた結衣の表情が切実であったことが、彼らの警戒心を解いたらしい。

佐竹は驚くほどあっさり中に入れてくれ、「私もよくなるんです、急な腹痛」と薬の瓶を持ってきてくれた。

「さ、ソファに座って。水を持って来ます。そちらの方にはコーヒーを」

年齢は塩野谷と同じくらいで、四十歳手前というところだ。白シャツに紺のセーターを着ている。来栖が老害などと言うから、もっと年配だろうと想像していた。思えば、自分は仙台支店の人たちをよく知らない。むこうもそうなのだろう。窓の外に広がる街路樹は東京よりもよく育っていて立派だ。そこから視線を戻すと、八神が言った。

「使う人の脳が古ければって、こういうことか」

「しょぼい手でごめん」結衣は苦笑いする。「しかも人の善意につけこむようなやり方でがっかりしたでしょ」

「まあ、それはこの際、しかたない。……だけど思ってたよりいい人たちだ」

「そうだね」

結衣はオフィスを見回す。若手たちは検証テストにかかりきりのようだ。サブマネジャーらしき中堅社員たちはそれを見守っている。彼らなりに一生懸命働いてはいるのだ。

「だけど、いい人たちだから、一生懸命だから、それでよしとはいかないのが会社だからね」

そう言いながら、隅にある机に目をやる。他の席よりワンランク上の椅子《いす》がある。見慣れた上着が無造作にかかっていた。あれが晃太郎の席か。本社の席に比べて、机がファイルや書類で散らかっている。本当に余裕がなかったんだな。そう思いながら、結衣は八神に向かって言う。

「自分を守るためだけにする仕事は、必ず、他の誰かを追いこんでしまう」

佐竹が戻ってきた。八神の前にコーヒーが入った紙コップを置く。

「痛みは治まりましたか」

「はい、おかげさまで。本当にありがとうございました」

「治ったのならよかった。……お二人は出張か何かで仙台にいらっしゃったんですか」

「そうです。自己紹介がまだでしたね。本社制作部の東山と申します。あ、これ皆さんでどうぞ」

そう言って、東京ばな奈の紙袋をテーブルの上に置いて佐竹の方へ押し出す。

「……本社」佐竹の顔が強張《こわば》る。「東山さんってたしか、定時で帰るので有名な」

「その東山です。佐竹さんにお会いするのは初めてですよね」

「はあ、私は十年はこっちにいますからね。本社の人たちとはメールのやり取りをするばかりで……オンラインで参加している表彰式以外では、あまり交流もないもので……お名前と顔が一致せず、失礼しました」

「こっちは八神さん。チャットではすでにやり取りされていますが、対面でも話した方がいいと思いまして、無理を言って出張に同行してもらいました」

「そのために仙台へ？」佐竹の顔がさらに強張った。「では腹痛というのは嘘《うそ》ですか」

「えっ、そうなのですか」甘露寺が口を押さえている。

「ごめんなさい。でも、こうでもしないと中に入れてはもらえないと思いまして」

「わたくしまで騙《だま》すとは酷《ひど》い！　見損ないましたぞ」と甘露寺はうるさい。

「種田さんに頼まれたんですか。セキュリティを解除してほしいと」

佐竹の声に警戒心が滲《にじ》む。他のサブマネジャーたちもこっちに来る。

「いいえ、私の判断で来ました。このままではまずいと思いましたので」

結衣は立ち上がってサブマネジャーたちを見渡す。

「皆さんにお聞きします。種田さん抜きで検証テストが終わる目算はあるんですか」

サブマネジャーたちは顔を見合わせる。「……それは」

「もし終わらなかったらどうなりますか。今回の件を契機に、本社のマネジャーたちは仙台支店への社内発注をやめようと言い出すかもしれません。そこまでお考えですか」

　そう言うと、佐竹たちの表情が険しくなった。彼らにとっては仕事も給料も本社から降ってくるものなのだ。社内発注を止められたら、自分たちで営業しなければ支店を存続できないが、それは嫌だろう。

「このままでは全員が苦しくなるだけです。私も定時後にトラブル対応をさせられて迷惑――いえ、あっぷあっぷしています。どうです、ここは穏便にいきませんか？」

　佐竹は困惑した顔になる。「穏便に？」

「はい、穏便に。まずは私からお詫《わ》びさせてください。社内チャットが炎上した件については、私の配慮不足でした」

　結衣は小さく頭を下げる。責めてはだめだ。晃太郎の二の舞になる。

「ここにいる皆さんは創業メンバーです。この会社の礎《いしずえ》を築いた方たちです」

　創業メンバーへの敬意を最大限示して、そう言う。

「対して、八神さんは入社して数日です。その両者がいきなり社内チャットで出会えば、コミュニケーションはうまくいかないでしょう。私がもっと配慮していればよかった。申し訳ありませんでした」

「いや、東山さん、やめてください。……私たちも悪かったんです」

佐竹が慌てたように言った。

「いきなりチャットに切り替えろと種田さんに言われ、強引だと思っていたところに、八神さんに敬語も使わずに指示されて、立て続けに本社の社員に馬鹿《ばか》にされたと感じてしまったんです」

その言葉を聞くと、八神は目を伏せた。「馬鹿にしてない」そして、間を空けてから口を開いた。

「私は親の都合で高校まで台湾にいま……した」

そうなのか。結衣は驚いて八神を見る。人事部からは知らされていない。

「日本語を話す分には問題ない。でも敬語は苦手。家庭では使わなかったので脳に負荷がかかる、かかります。皆さんより時間がかかります。それより開発に集中したいです」

眉間《みけん》に皺《しわ》を寄せて話した後、八神は佐竹を見つめた。

「私は皆さんの仕事を楽にするためにこの会社に来ました。だから、言葉だけを見て怒らないで。お願いします」

「……そうでしたか」佐竹は気まずそうな顔になったが、他のサブマネジャーたちを取り巻く空気は柔らかくなる。戦意を喪失したという雰囲気になっている。

やはり八神に来てもらってよかった。この勢いで万事解決してしまいたい。

「あのう、ついでに種田さんとも和解してもらえませんか」

だがその名前が出ると佐竹たちは再び硬化した。

「それは難しいです。あのように上からものを言われては立場がありません」

「たしかに」結衣は溜息をついて言った。「種田さんは上からものを言いますよね。高圧的だし、偉そうだし、一方的だし、ムカつきますよね。すごくわかります。……でもああ見えて、いっぱいいっぱいで、皆さんに舐《な》められまいと必死なんだと思います」

自分もそうだ。塩野谷の前に出ると必死になってしまう。

「だけど、彼なりに、アウェイな場所で、一生懸命にやっていたはずです。違いますか？」

「たしかによくやってくれていた」別のサブマネジャーが言った。「こっちに来るなり、ものすごい量の業務を巻き取ってくれた。それはわかっている。……でも、だからこそ、こっちも意地になってしまって」

「意地って何ですか」

後ろから声がした。ふりむくと、二週間半ぶりに見る晃太郎がいた。Tシャツにジヨガーパンツという、ほとんどトレーニングウェアのような格好でオフィスの入り口に立っている。無精髭《ひげ》が生え、目は睡眠不足のせいか血走っていた。

「師匠に嘘をつかれたのが悔しくて、仕返しに呼んでしまいました、オホホ」

甘露寺がしたり顔で囁《ささや》いてくる。結衣が佐竹たちと対峙している間に入室させたのだろう。晃太郎は結衣の横まで歩いてくると、

「来るなって言ったろ」

小声で言って、サブマネジャーたちに充血した目を向けた。

「大口のクライアントを失うかもしれないこの時に、俺をロックアウトまでして、守りたかった皆さんの意地とは何ですか？」

「それは」佐竹がすがるような目でこっちを見た。

「言いたいことがあるなら、言っちゃいましょう」結衣は励ます。

佐竹は迷っていたが、小さく深呼吸して言った。

「私たちは創業メンバーです。東山さんがさっき言ってくださったように、会社の礎を築いてきたという自負がある。ですが、本社からは見捨てられた存在です。十一年前に仙台に転勤させられてからというもの、昇格も塩漬けされている状態で……」

「こんな仕事ごっこみたいなことしてて昇格なんかできるわけない」

そうつぶやく晃太郎を結衣はちらりと見た。言い方がきつい。

「わかってる。焦《あせ》ってもいるんだ。だがクライアントには滅多に会う機会もない。本社チームの連中からは指示が来るだけ。何が悪いのかさえわからない」

「本社に教えを請《こ》うという発想はないんですか」また晃太郎がなじる。

「社歴ばかり長いくせに仕事のやり方もわからないのか。そう言われるのがオチだ。種田さんに言われたようにね。本社の若手に老害と呼ばれているのも知ってる」

そんなことはないとは言えなかった。佐竹は小さく溜息をつく。

「私たちのやり方も古いのかもしれませんが……。現実問題、若手に定時で帰れるように努力しろと言っても響かないんですよ。もう充分働きやすい職場になった、これ以上残業を減らさなくても、という空気が現場にはありまして」

「彼らにしてみれば効率化すればするほど、残業代が出なくなって、給料が減っていくわけです。何もいいことはないし、モチベーションが落ちていくのが当然かと」

サブマネジャーたちは胸の内を口々にこぼす。

「残業代が出ないからモチベーションが上がらないというロジックが俺にはわかりません」

晃太郎が冷たい声のままで、サブマネジャーたちを睥睨《へいげい》する。

「俺は残業代のあるなしでモチベーションが下がったことなんて一度もない。前の会社では月三百時間は残業していたが、残業代なんか出たことがない」

「三百時間?」甘露寺が口を押さえ、結衣は晃太郎を睨む。

「種田さん、今ここでそんな不幸自慢しても仕方ないと思うんですけど」

「サラリーマンたるもの、自分の給料のことより、会社の利益のことを一番に考えるべきだと、俺は言ってるんだ」

感情が昂《たかぶ》っているのか威圧的な口調だ。それを聞いた佐竹たちサブマネジャーの表情は萎縮《いしゅく》していく。

結衣は肚《はら》を決め、晃太郎に反論した。

「種田さんの言うこと、私は少し違うと思います」

「は?」晃太郎は眉《まゆ》をひそめる。「何が違うんだ」

誰より疲弊している男を悪者にするのは酷だとは思ったが、結衣は続けた。

「サラリーマンとは、サラリーを稼ぐために働く人のことですよね。給料のことを一番に考えてしまうのは自然なことなのでは?」

「東山さんはどっちの味方なんですか」

「私はただ、何のために仕事をするのかを、みんなで共有したいだけです」

二人の口論を仙台支店のサブマネジャーたちは黙って見ている。

「例えば私は定時で帰りたい。だから仕事を早く終わらせる努力をしてきました。仕事帰りに一杯やれるくらいの給料を会社がくれたからです。でも、今の若手は私たちの頃より手取りが少ない」

「だから？　節約すればいいだけの話だと思いますが」

「でも、人って二つ以上のものに同時に耐えられるようにはできてないと思うんです。仕事で効率化を頑張ったら、定時後はお金をパーっと使って外食したい」

「それは東山さんだけでしょ。そんな贅沢《ぜいたく》させるために生活残業を認めろって言うのか」

「そんなこと言ってないし、贅沢ってほどの贅沢じゃない」

「自分に甘いマネジメントしてるサブマネたちと、残業代のためにダラダラ仕事する若手らと、そんなメンバーで仕事した結果、起きたのがこの支店の炎上じゃないんですか？　違うのか」

「そこまでわかっているなら、責めるんじゃなくて、解決方法を考えましょう。たとえば、残業代の代わりに何が得られたら、若手のモチベーションが上がるのかとか」

結衣は晃太郎を見据える。

「たとえば、給料を上げてもらう、とか」

「給料を上げる？」

「まず、私たち本社チームの効率化スキルを仙台支店と共有しましょう。八神さんのシステムを使って。それで若手メンバーが定時で帰れるようになったら給料を上げてくれと会社に交渉するんです」

今朝までは本間の問題だけを解決すればいいと思っていた。でも違うのだ。

来栖の言う通り、業務効率化のツールをクライアントに売って、新しい事業の柱にしようとするなら、この会社のベテラン社員たちも変わらなければだめなのだ。

晃太郎は少しの間黙ったが、低い声で言った。

「東山さんにそんなことできるんですか」

「わかりません。でも二度と炎上なんて起きてはいけない。これ以上、種田さんに無理をさせて、また同じ過《あやま》ちを繰り返したくない」

星印工場の案件で結衣が倒れたという噂《うわさ》は仙台まで伝わっている。そう塩野谷が言っていたことを思い出し、結衣は自分の額を見せた。そこには傷がある。

「いろんな人たちが傷ついて、苦しい思いをして、命を懸けて仕事をしなくてもいい会社を作ってきたんです。さらにその先に進みましょう」

結衣は佐竹たちにニッコリと微笑《ほほえ》みかけた。

「定時で帰ってもゴージャスに暮らせる会社を、みんなで作りませんか？」

仙台支店のサブマネジャーたちは結局、晃太郎を改めてマネジャーとして迎え入れることに合意した。彼らはそのまま会議室に入り、今後の方針について一時間ほど話し合っていた。

終わるのを待つ間、八神は甘露寺の紹介を受けて、若手社員たちと談笑していた。ここで顔見知りになっておけば、今後チャットで対立することもなくなるだろう。

八神を先に東京に帰して、自分も帰ろうと支度をしているところへ、会議室から晃太郎が出てきた。

「少し段取りついた。夕飯食う時間くらいは取れそう」

「そっか、よかったね。たまにはゆっくり食べてきたら？」

「……じゃなくて」晃太郎は腕の Apple Watch に目を落とした。「笹《ささ》かまを自分で焼いて食べたいんだろ？」

「あれ」結衣は晃太郎の顔を見る。「勝手に来たこと、怒ってないんだ」

「怒るだなんてとんでもない。……いつものことながら、俺を悪者にして、皆をうまいこと丸めこんで、さすがは東山さん、見事な手腕だなあって感心してますよ」

「やっぱ怒ってる。帰ります」

「待って、冗談だってば。傷のこと持ち出された時はグサッときたけど怒ってはない」

二人きりになったのが落ち着かないのか、晃太郎は結衣の顔をまだ見ようとしない。

「地ビール置いてる店が近くにある。そこで笹かまが焼けるんだって」

「調べてくれたんだ。デートしとけって柊くんからアドバイスでもされた？」

からかったつもりだったのだが、図星だったらしい。晃太郎は黙っている。もしかしたら店も柊が調べてくれたのかもしれない。

「俺はただ久しぶりに話でもって……。もういいよ、行きたくないなら」

「行くってば。地ビール、何飲もうかな」

「……じゃ、まず甘露寺を撒《ま》く。結衣と飲みに行きたいってさっき騒いでたから」

それぞれオフィスを出た後、裏のショッピングセンターで待ち合わせをしよう。そう約束して二手に分かれようとした時だった。

「師匠！ついでに種田氏」甘露寺の声が廊下に響いた。「サブマネの皆さまが飲みにお連れしたいとお待ちかねです！　新幹線の終電までまだ時間ありますね？」

「行きましょう」と佐竹の声もする。

今日はちょっと、と言いかけた結衣に、傍にきた甘露寺が囁く。

「種田氏はこちらに来てから一度も彼らと飲みに行っておりません」潤滑油になれる結衣がいる機会にそういう場を設けた方がいい。そう言いたいのだろう。

「東山さんはもう帰るって言ってるから」と甘露寺を追い払おうとしている晃太郎の横顔を結衣は見上げた。今日は仕事で来たのだと自分に言い聞かせる。

「せっかくだし、美味《おい》しい店に連れてってもらいましょうか」

晃太郎は少し黙った後、床に目を落とした。そして「はい」と小さく返事をした。検証テストを続けるために、サブマネジャー一人を残し、近くの居酒屋に移動することになった。

乾杯の音頭をとったのは佐竹だった。地ビールのメニューが豊富で、炭火で焼いた厚切り牛タンも美味しかった。何度もグラスを乾した。東山さんはノリがいい、と佐竹は嬉《うれ》しそうだった。会社の人と飲むのはいつぶりだろうと結衣は思った。

「塩野谷さんってどんな人なんですか？」酔った勢いで訊《き》いてみた。「いま本社で同じチームにいるんですが、なかなか打ち解けられなくて」

佐竹は赤くなった顔を手で仰ぎながら言う。

「部下の面倒見がいいけど、酒のつきあいは悪い。仙台に島流しになって十一年だし、会社にもう期待してないからじゃないかな。私たちもそうだけど、ははっ」

会社に期待していない。その言葉が胸の奥に残る。

晃太郎も若手たちと会話していたが、しばらくしてから見ると、難しい顔でスマートフォンを眺めながら、手酌でビールを飲んでいた。こんなところに来ても業務メールのチェックか。

二十一時になると誰かが言った。

「そろそろ新幹線の終電ですよ」

「送っていきます」

晃太郎が立ち上がり、結衣を仙台駅まで送ってくれた。

終電は二十一時四十七分だ。腕時計を見るとあと二十分しかなかった。晃太郎はホームまで結衣を連れていくと、売店で買ったお茶を押しつけてきた。

「若手の給料を上げるなんて話、いつ思いついたの」

「……ああ、うん、本間さんにね、給料が減ったのは東山さんのせいだ、って言われて、それで意地になって。……こっちでも勢いで約束しちゃって、まずかったかな」

「いや、それしかないかもしれないな」

「こういう時はいつも反対するじゃない。甘いとか、わかってないとか、今回も言われると思ったのに」

「酔ってない」

「酔ってる？」

「さっき制作部長の池辺《いけべ》さんから来たメールに書いてあった。下半期からは残業の上限が二十時間から十五時間になるらしい」

「十五時間」難しい顔をしていたのはそれでだったのか。

残業を取り締まるため、管理職の業務がまた増える。

「……考えたんだが、順番を逆にしたらどうだ」

「逆？」首を傾《かし》げた結衣に、晃太郎は早口で言う。

「残業を減らした後に給料を上げるのではなく、まず給料を上げてもらうんだ」

結衣は少し考えてから言った。「ごめん、どういうこと」

「給料が上がる保証がないのに残業代を手放せと言ってもあいつらは聞かないだろ。だったら、必ず上がるという保証を先に会社にしてもらうんだ。それが一番いいと思う」

なるほど、それなら本間も不安を抱かず、効率化に励んでくれるかもしれない。

「まずは池辺さんに掛け合うのが筋だ。俺から話を耳に入れとこうか」

「助かる」結衣はうなずいた。「もうここでいいよ」

しかし晃太郎は去ろうとしない。何度か躊躇《ためら》った後に言った。

「今日は来てくれて助かった。……正直、本当に助かった」

そう口にした時、大きな音と風とが二人を襲った。新幹線がホームに滑りこんでくる。

「もう乗らなきゃ」

じゃあね、と振ろうとした手を、晃太郎が摑んだ。そして何か言ったが、声をかき消すように、駅員のアナウンスが鳴り響く。結衣は声を張る。「なに？」

「帰りたい」今度は聞こえた。「結衣のいるうちに」

これは終電だ。乗らなければ。そう思ったが、

「誰もいない社宅に帰りたくない」

その言葉を聞いて、

「帰ろ」結衣は手首を摑み返した。「これ乗って東京に帰ろう」

だが晃太郎は動かない。結衣に摑まれた自分の手を見つめている。

「だけど、ここで逃げたらマネジャー復帰は無理だ」

「そんなことない」

「ローンも返せなくなる」

「私だって稼いでるし大丈夫だよ」その言葉を強く言う。

「浪費家のくせによく言う」

「払えなくなったら売ればいいでしょ」

「売るって馬鹿か。お前ってほんといつも適当だよな」

「晃太郎はよくやったよ。ここで逃げても誰も責めたりしない。私が絶対させない」

「……でも、まあ、俺がいないとまた炎上するから」

いつもの強気な表情に戻っていく晃太郎を、結衣は切なく見つめた。この男は自分を立て直したのだ、この十数秒で。柊の言葉を思い出す。

――弱いところを見せられないって点では、うちの兄はかなり厄介ですよ。

懇親会なんか断ればよかった。二人だけで飲みに行けばよかった。仕事と関係ない話をたくさんすればよかった。愚痴を吐ける時間を作るべきだった。

「さ、もう乗らないと。明日も会社ですよ、東山さん」

結衣の背中を押して新幹線に乗せると、晃太郎は一歩下がった。そして笑う。

「じゃあな」

ドアが閉まり、新幹線はホームを離れ、仙台はあっという間に遠くなった。

あの男は弱いところを見せられない。柊に言われなくても知っている。前つきあっていた時もそうだった。一人で抱えこんでしまって、結衣には話してくれなかった。

座席についた時、スマートフォンに通知が来た。晃太郎からだ。さっきは言えなかった思いを送ってきたのかもしれない。急いでメッセージを開く。

『給料の件、早い方がいいと思って池辺さんにメールしといた。アポを取っておいたから、忘れずに話をしに行くように。明日の九時、会議室も予約した』

そっけない文面の業務連絡をしばらく眺めてから返信した。

『ありがと、助かる』

新幹線の窓に額をつけ、目を伏せると、結衣は深く溜息《ためいき》をつく。

東京に着くまでの間、そうしていた。

第三章　生活残業族

仙台から帰った日の翌朝、コーヒーが満タンのポットと紙袋を提げて、結衣は出社した。小原チームが働いているオフィスを覗《のぞ》くと、尖《とが》った声が飛んできた。

「あれえ、東山さんがいる」

奥のマネジャー席から険しい目をこちらに向けているのは、小原克広《かつひろ》だ。晃太郎より一つ年上の三十七歳だが、マネジャーに昇進したのは晃太郎より少し後だった。

「寝不足で幻覚を見ているんですかね……。始業前なのに東山さんが会社にいるとは」

いきなり嫌味を言われる。こういう人なのだ。二ヶ月くらい前にエレベーターで遭遇して、定時で帰って管理職ができるのか、などと言われたことを思い出す。あまり好かれていないらしい。

床に転がるいくつかの寝袋を跨《また》ぎながら、小原の机までたどり着く。

「これ陣中見舞いです。ドトールのコーヒーとデニッシュ。朝ご飯にどうぞ」

「お気遣いどうも」そう言う声も尖っている。「昨日は仙台支店に行かれたそうですね。あっちの連中と痛飲したとか。俺は二週間アルコール摂取してないんですがねえ」

社内チャットの炎上には小原チームも関わっている。こちらもなだめておこうと普段ならしない早朝出勤をしたのだが、甘かったようだ。

「おーい、差し入れきたよ。みんな時間ないだろうけど食べて。でないと死ぬぞ」

メンバーたちがゾンビのような足取りで紙袋に近づいてきた。その一人が結衣の隣に来るや、「彼女に振られました」と恨みがましく言う。「会える時間が少なすぎるって」と言い置いて、デニッシュを咥《くわ》えて自席に戻っていった。一度も話したことのない社員だが、仙台の炎上のせいで疲弊していて、誰かに愚痴を言いたかったのだろう。

「女は裏切るが仕事は裏切らないぞー」

小原はそう言いながらコーヒーを大きなマグに注いでがぶ飲みしている。こっちもかなりやさぐれている。結衣は口を開いた。

「仙台支店では生活残業が蔓延《まんえん》しているそうです。炎上したのも、そういうモラルの低い働き方が原因かと。小原さんにとっては腹立たしいだろうと思いますが」

「が？」小原の右眉《まゆ》が跳ね上がる。

「彼らの給料を上げたらどうかと思うんです」

「誰の給料を？ まさか非効率な奴《やつ》らの給料を上げるって話じゃないですよね」

「非効率な働き方をしてまで残業するのは給料が低いからです。将来が不安だからです。彼らに残業代を手放させるためには、定時で帰ったら給料を上げるという約束をしてくれと上と交渉するしかない、とそう思ってまして」

「……鼻先にニンジンをぶら下げるっていうわけですか。でも交渉って誰と」

「九時に池辺さんのアポ取ってます」

「池辺さんね……。社長に忖度《そんたく》するので有名な人だし、そんなお花畑案を通すかなあ」

「あの！ 私だってこんな面倒なことに関わりたくないですよ。仙台の炎上を収めるためです。ちなみに先に約束をとりつけるべきだとアドバイスしてくれたのは種田さんです」

「種田が？ へえ、ならうまくいくかもな」

何だ、その態度急変は。小原はまたコーヒーをがぶ飲みしてから言う。

「種田はプライベートを犠牲にしてきた人ですから。そういう男は信用できる。去年の暮れに飲んだ時、俺ももう結婚はしないって言ってましたし」

そんなことを言っていたのか。去年の暮れといえば、星印工場の案件の真《ま》っ只中《ただなか》だ。結衣はまだ諏訪巧と婚約していた。半年経《た》って状況はまるで変わったのだが。

「俺もってことは、小原さんも同じなんですか。忙しすぎて彼女と別れたとか？」

小原は答えない。別れたんだな。内心でうなずきながら結衣は言った。

「小原さんもたまには休みとったら。仕事だけが人生じゃないですよ」

「あなたは呑気《のんき》でいいですね。俺や種田みたいな中途入社組は、この会社ではいろいろと〝区別〟されるもんで、給料を上げようと思ったら、新卒入社組さんたちの何倍もの成果を出さないといけないんですよ。俺もようやく年収七百二十万まできたけど」

「そんなに」晃太郎もそれくらいもらっているのだろうか、と考える。

「だから種田も仙台へ行ったわけで。職能給がいくら飛び級しても会社に長くいる創業メンバーには追いつけない。でも出世すれば役割給で追いつけますから。種田が狙《ねら》ってるのは制作部長の座だそうですよ。ま、そうなってくれると俺もやりやすいですが。聞いてません？」

聞いていない。結衣が黙りこむと、小原はなぜか勝ったという顔になった。

「わかりました。種田のためだったら、社内チャット炎上の件、うちのメンバーたちは俺がなだめます。仙台の連中を効率的に働かせるためにも交渉頑張ってください」

「できれば小原さんにも交渉に協力していただきたく――」

「俺のどこにそんな余裕が？」

「……ですね、すみません。こっちでやっときます」

「しかし東山さんも大変ですよね。塩野谷さんも創業メンバーでしょ。うちのチームはかなり前からやり取りしてきたけど、まあ何もしてくれませんよ。ご愁傷様です」

「やっぱりそうなんですか」

「社長と石黒さんは別として、創業当時から居残ってる人たちは完全に守りに入ってますから。俺はなるべく仕事で絡《から》まないようにしてますよ。ま、石黒さんは石黒さんで別のヤバさがあるけどね」

コーヒーを飲み干した小原は意地の悪い笑顔を見せた。

「そういや池辺さんも創業メンバーですよ。ま、東山さんならなんとかするでしょう。未来のリーダー候補という噂《うわさ》ですからね。誰が言ってんのか知らないけど」

どこまでも嫌味だ。結衣はにっこり笑って、小原チームのオフィスを去った。

制作部長の名前は池辺明人《あきひと》という。直接話したことはあまりない。おそらく四十代半ばではないだろうか。社員番号は七番だ。結衣を笑顔で会議室に迎え入れた池辺は、いきなり創業当時の話をし始めた。

「私はね、前は印刷会社にいたの。当時、電子デバイスの大手に勤めていた灰原さんに、創業に加わらないかと声をかけられてね。その時代はまだアナログ社会だったから、安定を捨てる気か、と同僚からは反対されたもんだよ。だが、これからはデジタル技術が社会のインフラを作ると私は思い切った。その結果、どうなったかというと、ネットヒーローズは急成長。かつての同僚たちよりも安定した生活を手に入れたというわけだ」

「そうでしたか」結衣は腕時計に目をやる。もう九時十五分だ。十五分後にはマネジャー会議、十時からはクライアントに行く予定がある。待ちきれず結衣は話を切り出した。

「残業時間の上限が十五時間になるそうですね。種田さんから聞きました」

「うん、そのうち全社にも通達が行くと思うよ」

「ですが、今のままでは十五時間は無理だと思います」

さっき小原に話した内容を繰り返す。晃太郎がロックアウトされたことについては伏せたが、生活残業が減らない実態についてはできるだけ詳しく伝えた。

「生活残業は昔から頭の痛い問題だが、残業削減が進んで表面化したんだろうねえ」

池辺はうなずく。「さすが、いいところに着目してくれた。この機会にぜひ撲滅してくれ」

「そのために、池辺さんにお願いがあります。とりあえずは制作部メンバーだけでいいので、残業を減らしたら給料を上げると約束していただきたいんです」

言った、と結衣は息をつく。自分が交渉すると皆に約束したはいいが、切り出すのには勇気が要った。だが、池辺の反応は思ったより軽かった。

「それ、種田も同じことを言ってきたよ。あいつは賃上げと言っていたが」

「……そうでしたか」地ならししておいてくれたのか。少し体の力が抜ける。

「だけどね、生活残業を取り締まるのは現場マネジャーの仕事でしょ」

「各チームの予算設定は前年比増です。受注した案件を回すのと、残業時間の取り締まりと、両方やっていたら現場マネジャーは死にます。種田さんも小原さんもそろそろ限界かと」

「だけど残業はやっちゃいけないことだからね」池辺はペンを弄《もてあそ》んでいる。視線もそこに向けられていた。「灰原さんだって、十一年前から定時退社を推奨しているわけだし」

「ですが、現場では残業をたくさんする人が偉いとされてきましたよね」

昨年上半期に晃太郎がＭＶＰ賞を獲《と》った時の表彰式では、あの男の長時間労働を賞賛する空気が満ちていた。池辺だって「この調子で頼むよ」と肩を叩《たた》いていたではないか。

あの頃、晃太郎と結衣はまだ同じチームではなかった。ろくに休まずに実績を出し続けている姿を見るのが怖くて、同じ社内にいても会わないようにしていた。

「ちょっと前まで残業する人が偉いって風潮だったのに、いきなりの残業削減。おまけに給料も減ってしまうのでは、モチベーションが下がっても仕方ありません」

「でも君はいかなる時も定時で帰ってたじゃない？」笑顔の奥から鋭いまなざしを池辺が投げてくる。「仲間たちを定時で帰すために灰原さんに直訴したこともあるくらいだ」

結衣は口ごもる。「あの時は、その、池辺さんを飛び越えてしまい、すみません」

「謝らない、謝らない」池辺は気さくに笑った。「入社して十年、東山さんがようやく会社のために行動してくれた。灰原さんはそう言ってた。私も同じように思う。さすがは未来のリーダー候補だって」

だから誰がそんなことを言っているんだ。池辺は更に続ける。

「君は入社以来、定時で帰ってきた。残業代ももらわず、他の人が十二時間かかる仕事を十時間、いや、八時間で終わらせてきた。そういう努力を積み重ねてきたんだろう？　すばらしいと思うよ。そんな君がやってきたのと同じことを部下にやらせればいいだけの話だ。それがそんな難しいことかな」

煮え切らない態度の池辺を見つめて、結衣は必死に言った。

「定時で帰るモチベーションは人によって違います。賃上げの件、ご検討いただけませんか」

「まあ、灰原さんに話してはみるけど、どうかなあ、あの人も忙しい時期だから。まあ私はかなり親しい方だから、機会があったら探りを入れといてあげるよ」

池辺はゆったりと腕組みをしているが、このままでは晃太郎は家に帰れない。心に焦《あせ》りが染《し》みだしてくる。

「仙台の炎上をできるだけ早く収めたいので、近々《きんきん》にお願いします」

「近々にか」池辺は天井を見上げる。「よしわかった、近々になんとかしよう」

キンキンに冷えたジョッキの表面を伝っていく水滴を結衣が眺めていると、

「制作部長、物わかりのよさそうな人でよかったじゃない」

と言って、辛いもの好きのおじさんは鶏皮《とりかわ》を唐辛子ダレにつけた。

今日は一週間ぶりに上海飯店に来ている。池辺との交渉が成功したのか失敗したのかわからず、ついここへ来ておじさんたちに愚痴ったのだ。

「……でも、本当にやってくれるのかな」結衣は弱音を吐いた。

「どうだろうね、給料の話だからな。軽々しくはできないさ。俺だって工務店の社長だけど、給料ってのは一度上げたら下げられない。経営者としては怖いよ」

「でも、早くやってもらわないと。小原さんもヤバそうだったしなあ」

「すぐには無理じゃないか」餃子《ぎょうざ》好きのおじさんがラー油を醤油《しょうゆ》にたらしながら答える。「日本企業ってのはさ、決めるのが遅いのよ。上司が上にあげるまで数年、更に役員に上がるまで数年。俺のとこには相談に来ないのかって激怒して白紙に戻しちゃう重鎮もいるしな」

「いるいる、あれ何なんだろな」と、辛いもの好きのおじさん。

「それより、結衣ちゃん、未来のリーダー候補だなんて言われてるのね。俺なら部下のことなんかほっといて、自分の給料を上げるため、出世に勤《いそ》しむけどな」

「そりゃ、給料が上がったら嬉《うれ》しいですよ。でも私は出世ってタイプじゃないし、それより――」

ジョッキについた水滴を指でぬぐいながら、結衣はこぼした。

「生活残業問題をなんとかしないと、晃太郎が帰ってこられない」

お盆を脇《わき》に挟んだまま結衣を見ていた王丹が「気に入らない」と言う。

「いつまであの男に尽くすつもり」

「晃太郎のためだけじゃない。本物のビールなんてしばらく飲んでないって部下にも訴えられたんだよ？　私だけが贅沢《ぜいたく》してるみたいに言われたらたまらない」

「それでさっきから手をつけられずにいるわけか。なら俺にちょうだい」

辛いもの好きのおじさんが手を伸ばしてくる前に、結衣はジョッキを持ち上げた。半分を一気に飲んで、小籠包《ショーロンポウ》に食らいつく。口の中にひろがる汁が美味《おい》しくて、一瞬だけ会社のゴタゴタを忘れた。

「他人のためになんか働くな。結衣さんはもっと上へ行け。もっと金を稼げ」

上海にいた頃は高層ビルの上層階で働いていたという王丹の目は静かに光っている。

「どっちにせよ」結衣は二つ目の小籠包を飲みこむ。「うちのチームの本来のマネジャーは晃太郎なの。一億五千万の予算を獲ってきたのも、クライアントに信頼されてるのも晃太郎。私はあそこまでできない。晃太郎が帰ってきたら、私はマネジャー代理から降ろしてもらって、サブマネとしてチームの運用を支える。それくらいが関の山なんだよ」

「結衣さんは自分を低く見すぎだ」

「いいの、うちは共働きだし、私がガツガツ出世しなくたってなんとかなるの」

小原は年収七百二十万。同じ中途組の晃太郎もそれくらい稼いでいるだろう。そう結衣が考える脇で、「うちだって」とか「きゃー」とか言い合って、おじさんたちははしゃいでいる。

「晃太郎くんが帰ってきたら甘い新婚生活スタートか」

「会えない時間が愛情を育てるっていうし、若いっていいなあ」

「若くはないですけどね」と冗談ぽく言ってから、結衣は頬杖《ほおづえ》をつく。「会えない時間が愛情を育てるか……前つきあってた時もそうだったけど、晃太郎の愛情ってイマイチよくわかんないんですよね」

昨日の夜、仙台駅のホームで別れた晃太郎を思い出しながら結衣はぼやく。

「あの人、何でも一人で決めちゃうんです。いきなりマンション買ってきちゃったり、ローンは一人で払うって言ったり。冷蔵庫も私がヨドバシでへばっている間に注文しちゃって、配送されて来たの、冷凍室が真ん中にあるやつですよ？　下にあるのがよかった」

「それはどっちでもよくないか」餃子好きのおじさんが笑う。

「前に別れた時も、倒れるまで働いた理由を私には言ってくれなかった。私のために転職するつもりだったって、こっちが知ったのは別れて二年後ですよ？」

しかも、そのことを結衣に話したのは、晃太郎を倒れるまで働かせた張本人の福永だった。

晃太郎は大事なことほど言わない。いつも他人の口から聞かされるのだ。

「仙台で孤立してることも私には言ってくれなかった。他にもまだ言ってないことがあるんじゃないかって思ったら、少し不安になっちゃって」

「よし別れろ」王丹がコップに水を注ぎながら言う。「別れろ別れろ」

「とはいえ、昨日も一応は、二人でご飯行こうって言われたし、歩み寄ろうと頑張ってるんだろうなとは思うの。でも……」

大事なことは何も話してもらえない。弱音も吐いてもらえない。晃太郎の買ったマンションに住んではいるが、同棲《どうせい》しているというより、同僚とルームシェアをしている感覚の方が強い。

――帰りたい。結衣のいるうちに。

あの言葉だって本当に聞いたのか、自信がなくなってきた。そう思っていると、スマートフォンが鳴った。

「晃太郎だ」結衣は立ち上がる。「ちょっとすみません、出てきます」

仕事の話だろうな、と思いつつ気が急《せ》く。店の扉を開けて階段を早足で登り、電話に出る。地上はむっとする夏の熱気に満ちていた。

通話マークをタップしてスマートフォンを耳に押し当てるなり、

「制作部長とは話した？」と尋ねられた。

「あのね、一応言っておくと、私は定時後に仕事はしない主義なんです」

「酔ってんな」電話の向こうからあきれたような声が聞こえた。「小原さんとこにも行ったんだろ？　なんか言ってた？」

「お花畑案だって言われました。他にも嫌味を、たくさん、言われた。でも種田さんの発案だって言ったら、うまくいくんじゃないかって。ああいうタイプの人に好かれるよね、晃太郎は」

「なんで俺の話になるんだよ。で、話は戻るけど、制作部長は何て？」

「近々に社長に話してくれるって」

「……近々に」晃太郎が嘆息する。「池辺さんがそう言う時は動かない」

「やっぱそうなの？　どのくらいで動いてくれるの。三年後？」

「あの人は自分では判断しない。常に社長の意向を探ってる。社内政治も気にする。でもいつものことだから。池辺さんを動かす方法がある。今から書いて送る」

「ありがと。でももう遅いし、明日でいいよ。私も帰る」

「今、上海飯店にいるの？」

結衣はスマートフォンを耳に当てたまま道路の方を見る。「そうだけど」

「声低いけど、怒ってんの？」

「怒ってない。……この先のこととか、いろいろと不安になってるだけ。でも、そっちの仕事の邪魔したくないし、あんまり寝てないんでしょ。じゃあ、もう切るね」

「ちょっと待って」晃太郎が慌《あわ》てたように言った。「月曜の午後、ガイアネット保険の本社に小原さんと状況報告に行くことになった。十七時に終わって、その後打ち合わせがある」

「ふうん、東京に来るんだ」結衣は気の抜けた返事をする。「でも、どうせ土日も仙台で、月曜も夜には仙台に帰るんでしょ。検証テストも大詰めだし」

「いや、火曜は翌朝九時の新幹線で帰ってもどうにかなる。だから、その……月曜の夜はそっち行っていい？」

少し黙った後に結衣は答えた。「自分のマンションでしょ」

「そうだけど……いきなり帰ってこられても迷惑かなと思って」

「誰が」

「結衣が」

「はあ？　迷惑なわけないじゃん。むしろずっと待ってるんだけど」

「そっか」晃太郎の声が和らぐ。「うん、じゃ、ま、とにかく帰るから」

やっと帰ってくる。新幹線の距離にいる婚約者に結衣は言う。

「月曜は絶対に定時で帰る」

「お前はいつもそうだろ」笑い声がした。「こっちもなるべく早く帰る。婚姻届も今度こそ出しに行かないと」

「うん」体の力が一気に抜けた。会えないままでいることが自分で思うよりずっと、しんどかったのかもしれない。

上海飯店の赤い看板を見つめながら、結衣は深呼吸して口を開く。

「あのね、今日、池辺さんに言われたの。未来のリーダー候補だって。おとといは人事の麻野さんにも言われた。後進のためにも道を切り拓《ひら》いてもらいたいって」

「期待されてるんだな」晃太郎は淡々としている。「すごいじゃん」

「でも能力以上のことを求められるのは正直きつい。どうしたらいいかな」

少し間があった後に、声がした。「結衣はどうしたい？」

「わかんない。そういうことも含めて、二人で話したい」

「そうしよう。俺も結衣に話したいことがある」

心がぞわりとした。小原が言っていたあの話だろうか。

――種田が狙ってるのは制作部長の座だそうですよ。

仙台に行ったのは出世のため？　喉《のど》まで出てきたその言葉を、結衣は飲みこんだ。

前に別れたのは、晃太郎の働きすぎが原因だった。あの時、晃太郎は結衣との結婚より仕事を選んだように思えた。

だが、同じチームで仕事をすることになって、晃太郎は少しずつ変わっていった。上司に従順であることをやめ、理不尽なクライアントに耐えることもやめた。それは自分のためというより、自分を大事にしろと言い続ける結衣のためだったのだろう。

とはいえ、仕事が大好きな人間であることは変わらない。能力も実績もあるこの男が上に行きたいと心から願っているとしたら、その希望を邪魔する権利が自分にあるだろうか。

「あ、甘露寺が呼びに来た。じゃ、また会った時に話そう。もう行く」

通話はそこで切れた。暗くなった画面を見つめて結衣はつぶやく。

「怖いな」

でも月曜には帰ってくる。今はそれだけを考えることにしよう。

池辺への対策とやらが送られてきたのは、結衣が上海飯店を出て、マンションに向かって歩いている時だった。交差点で信号待ちする間に目を通す。

『上司をマネジメントする方法、通称ボスマネジメント。上司をコントロールすることで自分の仕事を円滑に進めるやり方で、欧米では一般的なビジネススキルの一つ』

具体的な方法も列挙されている。

「げ、これを私がやるの？」

だが、これも部下の給料を上げるためだ。晃太郎のメッセージをしばらく眺めた後、結衣はマンションに帰る道をまた歩き始めた。


月曜の朝に出社して自席に着くと、結衣は本間の方を見た。

ＰＣに向かってはいる。が、ここからでは何の作業をしているのかわからない。

――やっぱり残業をやめるのは怖いです。

と言っていたものの、あれから本間は残業をしていない。さすがに結衣に遠慮してか、六月の残業は十九時間で止まった。だが、週が明けた今日、カレンダーは七月に替わった。累計《るいけい》残業時間はゼロに戻る。また上限時間ギリギリまで残業したいと言い出すかもしれない。

生活残業を取り締まるのは現場マネジャーの仕事だが、不正を防ぐことまでやっていたら本来の業務に割く時間がなくなる。

複雑化するビジネスに対応し、多様化する働き方を柔軟に受け止め、コンプライアンス意識を徹底させ、新人を育て部下の相談に乗り、チームのモチベーションを上げて、前年比増の数字を出し、さらには、上層部に企業戦略を提案する存在であってほしい。

……それが、マネジャー代理になった時の研修で言われたことだ。灰原が管理職に求める資質であると人事部の担当者は告げていた。その時も思ったのだが、そんなスーパーな働き、自分にはとてもできない。

過労死を防ぐために残業を減らしたら、それでは生活できないという人たちが出てくる。一つ問題を解決したら、次の新しい問題が生まれる。「生活残業　解決」で検索してみたが、「残業手当の還元」とか「賃金制度の改革」とか、やはりそこに行き着くようだ。

だが中間管理職ではどうにもならない。池辺が動いてくれなければ上も動かない。

どうしよう。髪をぐしゃぐしゃとかきむしっていると、モニターにメッセージの通知が届いた。本間の隣に座っている吾妻からだ。

『本間、前よりは効率的にやってるようです』

結衣が本間の方を見ていることに気づいたらしい。

『だけど焦ってはいる。彼女の妊婦健診に金がかかるんだって』

『そっか……そこにもお金かかるのかあ……』

『ま、子供を持つなんて俺ら庶民には贅沢なんだよ』

後ろ向きなことを言うのは相変わらずだ。

『俺にも仕事くれって言ってきたけど、断って来栖に振っちゃった。非効率な奴ってイメージつくと誰からも信用されなくなるぞとも言っておいた。俺の経験談として』

『そっか、言ってくれたのか。吾妻くんが本間さんの隣にいてくれてよかった』

『だけど、生活残業してる奴は本間の他にもいるぜ』

振り返ると、吾妻と目が合った。そのままメッセージを打ち合う。

『みんな、上司の前では仕事が早いふりするけど、俺の前だと油断すんだよな』

『どのくらいいる？』と返すと、『東山さんが思ってる以上に』という返事が来る。

『種田さんはいないし、塩野谷には足引っ張られるし、あんたも災難続きだよな。俺なんかじゃ頼りにならないかもしれないけどさ、できることあったら言って』

その文面を少しの間、見つめた後、結衣は文字を打ち込む。

『吾妻くんのくせに感動させないで。でもまた頼らせて』

ヘラッと笑って吾妻はモニターに目を戻す。この八ヶ月で自分の人間関係は随分変わった。おかげで池辺にもう一度交渉してみよう、という気力が湧《わ》いてきた。

会議をいくつかこなした後、ランチボックスを脇に抱えて、ビルの屋上に出た。ベンチに座っている制作部長の後ろ姿を確認してから傍に歩み寄る。

「池辺さん、お昼はいつもこちらですか？」

結衣が話しかけると、池辺は驚いた顔になった。膝《ひざ》にはコンビニ弁当がある。

「東山さんは手作りのお弁当か。まめだねえ」まぶしそうに目を細めている。

お弁当は来栖から買ったのだ。昼休みまでに外に買いに行くはずが、会議が長引いて間に合わなかった。途方に暮れているところに来栖が現れた。

――制作部長、昼休みは屋上にいるらしいの。ご一緒しますって言って近づきたいんだけど、ご飯買いに行く時間がなくて、申し訳ないんだけど……。

そう言って頼むと、来栖は結衣の席までランチボックスを持ってきてくれた。代わりに近くのタイ料理屋に行くと言うので、多めに代金を渡した。

「マネジャー代理になってからバタバタしておりまして、池辺さんとゆっくりお話ができずにいたこと、気になっていたんです」

そう言って結衣は池辺の隣に腰を下ろし、来栖のランチボックスを広げる。

晃太郎が結衣に送ってきたメッセージにはこうあった。

『まず、上司との信頼関係を築くこと』

毎週末にメールで週報を出していると思うが、池辺さんは対面で報告されることを喜ぶ。特に独自情報は歓迎される。そう晃太郎は書いていた。その通り、

「へえ、デニー証券の如月さんってのは女性なのね」

池辺は結衣の話に強い興味を示した。

「以前はメガバンクにいらしたそうですが、三十五歳になったのを機にネット証券の世界に飛びこんだそうです。革新的な姿勢が池辺さんと似てますよね」

上司のマネジメント法その二はこうだ。

『上司の性格を把握し、それに合った行動を取ること』

池辺は褒められるのが好きだ。実際の評価の一・五倍増しで伝えるくらいがちょう

どいい。言われて嬉しい言葉は〝革新的〟。それに対して、きっとこう答えるはずだ、とまで晃太郎のメッセージにはあった。

「東山さんは私のことをよくわかってるね！」

晃太郎が予想した通りのことを言って、池辺は満足げだ。

「私はね、前は印刷会社にいたの。当時、電子デバイスの大手に勤めていた灰原さんに声をかけられて。ベンチャーなんてやめとけ、と同僚からは反対されてなー」

先週の金曜と同じ話が始まる。だが、今日の結衣は笑顔で聞き続ける。

お前のことだから途中で話を遮ったんだろ？　そう晃太郎は書いていた。創業時の武勇伝は最後まで聞いてやれ。そうすれば本音を話してくれる。

成果主義の灰原の下で耐え抜いた、血の滲《にじ》むような苦労の末に制作部長になった、というところまで話すと、池辺の顔に陰が差した。

「ただ灰原さんは変わったよね。知ってる？　今年度中に残業ゼロをめざすらしい」

「今年度中にですか」ひやりとする。あまりに急だ。

そうなれば、ほとんどの非管理職の給料が下がることになるのではないか。結衣のように定時退社を貫いている社員はまだ少ないのだ。

「その上、売上は前年比増をめざせとさ。そういうとこだけは昔と変わんないから参っちゃうよ」

なるほど、と結衣はうなずく。

『上司の不安を解消すべく動いてやれ』

という晃太郎の最後のアドバイスを意識に上らせる。

「残業ゼロをめざしながら売上前年比増は難しい目標です。が、うちのチームは総額一億五千万の予算をすでに得ています。順調に納品までいけば制作部全体の売上に貢献できます」

「それは心強い。十一年前に君を採用した灰原さんは慧眼《けいがん》だったよね」

やたらと持ち上げてくる池辺に苦笑いをして見せてから、結衣は言った。

「ですが、そのためにも仙台の炎上を早く収めて、種田さんをチームに取り戻したいと思ってます。彼の戦力がなければ達成は厳しいです」

「それはわかっているんだが……」池辺はやはり煮え切らない態度だ。

「給料は一度上げたら下げられない。経営者にとって悩ましい問題であることはわかっています」

「そうそう、それなんだよ。ただでさえ重責を担《にな》っている灰原さんには話しにくい」

「ですが、生活残業問題を解決するためには――」

と、いよいよ交渉に入ろうとした時だった。池辺が破顔した。

「東山さんと話していると楽しいね。続きは仕事が終わった後にでも、どう？」

「え」結衣は戸惑う。「私は、毎日定時で帰っておりまして……」

「もちろん知ってるよ。でも今日くらい、いいじゃない。ビール一杯くらいつきあってよ。じゃ後で」

池辺は弁当のカラをビニール袋に放りこんで、機嫌のいい顔で去っていく。

今日だけは絶対に定時で帰りたい。だが、この機を逃したくはなかった。晃太郎が帰ってくるのは早くて十九時過ぎだろう。それまでに切り上げて帰ればいいか。頭の中で予定を組み替えながらオフィスに戻ると、

「東山さん、ちょっといい？」

現れたのは塩野谷である。

「例の給料の話、池辺さんに持って行ったんだって？」

誰に聞いたんだ。結衣は苦笑いする。「実はそうなんです」

「そんなことしてもうまくいかないのに。どうせのらりくらりと逃げられたんだろう」と尋ねる塩野谷は珍しく笑っていなかった。図星だったが負けたくない。

「ご心配なく。いい関係を築く方法を教えてもらったもので」

そう返した結衣を、塩野谷は怪訝《けげん》そうに見つめる。「誰に？」

「うちのチームの本来のマネジャーです」

「種田さん？　……彼は金で雇われた中途採用者だよ。会社の実績作りに利用されてるだけの男だ。あの池辺さんといい関係を築けるとは思えないけど」

塩野谷がそう言った時だった。「オホホ」という声がした。

「甘露寺勝、ただいま帰還いたしました！」

おお、とどよめく新人たちを、騒ぐな騒ぐな、と手で鎮《しず》めながら甘露寺が現れた。

「とはいえ、明日には仙台に戻らねばならぬ。許せよ民ら……」

甘露寺が帰って来たということは。結衣は入り口の方へ目を向ける。

晃太郎がいた。渦中《かちゅう》のガイアネット保険に行くからだろう。珍しくアイロンのかかったワイシャツを着ている。野球をやっていた当時に比べたら細くなったと前に言っていたが、スーツを着ると姿勢がいいからやはり映える。

もう一人の体育会系、加藤一馬《かずま》が駆け寄って行くのが見えた。

「種田さんも帰ってきたんですね！」

「も、って、オマケみたいに言うな」晃太郎は笑いながら言うと、「甘露寺」と横を向いた。はいはい、と差し出された甘露寺の手からネクタイを取って自分の首に巻く。

「やだ、あの二人、もう夫婦じゃないですか」

隣でそう言ったのは野沢である。

ほんとだね、と結衣がつい笑っていると、ネクタイを締め終わった晃太郎の顔がこっちへ向いた。早足で歩いてくると、結衣をちらりと見た後、晃太郎は隣にいる塩野谷に話しかけた。

「対面では初めてお会いします。うちのチームがお世話になってます」

塩野谷は気圧《けお》された表情を浮かべたが、すぐに「いえいえ」と穏やかに応える。

「こちらこそ、仙台支店の連中がお世話になったようで」

「いえ、社内チャットの炎上事件も防げず、力不足なことばかりです。八神さんのおかげでどうにか収まって、少しずつチームとしてまとまってきてはいますが」

八神の名前を出したのは皮肉だろう。あの騒動の時にお前は何をしていたのかと晃太郎の顔は言っている。

「それはよかった」塩野谷は笑みを浮かべる。「種田さんは入社してまだ三年。ようやくこの会社のことがわかってきた頃でしょう。あまり飛ばしすぎると周囲からやっかまれて大変ではないですか」

「……どういう意味でしょう」晃太郎の頰がピクリと動く。「あまり実績を出しすぎるなということでしょうか」

それに対して塩野谷が何か言いかけたが、

「まあ、まあ、まあ、まあ！」

結衣は二人の間に割って入る。こんななだめ方を自分がすることになるとは思わなかった。

「種田さんは出かける時間ですよね。塩野谷さんはフォースのキックオフに行く予定なので」

二人を離したかったのだが、フォースの名前を出したのがまずかった。晃太郎の表情が変わる。

「フォースの案件はこのチームが苦労して獲ってきたものです。クライアントワークは久しぶりかと思いますが、ミスのないようにお願いします」

「言われなくても」塩野谷の顔が強張《こわば》る。「しかし、そんな高圧的な調子で池辺さんにも接しているの？　あんな上司、掌《てのひら》で転がすくらい簡単だという自信があるのかな」

「さっ、時間、時間」結衣は胸の前で手を叩く。「塩野谷さん、フォースの竹中《たけなか》さんはペーパーレスでいいと言ってます。資料はすでに送ってありますが、念のためタブレットの用意をお願いします」

「仰《おお》せの通りに」

塩野谷が再び笑顔になって去ると、晃太郎が小声で言う。

「フォースの案件の課題管理表と、プロジェクト進捗《しんちょく》表、新幹線の中で作って送っといた。八神さんの作ったシステムで見たけど、フォースの進捗がかなり遅れてる」

「……実はそうなの」

でも新幹線の中でくらいは寝てほしかった。本社の仕事はやらせないつもりだったのだ。

「しかしここまで遅れるか？　さっきのタブレットもそうだ。なぜ結衣に言われるまで動かない。俺だったらフォースの案件のキックオフなんて先月のうちに終えてる」

「粗探ししないで。こっちはうまくやんなきゃって必死なんだから」

去り際《ぎわ》に塩野谷が浮かべた笑顔が目に焼きついている。

「ここは俺のチームだ。フォースだって俺のクライアントだ」

「わかってる。わかってます。私がちゃんとやるから。……そうだ、池辺さんの件だけど、今晩飲むことになって」

「……今晩？」晃太郎の眉間《みけん》に皺《しわ》が寄る。

「ごめん、断れる状況じゃなくて……。だけど十九時には切り上げる。そっちが帰ってくるまでにはマンションに戻るから大丈夫」

晃太郎は思案していたが、視線を遠くに向け、早口で言う。

「店は結衣が予約したほうがいい。人の出入りが多いところがいい。個室には入るな。あと飲みすぎないように。心配しすぎだと思うかもしれないが、万が一ということがある。自衛はしておいたほうがいい」

「わかってる」

「じゃ、後で」と晃太郎は腕にかけていたスーツの上着を羽織って歩いて行った。入れ替わりにタブレットをビジネスバッグに入れながら、塩野谷がこちらへ戻ってきた。

「噂《うわさ》通りのワーカホリックだね」と話しかけてくる。「圧が強い」

「誰に対してもああなんです。気にしないでください」

「どんなに働いたって中途採用者はそれほど出世できないだろうに、頑張るね」

同じことを小原も言っていた。だが、創業メンバーの塩野谷の口から聞くと、腹の底がぞわりとする。思わず言った。

「中途とか関係あります？　種田さん、フォースの課題管理表とプロジェクト進捗表を作ってきてくれたそうです。チームのためを思えばこそだと思いますよ」

「彼は」塩野谷は満面の笑みになる。「残業代なんかもらったことない、と仙台支店のメンバーたちに言ったそうだね。だが、僕たちだって創業したばかりの頃は残業代なんか出なかった。最初の半年は利益もなかったから、給料さえろくに出なかった」

「それは知ってますが……」

「君が入る少し前に給与制度が改正されて、ようやく残業代が出るようになったんだ。……だけど君は定時で帰れと言う。種田さんも君も、若手にとってみればどっちも、正論ばかり吐いて、自分たちから残業代を取り上げる上司なんだよ」

「だからって」結衣は語気を強める。「生活残業を放置はできません。非効率な仕事のやり方が身についてしまったら、若手メンバーは将来どうなります？」

あなたたち創業メンバーのようになってしまうのではないか、とまでは言えなかった。

「生活が苦しいなら、残業代を稼ぐのではなく、給料を上げてくれと交渉するべきです」

「だが、池辺さんに話してもかわされただけだったろう？　これ以上はやめておいた方が君のためだ」

堂々巡りだ。フォースに行く時間が迫っている。

「じゃあお聞きしますが、塩野谷さんはこの問題をどう解決しようと思っているんですか。上限ギリギリまで残業を許して、短期的にはそれで稼げても、いずれ残業はゼロになります。そしたら本間さんたちはどうすれば？」

「東山さんはまだ若い」塩野谷がぽつりと言った。またそれか。

「若くないです」結衣はムキになって返した。「私は入社十一年目で、もう三十三歳です」

「年齢のことを言ってるんじゃない。会社という組織がどういうものかを知らなくて羨《うらや》ましいと言っているんだ」

塩野谷の眼鏡の奥の目が細まるのが見えた。

「だからアドバイスしてあげようと思った。でも、そんなものなどなくとも、君は正しく行動できるというわけだ。未来のリーダー候補だもんね。じゃ、現地で会おう」

そう言い残して塩野谷は部屋を出て行く。残された結衣は立ちすくんだ。

「東山さん、そろそろ行かないと」

やってきたのは、打ち合わせに行く支度を済ませた来栖だ。思わず尋ねる。

「未来のリーダー候補って、最近いろんな人に言われるんだけど、何で？」

来栖は眉根《まゆね》を寄せて「え？」と小さく首を傾《かし》げる。

「それより、フォースに行くっていうのに、盾になってくれる種田さんがいないこの状況で、また攻撃されたらどうしようってことで頭がいっぱいなんですが」

「……そうだね。ごめん、気持ち切り替えなきゃだよね」

そう言って鞄《かばん》を取りに行く。でもまた考えてしまう。

――会社という組織がどういうものかを知らなくて羨ましい。

塩野谷の言葉はいちいち結衣の足に絡《から》みついて、前に踏み出す勇気を奪う。

未熟な管理職であることは自分が一番わかっている。

マネジャー代理になってまだ一ヶ月なのだ。それをサポートするのが年上の部下の役割ではないのか。せめて同じ創業メンバーである池辺の攻略法くらい教えてくれたっていいではないか。

今からでも塩野谷を追いかけて反論したくてたまらない。

でも、と頭を左右に振った。今夜は晃太郎が帰ってくる。それまでに仕事を終わらせなければならない。

結衣は再び歩き出した。

キックオフミーティングを無事に終えて、竹橋駅のすぐ傍にあるフォースのビルを

出ると、結衣は胸を押さえた。「吐きそう」と言うと、

「東山さんたちが言うほど、パワハラ気質の人たちには見えなかったけれどね」

ビルを振り返った塩野谷が笑顔を見せる。

「いやいや、ちょっと前まで凄《すご》かったんですよ」

と言ったのは、営業の大森高志《おおもりたかし》だ。

「セクハラもパワハラもやりたい放題で。ただ、内部でクーデターが起きて改善されたんです。竹中さんたちも今日は穏やかでしたね」

かつてこのビルの中で横暴を極めていたのは広報担当役員の押田《おしだ》だ。コンペに訪れた晃太郎や結衣も激しいハラスメントを受けた。

その後、竹中を含む中堅社員たちが中心となって役員会に連判状を出し、社内調査の末に、押田は役員を解任されたらしい。社内の空気が変わった、と担当者の竹中は話していた。

「このビルの中に入ると、僕も未《いま》だに気持ち悪くなります」と、来栖が言った。「東山さん、まだ吐き気ありますか。ハンドタオル使いますか」

「大丈夫、もう収まった」笑顔を見せた結衣に、大森が申し訳なさそうな顔をする。

「種田さんがいないなら東山さんに会いたいと言われて断りきれず、すみません」

「大森さんっていつだって断れない人ですよね」来栖は相変わらず遠慮がない。

「もう大丈夫」小さく深呼吸して気を取り直してから、結衣は尋ねた。「……塩野谷さん、次回の要件定義は来栖くんと二人で行ってもらって大丈夫ですか？」

「種田さんが仙台から戻ってなかったらそうしますよ。ここは種田さんのチームですし、僕は中継ぎに過ぎないですから」

残務があるので本社に戻ります、と去っていく後ろ姿を見送りながら、来栖が言った。

「あの人、東山さんのこと嫌いなんですかね」

「東山さんのことが好きじゃない社員はわりといますよ」

大森が世間話のノリでそう言い、ハッとしたように結衣を見る。

「あっ僕は違いますよ？　でもほら、東山さんのせいで……せいでって言うとアレですけど、生産性プレッシャー強くなるわ、給料は減るわ、いいことないですから」

「それ決めたの社長ですよね。東山さんじゃないでしょ」来栖がそう言ってくれたが、

「東山さんが、なぜかスピード出世してるのに対しても、色々な感情が、ね……。あ、でもこれ、僕が言ってるんじゃないですから、噂ですから！」

言い訳がましく付け足して、大森は先に帰っていく。結衣は肩で息をした。

「次回の要件定義、やっぱ私も同行しようかな」

「僕はありがたいですけど、そんなことしてたら東山さん死にませんか」

「でもこの案件だけはなんとかやりおおせないと。桜宮《さくらみや》さんのためにも」

桜宮彩奈《あやな》は結衣の部下の一人だ。フォースのコンペをベイシックから勝ち取るために尽力してくれたが、無理がたたって心の調子を崩し、今は自宅療養している。晃太郎の不在を自分が埋めなければならない。その覚悟を改めて固めてから結衣は言った。

「もう定時だし、来栖くんは上がっていいよ」

「東山さんは？　この後、何かあるんですか？」

「池辺さんと飲むの。ほら、ここへ来るまでに話した件で」

「若手の賃上げをしてくれっていう交渉ですね。本間さんだけの問題だったのに、なんだか話が大きくなってますね。でも、そんなことも管理職の仕事なんですか」

「普通は労働組合がやるんだろうけど、うちにはないから」

「ただ、労組あってもなあ」と言って手に持っていたバッグを肩にかける。「柊くんの前の会社にはあったそうですが、相談に行っても何もしてくれなかったらしいですよ」

「めちゃくちゃサービス残業させられてたのに？」

「はい。なのに集会には強制参加だったみたいで、土曜日なのに半日拘束されたって。大学の同期にも労組入りたくないって言ってる奴《やつ》多いですよ」

来栖は、じゃあ、と言い残し、くるりと向きを変えて駅の方へ歩いていく。

労働者のために闘うのが労働組合だとばかり思っていた。今は違うのだろうか。そんなことを考えながら、予約していた店に向かう。

十八時二十五分になっても池辺は来なかった。

時間つぶしにスマートフォンで、労働組合、を検索して、「労働組合の誕生」という記事にたどり着く。そのまま読み始める。

話は第二次世界大戦中の日本から始まる。当時、労働運動に身を投じた者の多くは投獄された。更に、労働者の権利を叫ぶどころか、精神論をふりかざす軍部のもと、国全体も勝ち目のない戦いに駆り立てられていく時代へと突入していった。

「その末に、あのインパール作戦も起きたってわけか」

昭和史上最も無謀だったとされるその作戦には、祖父も参加させられていたらしい。

『一九四五年、太平洋戦争が終結すると、日本はアメリカによって占領された。これによって、それまで投獄されていた労働運動家たちが釈放され、労働者の基本的権利を保障する「労働三法」が制定された。その一つが「労働組合法」である』

新人研修で労働基準法は教わったが労働組合法は教わらなかったな。

そう思いながら画面をスクロールする。

『この法律によって、労働者は労働組合を作って会社に対し、労働条件改善などの交渉ができるようになったのだ。多くの会社で毎年のように春闘が行われるようになり、高度経済成長期には物価上昇に合わせ、年に一〇%以上、賃金が底上げされるようにもなった。もっとも上がったのは、第一次オイルショックの直後で、実に三二・九%という上昇率だったという』

そうして一億総中流と言われる豊かな日本が作られていったのか。

「だけど、その労組がどうして、柊くんの味方をしてくれなかったんだろう」

そうつぶやいた時だった。

「労組が何だって?」

池辺が現れた。結衣はスマートフォンの記事を閉じて「いえ何でも」と笑顔を作った。

結局、その夜は、晃太郎が心配したようなことは起きなかった。

結衣のグラスにビールを注ぎながら、池辺は灰原がいかに素晴らしい経営者かを語り続けた。

「灰原さんが働き方改革を断行した時ね、私はまだ古い考えを引きずっていたのよ。遅くまで働いてこそ男だと。だが灰原さんに怒られてしまった。過去は捨ててくださいってね」

「そうですか」

「まあたしかにね、灰原さんには気が弱いところはあるよ。緊張すると吐くしね。だけど、そこが人間的な魅力だし、だからこそ我々創業メンバーがサポートしなければと思うわけよ」

早く本題に入らなければと焦《あせ》る結衣の前で、池辺は瓶ビールの追加注文をする。

「そして灰原さんは君を雇った。定時で帰る新入社員だ。あの時はびっくりしたな」

瓶ビールが運ばれてくる。これが空になるまでは帰りにくい。結衣は切り出す。

「制作部の若手社員の給料について、引き続きご相談したいのですが——」

「うん、いいけど、その前にちょっとタバコ」

池辺は上機嫌で席を立ち喫煙室に向かった。腕時計を見ると十八時四十五分。ビール一杯という話だったのに。

スマートフォンで部下たちの勤怠表をチェックしながら池辺が戻ってくるのを待つ。本間は十八時五分に退勤している。よし、と思ったが、メッセージが来ていることに気づいた。

野沢からだ。明日までにクライアントに提出する資料が終わらないと日中に報告があったので四十五分の残業を許可していた。それを、さらに十五分延長したいと言ってきている。

どうしようか迷ったが、急ぎなら仕方がない。やむなく許可した。メッセージアプリを閉じるのと同時に電話がかかってきた。晃太郎の母だ。池辺が戻るまでならいいか、と化粧室の前に移動する。電話に出るといきなり言われた。

「晃太郎、仙台から帰ってきてるんですってね」

なぜ知っている、と慄《おのの》きながら、結衣は尋ねる。「柊くん情報ですか？」

「そうなの、あの子たち、最近よく連絡取ってるみたいなのよね。どうかしら、今夜は二人でうちに来たら？　いいお肉があるからステーキでも」

「いいですね、お肉。でも……」

結衣が口ごもっていると、柊が何か言う声が聞こえた。

「あっ、そうね、二人きりにしてあげなきゃよね。結衣さん、ごめんなさい。あなたたち年齢的にそろそろアレでしょうし、焦らせるつもりはないけど、急いだ方がいいものね」

「ちょっと」柊が電話を奪ったらしい。「結衣さん、気にしないでください」

そのまま電話は切れた。年齢的にアレ……って何のことだと考えながら席に戻る。婚姻届なら今夜時間外窓口に出しに行く予定だ。そう伝えればよかったと思ってから結衣は立ち止まる。

婚姻届のことを言われたわけではないのかもしれない。

池辺はだいぶ経《た》ってから、「失敬、失敬」と席に戻ってきた。「タバコ中に灰原さんから電話がかかってきてしまってね。何でも私に相談するから困るよ」

すでに十九時十五分だ。池辺の話を聞いている場合ではない。

「あの、私もう帰らないといけないので、本題に入っていいですか」

「……あ、はいはい、どうぞ」

「昼間お話ししたこと、早めに社長に伝えていただけませんか」

「それはわかってる。現場が頑張ってることもわかってる。さ、飲んで」

そう言って池辺はまたビールを注いでくる。結衣はそれを飲み干す。

「頑張るだけでは残業は減りません。どこのチームも残業を月二十時間以内に収められていませんよね」

池辺を説得するために、今日の午前中に調べて準備してきたことを結衣は言う。

「残業上限を下げつつ、売上を前年比増にするには、かなりの努力を部下に求めることになります。スキルアップや、やり方の見直しや、チーム力の向上が必要です」

うーん、と池辺は腕組みをして考えこむ。

「今まで何人ものチームメンバーを定時に帰らせてきた君のことだ。生活残業族のことも、ちゃちゃっと説得してくれるものと思ってたんだけど……」

「今回はお金の問題です。説得するだけではどうにもなりません」

将来が不安だ、という本間の言葉がずっと胸に引っかかっている。ビールを続けて何杯も飲んだせいか結衣の声は少し大きくなる。

「池辺さんにはお子さんがいらっしゃると聞きました。二人とも小学生だとか」

晃太郎から聞いた情報だ。コミュニケーションを円滑に進めるために使え、と書いてあった。

「子供を二人育てて、余裕のある生活を――仕事帰りにビールを飲むくらいの余裕を持つには、年収がどのくらい必要だとお考えでしょうか？」

「いやそれは、六百万は要るだろうね。……もしや君は私だけが贅沢《ぜいたく》な生活をしていると言いたいの？　だけどね、今の年収は若い頃に苦労した結果で――」

池辺は猛烈に反論してくる。結衣は慌《あわ》てて「わかってます」と言った。

「そこは批判してません。ただ、今の若者もそれなりに大変で、せめて減った残業代の分だけでも上げてもらえたら嬉《うれ》しいな、ということであって――」

池辺が何か言おうと口を開くのが見えた気がしたが、結衣は続けた。

「残業をしなくても、余裕がある生活ができる。将来が不安でなくなる。そうならなければ、給料が低い若手は定時で帰りません」

池辺は少しの間、ビール瓶を眺めていたが、それを持ち上げて、また結衣のグラスに注ぐ。「だけど私の一存で決められることじゃないから」

「わかってます」結衣はまたビールを飲み干す。「ですから、この件を上にあげていただきたいのです。そのために、池辺さんに動いていただきたいんです」

池辺は「ふうん」と顎《あご》を撫《な》でた。

「そんなに熱意があるなら、君がやるっていうのはどうだろう？」

「えっ」

「君が業務改善提案書を書きなさい。その方がいいと思う」

「でも、私はもう手一杯でして、業務改善提案書なんて作った経験も――」

酔いで目の前が揺れる。ペースが早すぎたらしい。こんな状態で、安請け合いして大丈夫だろうか。しかし、池辺はすっかり盛り上がっている。

「できるできる」またビールを注いでくる。「定時で帰ってるんだから、まだまだ余裕あるでしょ。サボってないで、もっとたくさん仕事しなさい。灰原さんもそうだが、世の中でリーダーと呼ばれる人たちは、若い頃はみんな死ぬほど働いてる。こうやって上司に付き合って、昔の話を聞いて学ぶっていうのも、仕事のうち。さ、飲んで」

「池辺さんにもお注ぎします」

「それが最近メタボでね。飲みすぎるなと妻に言われてる。さ、飲んで。この瓶が空にならないと帰れないよ」

「じゃあ、いただきます」仕方なく飲んでいると、池辺が言った。

「そういうことで、話は終わりでいい？」

「はい」と口が動いた。酔いすぎている。急いでコップの水を飲む。

「私はね、君を入社した頃から知ってる。そういう社員は格別に可愛《かわい》いものだ。応援しているんだ。頑張ってよ」

「はい」とうなずくのがやっとだった。腕時計に目を落とす。

二十時十五分になっていた。

マンションへの帰り道をたどる足がふらつく。

晃太郎は先に着いているかもしれない。『今から帰る』と送ってから、誰もいない横断歩道の前で立ち止まり、結衣はトロンとした目を足元に向けた。

「業務改善提案書なんていつ作ればいいんだろう」

酔いで頭がうまく働かない。だけど今は、と赤信号を見つめる。仕事の話は忘れろ。帰るのが遅くなってしまった。晃太郎と過ごす時間はただでさえ減っているのだ。

スマートフォンが震える。画面を見ると、晃太郎からだ。

『ガイアネット保険とのミーティングが長引いて、そのまま向こうの広報部長と飲むという流れになってる。こっちのせいで納品が遅れているから断れず。遅くなるかも』

どうして、と悲しい気持ちになった。こんな日に限って二人とも早く帰れないのだ。婚姻届を出すのは今夜も無理か。いつになったら入籍できるのだろう。

コンビニに寄って酔い覚ましのウーロン茶を買い、マンションに戻る。

真っ暗な玄関に入って電気をつけた。仕方がない、と自分に言い聞かせる。晃太郎の対応が認められたからこそ、慰労を兼ねて飲みに行こうという話になったのだろう。

タイマーで沸かしておいたお風呂《ふろ》に入ってからベッドに倒れこむ。ふと思った。二人とも管理職でいるということは、こういうことなのかもしれない。いくら時間を作っても奪われる。仕事は無限に増える。たとえ結婚できても二人の時間はない。今までも、これからも、晃太郎にはろくに会えないままなのかもしれない。

しばらくぼうっとしてから時計を見ると、二十四時を過ぎていた。眠い。

『先に寝るね。帰ってきたら起こして』

晃太郎がパジャマにしているらしいTシャツと薄手のスウェットパンツを段ボール箱から引っ張り出して枕元《まくらもと》に置いた。寝転がった途端に意識が遠のいていった。

目が覚めた時、部屋は真っ暗だった。

スマートフォンを細く開けた目で見ると三時だった。晃太郎はまだ帰っていないのだろうか。どこかで倒れていたらどうしよう、と寝返りを打とうとして、薄暗がりを眺めると、ベッドの足元の方に晃太郎が突っ伏していた。

ワイシャツ姿のままだ。前につきあっていた時の癖で、息をしているかどうかを真っ先に確かめてしまう。背中がわずかに上下しているのを見て力が抜ける。

帰ってきて、なんとかベッドまでたどり着き、着替える前に睡魔に襲われたのだろう。ワイシャツの袖《そで》から伸びた晃太郎の大きな手は、結衣の腕を掴《つか》んでいた。左手を伸ばして、スマートフォンの画面を触ると、メッセージが二件来ていた。一件目は『ほんとにごめん』で、二件目は『そっちの目が覚めたら、起こして』だった。すぐに揺り起こそうとしたが、手が止まる。

昔を思い出したからだ。結衣と婚約した後、晃太郎はさらに忙しくなった。納期が終わるたび、ボロ雑巾《ぞうきん》のようになって結衣のマンションを訪れても、着くなりベッドに倒れこんで寝てしまう。無理して来なくていいよ、と言ったこともある。その時、晃太郎はこう答えた。

――自分の部屋に戻っても緊張してて眠れない。

仙台でも同じだったのかもしれない。三週間緊張のし通しだったのではないか。話したいことがたくさんある。入籍はいつするのか。ローンはどうするのか。これからもずっとバラバラの生活が続くのか。

いつもそうだ。肝心なことは何も話せないままでいる。だけど――。

無防備な寝顔を眺めて思う。今は眠っていてほしい。休んでほしい。

池辺に言われた言葉が頭に蘇《よみがえ》る。

――君を入社した頃から知ってる。そういう社員は格別に可愛いものだ。

小原に中途入社組は不利だと言われた時はピンと来なかった。でも今夜、なんとなくわかった。少なくとも出世に関しては、自分は晃太郎よりは底上げして評価されてきたのだと。

この男が火の中に飛びこむのは仕事中毒だからだと思っていた。しかし、それだけではなかった。そのことに気づかずに、のんきに過ごしてこられたのは、結衣が新卒で入社した社員だからだ。

「出世したい？」

眠っている晃太郎に、結衣は小さい声で尋ねる。

したいんだろうな。能力も実績も自信もこの男にはあるのだ。

会社のため、上司のため、クライアントのため、身を削って働いてきた。そろそろ自分のために働いてみたい。そう思っていても不思議ではない。

目に涙が滲んだ。いつだったか道端の占い師に言われたことがある。あなたは一生、独りかもしれないねと。

たとえ二人で生きられたとしても、孤独でないとは限らない。

晃太郎の手をほどき、頭の下に枕を入れてやってから、その傍に横になり、もう一度手をつなぎ直した。晃太郎の手の甲に額をつけ、結衣は目を瞑《つむ》った。

目が覚めると朝だった。スマートフォンを引き寄せて見ると七時半だ。

隣に晃太郎はいない。行ってしまったのだろうか。飛び起きてベッドから降りようとした時だった。

寝室に晃太郎が入ってきた。シャワーを浴びたばかりらしく、髪が濡《ぬ》れている。

「おはよ」と言いながら、無造作に結衣の隣に腰かける。その目はスマートフォンの画面に向けられていた。高速で何か打ちこんでいる。

「朝から仕事？」

「もう、いま、送信するから」メッセージを送り終えると、晃太郎はスマートフォンをベッドに投げ出した。「はい終わった」と言って、結衣をしげしげと見る。

「なんか髪、すっごい絡まってる。頭の後ろの方」

「後で梳《と》かすからいい。……いいって、無理にほどこうとしないで、痛いってば」

手を振り払うと、晃太郎はニヤッとして「仕返し」と言った。

「なんの仕返し」

「明け方に腹蹴《け》ってきたの覚えてない？　結衣は足癖が悪いよな。おかげで目が覚めて、そのまま仕事してた」

「うそ、ごめん。っていうか、なんで起こしてくれなかったの」

「起こしたけど、うるさいって言われた。結衣は一度寝ると起きないからな」

本当は起きたのだとは言わなかった。晃太郎の表情はすっきりしている。深く眠れたのだろう。少しほっとした。

「ガイアネット保険の件、なんとかなりそうでよかったね」

「……ああ」晃太郎の表情が強張る。「チャットにも上げといたから見ただろうけど、MAツール導入を含めた新規提案を受け入れてもらえることに。これでようやく炎上で出た赤字が埋まる。仙台は一段落だ」

「クレームをチャンスに変えたのか。さすが種田さん」

茶化し気味に感心すると、晃太郎は嬉しそうな顔になった。そして遠慮がちに言った。

「問題は、帰る予定が先に延びることで、だから、あと二週間ばかし――」

「いいよ、しばらく帰ってこなくても」

「え？」と目を見開いた晃太郎に結衣は告げた。

「好きなだけ働いてきて。私はもう文句言わないから」

「は？　どうかした？　いつも働きすぎだって怒るくせに」

「その代わり体にだけは気をつけてね。生活残業問題の方は私がなんとかする。そっちは任せておいて」

「じゃあ池辺さんにはうまく話せたのか」

「それはまだ途中だけど」

暗がりの中で晃太郎の寝顔を見ながら決めたのだ。晃太郎が出世したいなら邪魔はしない。

「さ、そろそろ出ないと間に合わないよ」

そう言って膝《ひざ》を軽く叩《たた》くと、晃太郎は子供のような顔になった。座り直して結衣との距離を詰めると、

「行くけど」遠慮がちに身を屈《かが》めてくる。「五秒だけいい？」

それで愚図愚図していたのか。晃太郎が緊張しているのを見て、シャツを摑んで、結衣は自分から顔を近づけた。

晃太郎の熱に応《こた》えている間に、何秒たったのかわからなくなった。晃太郎の指が絡んだ髪の間に入り込んできて、危ない、と思った。額を伏せてキスから逃れる。

「五秒以上たったよ。もう行かないと、ほんとに間に合わないよ」

「三十分くらいならどうにかなる」と肩を摑まれ、心が揺れたが、

「そんな余裕あるなら、一日でも早くこっちのチームに戻ってきて」

何とかそう返した。晃太郎はその言葉を聞くと止まった。小さく溜息《ためいき》をついて、結衣の肩を離す。

「はいはい、わかりましたよ。……じゃ、二週間後な」

晃太郎は立ち上がった。入り口に置いてあったリュックを持って、そこで立ち止まる。

「そうだ、アレクサ、あいつ全然成長してないけど、毎日ちゃんと話しかけてる?」

「やりません。買った人が責任持って世話して」

晃太郎は笑って出て行った。玄関の扉が閉まる音がする。行ってしまった、と結衣は思った。摑まれた肩に熱が残っている。危なかった。あと少しで引き止めてしまいそうだった。

定時で仕事を終えて、一緒に夕飯を食べる。ビールを飲みながら今日あったことを二人で話す。そういう家庭を築きたい。子供の頃からずっとそう思ってきた。

でも、三年前とは違う。結衣は大人になったのだ。晃太郎には晃太郎の人生がある。それを邪魔する権利は自分にはない。

その日、会社に着くと結衣は野沢に声をかけた。

打ち合わせスペースに連れていき、座らせてから切り出す。

「昨日は残業を十五分延長したよね。仕事終わらなかったんだね」

野沢は後ろめたそうに下を向く。「はい、あの、思ったより時間がかかってしまって……ダメだったでしょうか？」

「ダメではないけど、申請した時間は守った方がいいね。ダラダラ延ばすのはあんまりよくないかな」

「だけど、やってみたら終わらなかったってこともありますよね」

「それはある。じゃあ、次に同じタスクをする時は十五分足して申請しようか。自分の工数を正しく計算できるようにならないと見積もりだって作れないよ」

本来は就業時間内に収めるべきなのだ。それも言わなければと思っていると、

「じゃあ、今日は十五分足して申請します」と野沢は言った。

「えっ」と結衣は面食らう。「今日残業する必要はまったくないと思うんだけど」

野沢は出来のよい新人だが仕事はまだそれほど速くない。定時で帰らせてくれ、と野沢の母から強く要望されたこともあって、去年新人だった来栖に回していた仕事量

よりも、かなり抑えめにしている。

「でも、まだ一時間しか残業してないし、上限二十時間を超えなければ東山さんの評価は下がりませんよね？」

「いや、それはそうだけど」

「残業したいんです」野沢の汚《けが》れのない目が結衣を見据える。「本間さんも先月は十九時間残業してましたよね。なら私たちもやってもいいのでは、という話になりまして」

「どこでそんな話になってるの」

「あ、えっと、それはその、同期の子たちの間で……」

結衣はオフィスの中を見渡す。この春にチームに配属された新人は野沢と加藤と甘露寺とグエン。甘露寺は仙台にいて、グエンはインターンが終わって大学に戻っていた。

残業をやりたがっている同期とは加藤のことか。しかしそれでは「同期の子たち」という言い方にはならない。

「野沢さんは定時で帰りたい人だったよね？」

野沢の母は門限に厳しい。だからこの会社を選んだのだと前に言っていた。

「あーでも、先週から一人暮らしを始めたので、その必要はなくなったんです。門限もなくなったし、それに一人暮らしってお金かかるんですよね」

だから何なのだ。そう言おうとした結衣の口を封じるように、野沢は言った。

「私、お金を稼ぎたいんです。だからもっと働きたくて。芦沢《あしざわ》チームの湊《みなと》さんも残業してますし……」

芦沢チームは五つある制作部の一つで、湊も新入社員だ。他のチームも不要な残業を始めているということなのか。

現在、ネットヒーローズは成長の一途にある。社員数拡大も社長の方針の一つだ。人事部が昨年度の採用に力を入れたため、今年入社した野沢の同期は百人弱。彼らが一日一時間ずつでも残業を始めれば、部署全体の利益率はかなり下がる。

「野沢さんがお金に困ってるのはわかった。だけどもう残業は許可できない。急ぎでやらなきゃいけない仕事じゃないんだし、終わらなかったら明日やってください」

「だけど、小原チームなんか、先月は三十時間超えたって」

「それはガイアネット保険の案件がトラブったから特例で認められただけ」

「じゃあ、うちのチームも案件が炎上すれば残業できますか」

結衣は言葉を失う。昨夜、ベッドに倒れこんで寝ていた晃太郎の姿が思い浮かぶ。

「案件が炎上するってどういうことかわかってる？　クライアントに大きな迷惑がかかるし、信頼を回復するために関わる人みんなが疲弊して、体を壊す人も出るんだよ」

野沢は星印工場の案件が終わってから入社している。結衣が倒れた話は聞いているはずだが、彼女には体を壊すまで働いた経験はない。

「私は」野沢は口ごもりながら言う。「就職したら経済的に楽になるって思ってたんです。なのに、四月の末までお給料は出ない。新人にはボーナスもほとんど出ませんでした」

「そりゃそうだよ。利益に貢献してないのにボーナスが出ただけいい方だよ」

「塩野谷さんに相談したら、東山さんがうるさく言うなら僕が許可してあげるって」

「……塩野谷さんが？」

「サブマネジャーにも許可する権限があるんですね。知りませんでした」

その通りだが、部下たちの残業が上限を超えた場合、評価が下がるのはマネジャー代理である結衣だけだ。塩野谷の奴、と思っていると、野沢が言った。

「働き方改革なんておつきあい程度でいいんだよ、とも言われました」

「おつきあい……？」そんなことを新人に言っているのか。

「ごめんなさい。東山さんのことは好きだけど、私、残業代が欲しいです。昨日は一時間残業できたから千六百円稼げました。これを二十回やれば三万円は稼げます。……実はそれをあてにして、欲しかった声優の円盤をポチってしまって」

部下から部下へ、生活残業が伝染していく。

野沢のようにさほど生活が苦しくない者もやるようになる。自分だけが損をする、と思えばみんながやるようになるかもしれない。

野沢を席に帰してから、結衣は再びオフィス内に目を向けた。

塩野谷はもう出勤していて、本間と話している。その合間、本間は不安げな目を野沢の方へ向けた。昨日野沢が残業したことを、羨ましく思っているのだろうか。塩野谷が本間に対して何か言う。僕が許可してあげるよとでも言っているのだろうか。

どんなに賃上げの交渉を頑張ったとしても、塩野谷に足元を崩されたら終わりだ。生活残業に浸《つ》かっていく部下たちを個別に説得する余裕は今はない。

塩野谷和樹。あの男をまずはなんとかしなければ。

その週の金曜日、定時後に会社を出た結衣は電車を乗り継いで奥多摩の駅で降りた。着いたのは十九時半だ。薄暗闇《くらやみ》に包まれた辺りを見回して、「わ」ナンバーのトヨ夕車を見つけた。車には詳しくないが、アウトドア向けの車種のようだ。

「塩野谷さん」

声をかけると、ウィンドブレーカー姿の男が振り返った。

「なぜ、ここへ」

警戒心に満ちた顔をする塩野谷に、結衣はスマートフォンを見せた。

「これに参加しに来ました。〝会社が終わった後のグループキャンプイベント〟」

社内にはサークルがいくつかある。大体、社歴の長い社員が取りまとめをすることが多い。社内のネットワークを検索していてそこに塩野谷の名前を見つけた。

「塩野谷さん、キャンプサークルなんか主宰してたんですね。仙台でも若手たちとよくやってたって、甘露寺くんが教えてくれました」

本社への出張が長引いているから、こっちでもイベントを企画するのではないか。そう言っていた。甘露寺の読み通り、社内のネット掲示板を見ると告知が上がっていた。

『電車でも行けるキャンプ場／当日参加オーケー／初心者には教えます』

「これって私でも参加できるイベントなんですよね？　とはいえ、事前に連絡すると断られるかもしれないと思って、当日参加にしました」

そう言って、結衣は塩野谷に歩み寄る。

「キャンプ場のサイトを見たら一万五千円で一式レンタルできるってあったので予約しておきました。このウィンドブレーカーはワークマンで買って……あれ、他の方は？」

「来ないよ」塩野谷は自分のスマートフォンをポケットにしまう。

「来ない。どうしてですか？」

「あと二人来るはずだったけど、一人は急な予定が入って、もう一人は遅れる」

「参加者、二人だけだったんですね」

「僕は本社では影が薄いからね。二人参加申し込みがあっただけで御の字だ」

会社にいる時と違い、そう言う塩野谷の顔に笑みはなかった。

創業メンバーはよく「絆《きずな》」という言葉を口にする。だから、転勤して長いとはいえ、塩野谷も本社の知り合いが多いだろう、参加人数も多いはずだと踏んで来てみたのだが。

草むらで鳴いているスズムシのかすかな声を聴きながら、結衣は言う。

「あの……私が参加しても？」

「僕に拒否権はない。社員なら誰でも参加できるというのが社内サークル運営の条件だからね。歩いても行けるけど、もう暗いし、乗る？」

素っ気なく言って塩野谷は車に乗りこんだ。結衣が助手席に座ると、車はスーパーへと向かった。私も買い物手伝います、と結衣は言ったのだが、一人の方が早く済むから、と塩野谷は人数分の肉や野菜、酒を買いこんできた。

「東山さんはビールでよかった？」と言われて、結衣はうなずいた。

キャンプ場に着く頃にはすっかり暗くなっていた。平日だからだろうか。他に客はいなかった。サイトと呼ばれる区画の向こうには黒い森が広がっている。道具一式を借りはしたものの、テントの建て方がわからない。まごついていると、塩野谷が黙って横に来た。そして、ポールを取って、手際《てぎわ》よく建ててくれた。

「本来は一人で建てられるやつだけど、暗いから初心者には無理だね」

そう言ってバーベキューの準備もしてくれる。結衣も手伝ったが、塩野谷の方が包丁さばきがうまいので、生ゴミを捨てたり、水を汲《く》んだりするしかやることがない。

二人とも無言で手を動かすだけだ。共通の話題もなく、気まずい。

肉が焼け、結衣は缶ビールを開けたが、乾杯という空気ではなかった。

どこまでも気まずい。

「もう一人はいつ来るんですか？」

「まだみたいだ。僕はまだ酒を飲んでないし、参加を後悔してるなら駅まで送ろうか」

「後悔だなんて、まさかまさか！　キャンプがこんなに楽しいとは思ってもみませんでした。ここって星見えますか？　……あ、ちょっと雲出てますね」

「僕はもうすぐ仙台に戻る。無理をして仲良くなる必要はないよ」

そうかもしれない。だが、覚悟を固めて結衣は言った。

「私、入社以来、定時で帰ってるじゃないですか？　新人研修でみんなに生産性を見える化しようって提案して嫌われちゃってからは、同期のバーベキューにも誘われないし、会社の人と飲むこともほとんどなくて、だから確かに、今日はかなり無理をしてます。……そもそも二十一世紀に野外で寝る意味がわからないですし」

「そんな君がどうしてこんなイベントに？」

「塩野谷さんとチームになるためです」

塩野谷の目がこちらに向いた。笑っていない。でも怯《ひる》まずに結衣は言う。

「私は生活残業をなくしたい。そのために、せめて削減した残業代の分だけでも、若手の賃上げをしてくれって交渉をしたいんです。どうにかして池辺さんを動かして、社長に現場で起きている問題を伝えたいと思っていて」

塩野谷は持っていた焼き鳥を焚《た》き火台の網の上に並べ始めた。

「それは無理だと言っている」

「どうして無理なんです。塩野谷さん、働き方改革なんておつきあい程度でいいって言ったそうですね。なぜそう思うのかも知りたいです。人間は焚き火の前では本音が出るっていうじゃないですか。この際、お互い、本音を言い合いませんか?」

「本音ね」塩野谷は網の上にかがみこんでいた身体《からだ》を起こした。「じゃあどうぞ」

いきなり言われて結衣は言葉に詰まる。「私からですか?」

「なぜ僕から言わなきゃいけないんだ」

「わかりました。じゃあ私から言います。……言いますよ? 私は、その、勇気を出して、はっきり言っちゃうと、塩野谷さんのことが苦手です。いや、そうやってぼかすのもよくないですね。正直言うと、嫌いです!」

パチパチと火が爆《は》ぜた。宙に舞う火の粉を見つめながら結衣は言った。

「私は管理職として未熟です。塩野谷さんたち創業メンバーのように辛《つら》い時代を過ごしたわけではない。中途の人たちのように自ら火に飛びこむこともしてない。最終面接で社長に了承されたのをいいことに、定時で帰ってきただけの凡人社員です」

結衣は塩野谷を見つめた。

「なのに、たまたま時代にフィットしているというだけで、社員のロールモデルだとか、未来のリーダー候補だとか持ち上げられて、スピード出世させられて、一番戸惑っているのは私です。同期にどう見られているのかとか、部下たちに失望されていないだろうかとか、本当はいっぱいいっぱいです。だからダメ出しばかりしてくる塩野谷さんが……嫌いです！」

　そこまで一気に言って、息継ぎをしてから続ける。

「だけど本当はこうも思ってます。私の味方になってくれたらいいのになって。……塩野谷さんも私のこと嫌いですよね？　でも、それでもいいから、チームになって、サポートしてほしいなって思ってるんです」

　塩野谷は焼き鳥に目をやった。そしてぽつりと言った。

「池辺さんに交渉してどうだった？　東山さんはあの人を動かせたの？」

　結衣は黙った。動かせてなどいない。あれから四日経つが、業務改善提案書を作る時間はなかった。晃太郎の方も忙しいらしく、まだ相談できていない。

「賃上げ交渉なんてうまくいかないよ」

　塩野谷はそう言って火ばさみを網の下の焚き火に突っ込んだ。ぐさりという音が響く。

「サポートしてくれないんですか」結衣の言葉とともに火の粉が小さく舞う。

「君のことを思えばこそだ」

塩野谷は炭を動かすと火ばさみを傍に置いた。

「十一年前、僕が仙台に行けと言われたのは、結婚して一ヶ月目のことだった。妻は東京で働いていて動けなかった。それでも行けと言われたら行くのがサラリーマンだ」

塩野谷の表情を見守りながら、何を言いたいのだろうと結衣は訝《いぶか》しんだ。

「帰宅のための新幹線代は社内規定で月に一度分しか出ない。だけど僕たちは子供が欲しかった。自腹を切って週末ごとに帰ったけど、授かるのに五年はかかった」

昔の苦労を語る塩野谷の話を結衣は黙って聞く。

「なんとか子供ができたはいいが、妻は会社勤めをしながら妊婦生活を送って、出産後は育児をして、その全《すべ》てをほぼ一人でやる羽目になった。僕が休めなかったからだ。その挙句に過労に追いこまれて、心身を壊して、会社を辞めた」

「……辞めた。じゃあ今は、専業主婦なんですか？」

「そうなって初めて家族で暮らせることになった。……いま君は思ったろう。創業メンバーは年収を一千万以上もらっている、ならいいじゃないかと。みんなそう言うよ。

でも——」

塩野谷は薄い笑みを浮かべて結衣を見た。

「妻は今でも悔いている。自分のキャリアを、自分の稼ぎを、あきらめたことを」

バチッとひときわ大きい火の粉が爆ぜる。少し考えた後、結衣は尋ねた。

「転勤って普通は二、三年ですよね。本社に戻るという話は出なかったんですか」

父も何度か単身赴任したことがある。だが三年以上になることはなかった。

「出なかった」塩野谷は答えた。「なぜだと思う？」

なぜだ。仙台支店で見たこと、聞いたことを思い返す。佐竹はこう言っていた。仙台に島流しになって十一年だと。島流し……。

「転勤前に何かあった、とかですか」

赤く輝く炭火を見つめて塩野谷は言った。

「君は何も知らないんだ。十一年前の事件のことだってそうだ。君たちはあの事件以降に入社している。そういう社員に語るために作られた美談しか知らない」

「事件って、石黒さんが倒れたあの事件のことですか？　裏話なら社長に聞きました。自分が再教育を命じたせいだ、だから改革に踏み切った。そう言ってました」

「随分と話が端折《はしょ》られているな。あの人は政治家だ。全部が全部、信じない方がいい」

「さらに裏があるってことですか」

「灰原さんはね、君が思っているような優しい人じゃないよ。自分に逆らった者のことは絶対に許さない人だったんだ」

「でも、グロは、今の石黒さんは、社長の味方です」

「それもどうかな。会社っていうのは君が思っているよりもずっと複雑なんだ。ビジネスのために動いてるようでいて実は感情に振り回されてる。そういう人間の集まりなんだ」

塩野谷は足元の薪《まき》に刺さっていたナタを引き抜いた。

「でもまあ、東山さんは要領がいいから、僕のようにはならないだろう」

ナタの刃を、もう片方の手のひらに載せて塩野谷はつぶやく。

「君、結婚するんだろう？」

「なぜそれを」

「――やっぱりね」

塩野谷は手に持っていたナタを振り下ろした。びくりとした結衣の目の前で薪が割れる。それを起こして、塩野谷はまたナタを振るう。

「僕は東京にいる間は実家に泊まっている。会社からすぐ近くに中華料理屋があるだろう？　そこから橋を渡って、ファミリーマートがある通りを入ったところでね」

結衣が住むマンションの目と鼻の先だ。塩野谷は言った。

「そこで偶然君を見かけた。入っていった分譲マンション、あれはファミリー物件だよね。一人で住むとこじゃない」

隠し通すのは難しいとは思っていたが、まさか塩野谷に見られていたとは。「実はそうなんです」と、結衣は観念して言った。「会社にはまだ言ってないんですけど」

「誰と結婚するのかは知らないし、興味もないけど」塩野谷はナタを持ち直した。

「穏やかな結婚生活を送りたいなら大人しくしていた方がいいよ」

「……なんですかそれ」

「本間くんの評価を高くつけるくらいならいい。だが君は賃上げ交渉をし始めた。経営陣への不満があるってことになる。つまり会社批判だ。面白く思わない人たちもいる」

「誰のことですか」結衣は尋ねた。

「女性は結婚すると扱いが変わる。君が想像している以上に既婚女性は不利な立場に立たされる。今まで通り、創業メンバーに可愛いがられて体制側にいる方が君のためだ」

「そうはいきません。本間さんにも、仙台の若手にも約束しちゃったし」

「東山さんの話を聞いていると——」

塩野谷が再びナタを振り上げる。

「怒りが湧《わ》いてくる。これが僕の本音だ！」

思わず身をすくめる。ドサリと音がして、ナタはまだ割っていない薪に刺さった。深い切れこみを、結衣が固まったまま眺めていると、

「これだけ割っておけば足りるだろう」塩野谷は荷物をまとめ始めた。「じゃあね」

「じゃあねって……どこ行くんですか」

「僕は別のキャンプ場に移る。君とこれ以上、一緒にいたくない」

塩野谷はワンタッチでテントを畳む。今のアウトドア用品はすごいなと一瞬だけ思ったが、それどころではない。

「塩野谷さんがいなくなったら、私はどうすれば」

「そうだ、さっきメッセージが来て、もう一人もキャンセルするって」

「えっ、じゃあ私はここに一人？」結衣は闇に包まれた周囲を見渡す。「あの、塩野谷さん、せめて朝まで一緒にいていただけませんか」

「食事はできてる。あとはテントで寝るだけ。朝になったら事務所に人が来る」

つまり、今このキャンプ場には管理人さえいないのか。

「熊《くま》に気をつけてね」

塩野谷はそう言うと、荷物とともに車に乗る。唖然《あぜん》とする結衣を残して、そのまま出て行ってしまった。

焚き火の周りこそ明るいが、二メートル先は真っ暗闇だ。地面が砂利なのか土なのかすらわからない。手元にあるのは電池式ランタンが一つ。キャンプ場をもう一度見回したが、やはり誰もいない。とてつもなく心細かった。だが、帰る手段はもうない。塩野谷の言う通り、早く食べて寝るしかない。そう考えた時、目の前の光が消えた。電池が切れたのだ。焚き火も弱まっている。慌《あわ》てて薪を突っ込んだら、さらに火が弱くなった。

怒りが湧いてくる——。

自分の手さえはっきりと見えない闇の中に、塩野谷の言葉が沈んでいる。

落ち着け。結衣は自分に言い聞かせた。スマートフォンにライト機能があったはず。まずはそれをつけて、手元を照らそう。しかし、ポケットから出して見るとバッテリーが五％しか残ってない。しまった。会社で充電するのを忘れたのだ。アウトドアを甘く見ていた。

この残量で一晩持ちこたえるのは無理だ。五％分の電池で誰かに電話して迎えに来てもらおうと思い立つ。

でも晃太郎は仙台だ。電話が通じても心配させるだけだろう。それにこんな状況になったと言ったら絶対に怒られる。怒られたくない。嫌だが実家の父に頭を下げるしかないか。そこまで必死に考えたところで電話がかかってきた。

反射的に通話マークをタップしてから、相手の名前を見てハッとする。

「もしもし、結衣ちゃん？　急に連絡してごめん」

落ち着いた声が響く。

「今から会えないかな？　車乗ってるから、場所言ってくれたら迎えに行くよ」

四ヶ月前に別れた前の婚約者の声は、相変わらず優しかった。

第四章　新卒デジタル人材

まさかこんなことになるなんて想像もしなかった。そう思う結衣を元婚約者が眺めている。その顔は仄《ほの》かな明かりに照らされていた。

「僕と君が一夜をともにしたと知ったら、種田さんむちゃくちゃ怒るだろうね」

「一夜をともにはしてないでしょ。あ、そこペグ刺さってるから気をつけて」

はいはい、と地面から抜いたペグを、やけに嬉《うれ》しそうに諏訪巧が投げてよこす。

結衣と同じ三十三歳で、競合他社であるベイシックの営業。四ヶ月前まで結衣と婚約していた男だ。

「よし、これでテント畳めました。会計は済んでるんだよね？　事務所の前にレンタルしたものを置いて、管理人には朝連絡して謝っておけばいいよ」

「助かった……。ごめんね金曜の夜に。ガソリン代払うから、あとでスタンド寄って」

「そんなのいいよ。結衣ちゃんに会いたいって言ったのは僕なんだから」

「ランタンの電池代も返さなきゃだし」

「ベイシックの給料はそこそこ高いんだ。気にしないで」

この男は常に絶妙のタイミングで現れる。

電話をかけてきた巧に、結衣は早口で事情を説明した。キャンプ場の名前を告げ、実家の父に連絡して迎えを頼んでほしいと訴えた。そこでスマートフォンの電池が切れてしまった。

一時間半ほど待っていると、入り口に光が射《さ》して巧の車が乗りこんできた。

――東山家の番号は消しちゃったんだよね。

電話を切った後にそのことに気づいたが、一人にしておくわけにもいかないから迎えに来たのだと言っていた。営業職である巧はスマートフォンの充電器も持っていた。

「キャンプなんか来るんじゃなかったなあ」結衣はペグを袋に入れながらぼやく。塩野谷と親しくなろうと思うなんて魔が差したのだ。しかも、よりによって巧に助けてもらうことになってしまうとは。塩野谷に関わると本当にろくなことがない。

「実はうちもガイアネット保険に営業かけてたんだよね」

「そうなの？　ベイシックに来てほしくないんですけど」

「納期前に炎上したって聞いたから、この機会に奪えるかなって思ってさ、けっこういいとこまで食いこんだんだよ。なのに種田さんが出てきて炎上を鎮《しず》めてしまった。あの人さえネットヒーローズにいなきゃな。そうだ、結衣ちゃんが僕と会ったってことを知ったら精神がガタガタにならないかな？」

「そんなことでガタガタになる人じゃないって」と結衣は袋の口をキュッと閉める。

「どうかな。ああいうタイプって案外脆《もろ》いよ」

「そうかな。状況を説明すればわかってくれるって思うけど？」

ただ説教はされるだろう。自衛しろと言われたばかりなのに塩野谷と二人きりでキャンプ場に泊まるはめになりかけたのだ。直前でキャンプの参加をやめた社員二名が恨めしい。

荷物をトランクに入れ、結衣が助手席に乗ったことを確認すると、巧が言った。

「今度は結婚うまくいくといいね」

「うん。……あれ、よりを戻したって話、巧にしたっけ？」

「ううん」巧はエンジンをかける。「でも、その前提で話をしてみただけ。なるほど君たち結婚するんだね」

「うわ、ベイシックのエース営業怖い」言いながら、そういえば麻野にも鎌《かま》をかけられて結婚がバレたのだったと思い出す。晃太郎もそうだが、自分も随分脇《わき》が甘い。

「うちの営業も巧くらいの話術があったらなあ。うちに来ない？」

「いいね、僕もそっちで働いてみたい。でもベイシックも人材不足でさ。号令かけるだけの上司や指示待ち人間はわんさかいるのに、その間で現場を回すプレイングマネジャーが足りなすぎる。うちの人事、種田さんにもヘッドハンティングしてるらしいよ」

「ベイシックが？　晃太郎は断ったんだよね？」

「まだ口説いてる途中だと思うよ。種田さんって零細企業にいた時の癖というか、クライアントに忖度《そんたく》しすぎるとこが弱点だったけど、最近は大手の社員としての闘い方が板についてきてるし、苦手だったはずの若い世代の担当者の心にもグイグイ入りこんでる。僕は個人的に種田さん嫌いだけど、あのストイックさ、アップデートの速さは、さすが体育会系だよね。引き抜きの話、聞いてない？」

結衣は首を横に振った。晃太郎はネットヒーローズに入社して四年目だ。さらに上を目指して、業界一位のベイシックへの転職を考えていてもおかしくない時期ではある。

——俺も結衣に話したいことがある。

東京に帰ってくる前に、晃太郎はそう言っていた。結局、話す時間などないまま、仙台へ戻ってしまったのだが、転職の話をしようとしていたのだろうか。

すっと体が冷たくなる。最近、知らない話が多すぎる。二時間前、塩野谷にも言われた。会社っていうのは君が思っているよりもずっと複雑なんだと。

巧の運転する車は狭い道を走っていく。見えるのはヘッドライトが照らす場所だけだ。時折、道路脇の廃墟《はいきょ》がぬっと顔を出したりする。景気が良かった頃に建てられた旅館らしきものもある。長く続く不況に耐えきれずに潰《つぶ》れてしまったのだろう。

なんだか心細くなってきて、結衣は話題を変えた。

「そっちも三橋《みつはし》さんと婚約したんだよね。おめでとう」

「先々週が結婚式だった」巧はさらりと言う。「ごめん、招《よ》ばなくて」

「いや、招んでもらっても戸惑うけど」

「彼女が妊娠五ヶ月でさ、何もかもが前倒し。先月はほんと忙しかったよ」

思わず指を折って数える。巧の浮気現場に出くわしたのは四ヶ月前だ。実際に目撃したのは晃太郎なのだが、もしやあの時にできたのか。つい横目で元婚約者を睨《にら》む。

巧に未練はない。だからショックではないけれど、とっくに新しい生活を築いているのだなと思うと――それに引き換え自分は、と悔しくなる。こちらは入籍どころか晃太郎とろくに話もできていない。結衣はいかにも余裕たっぷりの顔を作って言った。

「私たちも同棲《どうせい》始めたの。会社の近くの分譲マンションで」

「マンション」巧は真顔になった。「種田さんが買ったの？　そうだよね。結衣ちゃん、貯金ないもんね」

「まあ、それは、そうなんだけど」すぐに言い添えた。「ローンは私も払うよ」

「でもローン組んだのは種田さんなんでしょ」巧はしつこく訊《き》いてくる。

「うん、まあ」これ以上余計なことを話さないように結衣は逆に尋ねる。「今日はどうして電話くれたの？」

「そうでした」と言って、巧は結衣の前のダッシュボードの上を指差す。

白い封筒が置いてある。手に取って裏返すと、東山さんへ、と書いてあった。差し出し人の名前は桜宮。

「今日、桜宮さんの家に行ってきたんだ。彼女がベイシック時代に受けていたセクハラ、あれの内部調査が済んだので、その報告にね。セクハラした風間《かざま》さんは会社を辞めているから処分はできないけれど、社内で防止策を立てることになった」

「そっか、そこまで持ってくのは大変だったよね。さすが巧、ありがとう」

「桜宮さんが勝ち取った成果だよ。彼女が録音した音声データがなければ、上層部が動くことはなかったと思う。ブラックシップスに行った後、風間さんはどうしてる？」

「来栖くんから様子聞くけど、やっぱ外資って大変みたい。日本企業との人脈を吸うだけ吸われてお払い箱になることもあるんだって。セクハラなんてしてる暇ないと思うな」

桜宮の手紙を広げる。心療内科の先生に勧められて旅行をしたり友達と会ったりしている、と療養中のことが丁寧に記されていた。最後にこうあった。

〈早く職場に戻って、東山さんや皆さんと働きたいです〉

その文字を見つめていると、巧が言った。「桜宮さん、言ってたよ。東山さんが風間さんのしたことに怒ってくれたのが一番嬉しかったって」

「あんなの誰だって怒るよ。普通だよ」

「その普通ができる人ってなかなかいないんだよ。学習性無力感っていうの？　痛い目に何度も遭っているうちにさ、どうせ怒ったって無駄だってあきらめる人の方が圧倒的に多いからね。組織でうまく泳ぐ方がかっこいいってなっちゃう人もいっぱいいる」

――創業メンバーに可愛《かわ》いがられて体制側にいる方が君のためだ。

塩野谷はそう言っていた。あの人もうまく泳ぐことにしたのだろうか。

「結衣ちゃんもうちに来たら？　今の年収、たしか五百万もいかなかったよね。結衣ちゃんの実績からしたら安すぎる。ベイシックならもっと出せるよ」

本気の声色だった。人手不足というのは本当なのだろう。

「ベイシックって広告代理店経由のスケジュールきつい案件が多いでしょ。ああいうのは苦手。面倒見なきゃいけない部下もいるし、転職はないかな」

「そっかー、残念。種田さんも恩義を重んじる人だし、説得は難しいかな」

だからこそ福永から遠ざけるのが大変だったのだ。あの男はネットヒーローズを裏切りはしない。きっとそうだ。断った後に結衣に事後報告するつもりなのだろう。

そう自分に言い聞かせていると、赤信号で車を停めた巧が言った。

「わ、星、綺麗《きれい》」

「今夜は七夕か」結衣も窓を見上げた。「晴れたから二人逢《あ》えたよね。よかったね」

「織姫と彦星って結婚してすぐ遠くに離されたんだよね。休みなく働かせるために」

また塩野谷を思い出した。結婚してすぐ仙台に単身赴任させられ、自腹で新幹線代を払って東京に帰る生活だった。子供ができるまでに五年かかった。そう言っていた。

「共働きで転勤になった人たちって、みんなどうやって乗り切ってるんだろう」

「ベイシックにも地方支店あるけど」巧はアクセルを踏む。「転勤になったら彼女にはついてきてもらう。うちの会社の給料はいいし、充分養えるしね」

「そうなった場合、三橋さんは会社辞めちゃうの？」

「仕事が一番の子じゃないから。そこが結衣ちゃんとは違うんだよね」

「私だって仕事が一番じゃない。家族は一緒にいた方がいいと思ってるよ」

「じゃあ、種田さんがもし仙台に転勤することになったとしたら、仕事投げ出して向こうへ行く？」

返答に詰まる。自分には部下がいる。クライアントもいる。そんなに簡単に投げ出せるものではない。収入だってなくなってしまう。

「ま、深夜帰りが多い人と暮らすのってしんどいし、単身赴任していてくれた方が結衣ちゃんは楽かもね」そんなことを言って、車のスピードを上げた。

どこかの駅で降ろしてもらうつもりだったのだが、あいにく終電には間に合わなかった。結衣をマンションまで送り届けると、巧は運転席から上半身を出して、建物を見上げた。

「築五年の新古物件で売値六千五百万円ってとこかなあ。そのローンを種田さん一人で組めるってことは、年収七百万は固いな。……合ってる？」

さては、それを探るために会いにきたな。桜宮の手紙を届けるだけなら郵送でもよかったはずだ。雇用条件を提示したい人事部に頼まれたのかもしれない。

「さあ、私は知らない。バタバタしてて聞きそびれてる」

「ふうん」と巧は車窓から頭を引っ込める。「結衣ちゃんと種田さんって大事なことを話し合わないよね。前もそんなことが原因で別れたよね」

胸がチクリとした。巧と出会ったのは、晃太郎と別れた直後だった。さんざん愚痴を聞いてもらったから、巧は二人の関係に詳しいのだ。

「余計なこと言いました。種田さんによろしく伝えておいて」

それだけ言い置いて、巧の車は走り去った。

帰宅するとすぐに晃太郎に電話をかけた。今夜起きたことを早めに報告しなければならない。報告が遅れればそれだけ説教が長くなる。だが晃太郎は出ない。

数秒後に画面が光って、『ごめん』というメッセージが表示された。

『ガイアネット保険に出す新規提案、この週末で作らなきゃなんない。急用？』

『ううん、大した用件じゃない。手が空いたら教えて』

自分の体から焚《た》き火の煙の匂《にお》いがする。シャワーを浴びるために洗面所に入った。

メッセージで書いて送ろうか。でもそれだと誤解が生じるかもしれないから、やはり直接話そう。

巧に子供ができたことを話したら晃太郎はどんな顔をするだろう。あの日に授かった子供かもしれないと伝えて、微妙な表情になるのを早く見たい。どんなに辛《つら》いことでもいつかは笑い話になるんだな。そう思いながら、服を脱ぐ手が止まった。

――穏やかな結婚生活を送りたいなら大人しくしていた方がいい。

焚き火の前で塩野谷に言われたことが、呪《のろ》いのように頭の片隅に残っていた。

月曜日の朝、出社した結衣は、真っ先に甘露寺に仙台支店の状況を尋ねるメッセージを打った。

晃太郎とは結局、この土日も話せなかった。メッセージで『おはよう』とか『おやすみ』とか他愛のない挨拶《あいさつ》を交わしたくらいだ。仙台支店はその後どうなったのだろう。

メッセージを打ち終わり、結衣は塩野谷を目で探した。オフィスを見回すと彼はすでに席にいた。気まずい思いを押し殺し、傍に歩み寄る。

「おはようございます。……あの、金曜の夜はいろいろと……その……」

「いやいや」塩野谷はいつも通りの笑顔だった。「あの後よく眠れた?」

「眠れました」

マンションのベッドで、とは言えなかった。塩野谷の目が横へそれる。

「東山さんは本当に、その、やるつもりなの?」

賃上げの交渉のことを言っているのか。少し迷った後、結衣はうなずいた。

「塩野谷さんに忠告されたこと、土日に私なりに考えてみました。……でも、私は会社や社長が、きっと現場マネジャーの声を聞いてくれると信じたいんです」

無理だ。そう言われるのを覚悟したが、塩野谷はしばらく黙っていた。

「君がやるのは勝手だが、巻き込まないでくれ」とだけ言って立ち上がり、新人の加藤の方へ歩いて行く。

巻き込まないでくれ、か。少し変わった気がしないでもない。焚き火を挟んで話した甲斐《かい》があったのだろうか。だからといって何か協力してくれるわけではなさそうだが。

少し経《た》って、塩野谷の方から「情報設計」とか「画面設計」とかいう言葉が聞こえてきた。加藤に仕事を教えているようだ。面倒見がいいのはキャンプ場で接してよくわかった。だが、残業前提の仕事のやり方を教えているのではないかという疑念も湧《わ》いてしまう。

そこへ、吾妻がぶらりとやってきた。

「ピーターの法則って知ってる？」と紙コップのコーヒーを飲みながら訊いてくる。

「知らない、何それ」

「人間は能力の限界まで出世すると無能化しちゃうんだってさ。今朝ＳＮＳで回ってきた。うちにもそういう奴《やつ》いるよって、コメント欄が盛り上がってた」

その視線の先を追うと、新人と談笑する塩野谷がいた。

「塩野谷さんはまだ三十九歳だよ。限界ではないでしょ」

「だけど、塩野谷さんたちって、創業メンバーってだけで能力以上の給料をもらっちゃってるじゃん？　これ以上、下がることはあっても上がることはないって本人たちもわかってて、守りに入ってるんじゃねえの。……でも、不思議なことに、そういう奴ほど教育が好きなんだよな」

塩野谷の後ろ姿を眺めて結衣は言う。「サポートしたい気持ちはあるってこと？」

「さあなー。その部下が結果出したら、俺が育てたって言って、自分の手柄にするためかもしれんけど」

なんとなく池辺の顔が思い浮かんだ。少し前までは晃太郎を褒めていたが、今は結衣を持ち上げている。

「もし、その部下が失敗したら、本人のせいにすればいいわけだしな」

吾妻はそこまで言うと自嘲《じちょう》気味に笑った。

「ま、俺も下の世代からそういう風に見られてるかもしんないけどさ。……東山さんに頼まれた通り、本間の仕事、見てやったぜ。ちょっと教えたら、すごく捗《はかど》った」

「ほんと？　あの本間さんが？」

吾妻はニヤリと笑って、スマートフォンで進捗《しんちょく》表を開いて結衣に見せた。「ほれ」

「うそ、今までの半分の工数で終わってる。どんなマジック使ったの？」

「俺、種田さんの下で仕事してきたからさ、できない奴の気持ちがわかるんだよな。レベルの高い仕事を与えられるとパニクる奴には、まず小さなハードルを越えさせる。これくらいならできるよなって、落ちこぼれの俺が言うと説得力あるみたい」

「……すごいな。吾妻くんに若手指導の才能があるとは思わなかった」

結衣が感心していると、吾妻が照れくさそうに首筋をかいた。

「俺を信じるって、東山さん、いつか言ってくれたよな。期待に応《こた》えるの、遅くなってごめん」

「ちょっと」結衣も照れくさくなる。「吾妻くんのくせに感動させるのもう禁止」

「くせにってなんだよ」吾妻は笑う。「でもゾッとする話もあるよ。本間の奴、経費申請のたびに交通経路をうんうん思い出して、ナビアプリで交通費調べてた」

「ナビアプリで、いちいち、一件ごとに？」

「ＩＣ定期カードをモバイルにして履歴データをダウンロードすれば早いからって教えたけど億劫《おっくう》そうでさ。ほんとにデジタル企業の社員かよって突っ込んじゃったよ」

「そういえば」と結衣は声をひそめる。「仙台支店のその後が気になって、今、甘露寺くんに訊いてみてるんだよね。そっちの生活残業問題はどうなっているかって」

タイミングよく、目の前のモニターに甘露寺からの返信が表示された。

『全く残業減っておりません！　皆減らすフリはしてますが、フリだけですね。やはり残業代を手放せないようで業務時間を長く引き伸ばしてます』

吾妻が見ている前で結衣は返信する。

『佐竹さんたちサブマネは？　賃上げ交渉のために、生活残業を減らす努力するって約束してくれたよね。効率化の方法もシェアしてるよね？』

『はあ、でもほら、効率的に働くのって疲れますでしょ？　部下にそれを求める前に、ご本人たちが息切れ状態です。一時間くらいボーッとする時間があった頃の方が幸せだった、個人レベルで生産性を問われるのもつらい、と若手も愚痴ばかりです』

苦い記憶が蘇《よみがえ》る。十年前、新人研修で行われた演習で、チーフ役になった結衣が同期たちに嫌われた理由がそれだった。

時間内に終わらなかった仕事の量を見れば各自の生産性がわかる。それを見て、やり方のどこがまずかったのか検証しよう。そう主張した結衣に部下役の同期たちはこう言った。

――これは、能力の低い人間へのいじめではないか、こんなことでチームワークなどが生まれるのか。

あの時、人の上に立つのは向いていないと悟った。だから出世も望まなかった。同期の一人に言われた言葉がいまだに耳に残っている。

――そういうあなたは、どの程度の能力なわけ？

同期たちの気持ちを理解できたのは、晃太郎と働くようになってからだ。同僚たちとの能力の差を突きつけられるのは惨《みじ》めだ。それをすんなり認められるほど人は強くない。

だが、そうやって能力の差を直視することから逃げた人たちのツケを払うのは誰なのか。

甘露寺のメッセージはこう続いていた。

『結局、種田氏の負担が増える図式です。若手を強制的に定時で帰らせ、残った仕事を自分で巻き取って深夜まで働き、新規提案は持ち帰ってやってます。それで残業代が出ないのですから、今の時代、管理職になるだけ損ですなオホホ』

『そんな種田さんを見ても、佐竹さんたちは何もしてくれないの？』

『種田氏と和解したのが仇《あだ》となったようで。もう大丈夫、という謎《なぞ》の安心感が生まれたようです。種田さんは創業時の社長に似ている、彼に任せておけば大丈夫、炎上で出た赤字も回復し、本社からの発注も途絶えないだろう、などと飲みの席で言っていました』

創業メンバーなのに、なぜ他人任せなのだ。なぜ自分たちだけ飲みに行くのだ。

せめて甘露寺ができる人材だったなら、と考えてしまう。いや、もしそうだったら、晃太郎と同じように大量の仕事を負担させられてさっさと辞めてしまったか。

「仙台は地獄だな」横からチャットを覗《のぞ》きこむ吾妻に、結衣は返した。

「これ以上は能力が上がらないって、あきらめてしまった人ばっかりになったら、会社はどうなっちゃうんだろう」

「それでも上へ行くのをあきらめない人たちのエネルギーだけで動いていくんじゃね？　だけどその数が少ないと、負担がでかすぎて——そいつらも潰れるか逃げるかするだろうけど」

種田晃太郎、それに小原克広という中途入社組の社員たちのことを思う。不利な状況から這《は》い上がろうとする彼らによって、今のネットヒーローズは支えられている。だが、吾妻の言う通り、彼らがいつまでもここにいてくれるとは限らない。彼ら任せではだめなのだ。少しずつでも、みんなで上に行かなければ。

「吾妻くん、引き続き本間さんをお願い。彼はどうやら、うちのチームの生活残業のインフルエンサーになってる。封じておきたい」

「他の生活残業族は？　東山さんに一人ひとり見る余裕なんかないでしょ」

「ない。だから生活残業が発生しやすい構造をなんとかするしかない」

「でも時間ないんでしょ？　無理すると星印工場の時みたいに倒れるよ」

「その時間を作ってくれる人材が、今はこのチームにいる」

結衣が振り返った先には、八神蘇芳がいた。

会社から支給されたデュアルモニターを眺めて作業する細い背中に歩み寄る。

「八神さん、今いい？　相談があるの」

色素の薄い目が結衣を見た。風邪気味なのか黒い布のマスクをしている。

「仙台支店で私が喋《しゃべ》ったこと覚えてる？」

「生活残業をやめさせるために若手の給料を上げる。その交渉をするんだよね」

「交渉するために、まずは業務改善提案書を作らなきゃいけない。だけどマネジャー業務で手一杯で時間が足りないの。どうすればいいか、知恵を貸してくれない？」

八神はマスクを引っ張って空気を入れると、「なるほど」とうなずいた。

「吾妻さんとの会話が聞こえていた。経費精算は半自動化できるよ。ICカードの履歴を読みこんで、そのまま申請できるクラウドシステムを買おう。経理でも不正チェックの手間が省けて喜ばれると思う。大した金額ではないので見積もりを送る」

「わかった。まずはそれね。……来栖くん、ちょっと来て」

キョトンとした顔でやってきた来栖に事情を説明してから、結衣は言った。

「デジタル化できる範囲は八神さんにお願いする。来栖くんはそれ以外の部分をフォローしてほしい。二人とも、もっと軽くできると思う仕事があったら教えて」

「東山さんの働き方はすでに効率的で、これ以上は軽くできない」八神が淡々と言った。来栖もうなずく。「それよりも、チーム全体の底上げをした方がいいと思います」

「私もそう思うけど、どうやって」

「クライアントによっては、未《いま》だに出力した資料を持参して、帰ったらシュレッダーしてますよね。まずは、ああいうタスクを地道に消していきませんか」

「そうやって時間ができた人に東山さんの仕事を振っていこう」二人はどんどん話を進めていくが、結衣は慌《あわ》てて止めた。「私の仕事をメンバーに振るの？」

「そうでもしなきゃ、業務改善提案書なんて作る時間ないでしょ」来栖が腕を組んで言う。「この会社、管理職の仕事が多すぎなんですよ。残業まみれの種田さんならともかく、定時帰りの東山さんに何もかも完璧《かんぺき》になんて無理です。違いますか？」

来栖が自分を励まそうとして放った言葉が、胸の奥まで突き刺さる。

「トライアンドエラーはチャット上で共有しましょうか」

来栖はスマートフォンを操作して『東山さんを定時で帰すプロジェクト』という新しいグループを作っている。

「言っときますけど、東山さんのためにやってるんじゃありませんよ。僕たちの給料を上げてもらうためのプロジェクトですからね。必ず成果出してくださいよ」

そう言って来栖は自席に戻っていく。その後ろ姿を結衣はじっと見た。あの若者はいつも上司を前線に押し出す。

「プレッシャー？」八神の瞳《ひとみ》が結衣を見つめていた。思わず苦笑いする。

「少しね。これでもう忙しいからできないって言い訳はできなくなっちゃった」

「東山さんでもプレッシャーを感じるのか」

「そりゃそうだよ。こう見えて凡人ですから」

八神は黙ってモニターに目を戻した。黒マスクのせいで表情が見えない。何を思っているのかも読み取れなかった。

席に戻ると、結衣は遠くにいる塩野谷に視線を向けてつぶやいた。

「私はあきらめない」

チームメンバーを信じろ、と自分に言い聞かせる。そして、近くを通った賤ヶ岳に声をかけた。

「今日の午後のヒノブンでの打ち合わせ、先輩に任せていいでしょうか」

「いいけど、塩野谷さんが心配だから、自分も行くって言ってなかった？」

「そうなんですけど」と思い切って言う。「私、いっぱいいっぱいなんです」

賤ヶ岳は目を丸くしたが、すぐに豪快に笑った。

「そろそろ音を上げる頃だろうと思ってたけど、そっか、限界か。……いいよ。あんたには産休明けからずっとサポートしてもらってるし、実は私も、育児がひと段落した時に備えて、小刻みでもいいから実績積んどきたいと思ってたの。あんただけ出世させるわけにいかないしね。さっさと重荷よこしな」

「ありがとうございます」一息ついて結衣は続けた。「ついでに交渉してきてほしいことがあるんです。今後は紙の資料はなし、業務時間外の対応もなし。ミーティングは二時間以内。非効率なことは省いていきたい。そう伝えてきてください」

「いいけど、それ、クライアントに言うのは勇気がいるなあ」

「上司が定時で帰る主義なのでと言って押し通してください。ヒノブンはオフィス環境のコンサルティングもやってますし、理解してくれると思います。先輩も出世したいなら交渉力磨いて来てください」

「生意気言いやがって」と賤ヶ岳はまた笑った。

これで今日は内勤になった。でもまだ時間が足りない。

スケジュール表を開く。他部署の人たちに呼ばれている会議の中から、出席する必要のなさそうなものを選んで、欠席したいというメッセージを飛ばした。空いたスケジュールには「自分とミーティング」というアポを入れ、勝手に会議予約を入れられないようにする。ようやくかなりの時間が確保できた。

こんなことをして、見合う結果が出せるだろうか。手がわずかに震えたが、腹をくくるしかない。

業務改善提案書のフォーマットを社内クラウドで検索する。通常は、ケーブルの敷《ふ》設《せつ》の変更やオフィスの模様替えなど、部長の権限の範囲で改善できる問題を提案するために使われる書式のようだ。賃上げ交渉、などという会社全体の経営に関わる問題の改善を提案するのにふさわしい書式なのか疑問ではある。これで池辺が動いてくれるかどうかもわからない。でも……。

無理を重ねている現場マネジャーはきっと晃太郎だけではない。

上へ行くことをあきらめてしまった人たちは私がどうにかする。だから、もう少しだけ持ちこたえていて。そんな気持ちで、文字を打ち込んでいく。

人事部の麻野にもらった給与制度の資料を鞄《かばん》から引っ張り出そうとした時、離れたところから視線を感じた。目を上げると、塩野谷がこちらを見ていた。焚き火の前で言われた言葉が蘇る。

――会社っていうのは君が思っているよりもずっと複雑だ。

だが、今は会社という組織を信じよう。業務改善提案書さえきちんと作れば、いかに腰の重い池辺だって危機感を持つだろう。なんたって創業メンバーなのだ。この会社に大きな問題が生じていることを、灰原に伝えようと思うはずだ。

そう念じて目を伏せ、結衣は文字を打ち続けた。

その三日後、結衣は三度目の交渉をするため、池辺にアポを取った。

会議室に入ると、池辺はノートPCを開いて、結衣の送った業務改善提案書を眺めていた。

「どうでしたか」前のめりに尋ねる。

『このたび、制作部の業務改善のために、〈定時退社を促進する人事評価制度の導入〉について提案いたします。ご検討のほどお願いいたします』

——という文言で始まる業務改善提案書では、まず現状の問題点を挙げている。

若手社員をはじめとする非管理職メンバーに生活残業が蔓延《まんえん》しつつある。その原因は残業削減に伴う給与額の減少にあると考えられる。定時退社が可能であるにもかかわらず、上限ギリギリまで残業して稼ぎたいという思いから、非効率な業務のやり方をする社員が増えている。放置すれば制作物の質の低下やクライアントの離反を招く。

「解決のためには」

その先を結衣は声に出して読む。

「定時退社を徹底した社員を評価し、その評価を給与に反映するよう、制度を改めていただきたいんです。そして、それを社内に通達してほしいんです」

「なーんか大げさな話になってない？」池辺は苦笑いしている。「これだと会社の人事戦略にかかわる話になっちゃう。業務改善提案書なんかでどうにかなる話じゃないよね」

「ですから、社長に話を上げていただきたいと、最初から」

その話をするために定時後のビールまでつきあったではないか。

「そうは言うけどね」と池辺は腕を組んで防御の姿勢をとっている。「私だってね、この会社に入ったばかりの頃の生活は楽じゃなかった。だが、そんな不平不満を、いちいち灰原さんに訴えたりはしなかったよ」

「池辺さんは創業メンバーで、ストックオプションもお持ちですよね。起業が成功すれば報われるという希望があったと思うんです。今の若手にも、少しだけでもいいから、そういう希望を持たせてあげてほしいんです」

「この前も思ったけど、君はまるで私が不当に恵まれているかのような言い方をするよね。だけどね、創業時は残業代なんか出なかったんだよ」

「それはわかってます。池辺さんの年収をとやかく言ってません。私は、若手のモチベーションの話をしているんです。効率的に働けば働くほど給料が下がるのでは――」

「まあ、まあ、東山さん」と池辺は微笑《ほほえ》みを浮かべる。「私だって社員全員の幸せを思わない日はない。これじゃ灰原さんには通せないと言っているだけだ。作り直して」

「どう作り直せばいいんですか」

「私を説得させられる内容にしてきなさい」

「どうすれば説得できるんでしょうか」

「それは東山さんが考えること。若いうちからズルして楽してちゃダメ。自分が実現したいことは、自分の力でやり遂げなきゃ。ま、じっくりやりなさい」

じっくり、と結衣は口の中で繰り返す。

「……どうするの？　直すの、直さないの？　できないなら、あきらめるしかないね」

もしかしてこの上司はそれを待っているのではないか。そんな疑念が浮かんだ。

「賃上げ交渉もいいけどさ」

池辺はノートPCを閉じて業務改善提案書を視界から消した。

「東山さんにはいずれ正式なマネジャーになってもらいたいんだよね」

「正式なマネジャーは種田さんです」

「本当にそう思ってる？」池辺は結衣の顔を覗きこんだ。「彼が戻って来なければ、自分がマネジャーになれる。そう考えたこと、一度はあるでしょ」

「はい？　ないです、一度も」

「欲がないねえ」池辺は笑って頭の後ろで両手を組んだ。「だが東山さんはそこがいいよ。種田なんか出世欲を隠そうともしない。すでに制作部長にでもなったかのような顔で、私を動かそうとするんだから。ま、仙台でのお手並み拝見といったところだよね」

晃太郎が自分をマネジメントしようとしていることに池辺は気づいていたのか。脅威を感じて、仙台に行かせたのかもしれない。結衣の方が扱いやすいと思われているのかもしれない。そんな疑いがどんどんふくらむ。池辺は言った。

「そうだ、八神さんのことを言わなきゃ。彼？　彼女？　どっちでもいいけどさ、みんなから不満が出ていてね。午前中勤務だけで年収一千万円は高すぎるのではないかと」

誰がそんなことを。結衣は眉《まゆ》をひそめる。

「八神さんはすでにチームの生産性向上のために大きく貢献してくれています」

「だが、まだMAの導入事例を作れていない。八神さんを雇ったのは社員に楽をさせるためじゃない。会社の新しい収益の柱を作るためなのに……とみんな言っている」

「みんなって誰ですか」

いちいち言い返す結衣から、池辺は顔をそむけた。

「社長にものを言いたいのなら、社内初のMA導入事例くらいちゃちゃっと作れないとね。利益がバンバン出てなきゃ、賃上げなんてどだい無理なんだからさ。じゃ、頑張って」

そう言い残して池辺は立ち上がり、自分のノートPCを抱えて会議室から出ていく。

結衣はテーブルの一点を見つめた。

「導入事例」

それを作るのが自分の仕事だ。そんなことはわかっている。でも、結衣は両手に顔を埋《うず》めた。……そんなに何もかもはできない。

――賃上げ交渉なんてきっとうまくいかないよ。

塩野谷の言う通りだったかもしれない。マネジャー代理として実績も出せていない自分が、給与制度の改革を提案しようだなんて無理な考えだったのだ。

けれど――。スマートフォンを手に取ろうとして、ケースに貼《は》りつけてある、葡萄《ぶどう》を抱いたキティのステッカーに目を留めた。母が残していったものだ。

思い出してしまう。百年以上も前の、働く女性たちのことを。

雨宮製糸工場に勤める百余人の工女たちは、待遇改善を求めて、日本初のストライキを断行したという。何の権限も持たず、学もない若い女性たちが会社と交渉をするのは勇気が要ることだったろう。それに比べて自分は恵まれているのだ。

負けるな、東山結衣。手を軽く握って額をトントンと叩《たた》く。

レベルの高い仕事を与えられるとパニクる奴には、まず小さなハードルを越えさせる。吾妻にそう教えてもらった。管理職の仕事もきっと同じだ。小さなハードルを一つひとつ越えていけ。一人で抱えこまずに、周りを頼って乗り越えろ。

手始めに柊のアドレスを呼び出し、メッセージを書こうとした時だった。

晃太郎から電話がかかってきた。

「遅くなって悪い。……電話くれって言われたの、何日前だっけ？」

晃太郎の声は思ったより元気そうだった。休んでいないと甘露寺は言っていたが、この男の体力は人並みはずれている。だからこそ仕事が集まってきてしまうのだろうが。

「五日くらい前かな」と結衣は答えて、自分のノートPCに表示されている業務改善提案書に目をやる。「今さっきまで、池辺さんと話してた」

「あ、生活残業の件か。あの後どうなった？」

「業務改善提案書を作ったんだけど、作り直せって。……とはいえ、これ以上チームのメンバーには負担をかけられないから、外部データの収集だけでも柊くんに手伝ってもらおうと思ってる。再就職に向けて自信つけたいって本人も言ってたから。いいかな？」

「柊の奴、そんなこと言ってたのか。ま、社外秘の情報を扱わせるのでなければ構わないが……業務改善提案書って何の話？」

「あ、まだ言ってなかったか。社長に話を通したいのなら作れって言われたの」

「は？　そんなこと、なぜ現場マネジャーにやらせる。結衣から問題を聞いて把握したなら、そこから先は池辺さんの仕事だろ。だいたいあの人、暇だろ」

「それ本人に言える？」

晃太郎は数秒間を置いて言った。「わかった、俺が作る」

「いいって。ガイアネット保険に新規提案するって言ってたよね。休んでないんでしょ」

晃太郎は少し黙っていたが、「無理してないか」と抑えた声を発した。

「フォースのキックオフに同行したって大森さんから聞いた。俺が二週間で帰れていれば、こんなオーバーワークさせなかった」

「晃太郎だってマネジャーだった時はオーバーワークだった」

「あの時のサブマネは結衣だった。定時で帰るし、言いたい放題ではあったけど、俺の足を引っ張るようなことはしなかった。メンバーが起こす問題も解決してくれていた。だから一億五千万の予算を獲《と》ってこられたんだ」

晃太郎に褒められた。少し自信が回復して、結衣は言った。

「塩野谷さんは悪い人ではないんだと思う。だけど、賃上げ交渉は会社を批判する行為だって言ってる。薪《まき》割りながら、私の話を聞いていると怒りが湧いてくるとまで言われた」

「薪？　どういうシチュエーションだよ」

「あ、それなんだけど、実は先週の金曜にね――」

この機会に巧と会ったことを報告しなければならない。しかし薪という言葉から火を連想したのだろう、晃太郎が先に言った。

「四週間前の炎上な、あれ、非効率なやり方が横行してたことだけが問題じゃないっぽい。そもそも案件が燃えることを楽しみにしている空気がこっちの連中にはあったらしい」

そっちの話題に頭が引っ張られる。「案件が燃えることが、楽しみ？」

「案件が燃えれば人手が足りなくなるだろ。そうなるとこっちでは互いのチームから若手を出して手伝わせるのが慣例なんだ」

「でも、若手じゃ、よその案件の即戦力にはならないよね」

「その通りだ。慣れない仕事で余計に工数がかかる。残業が一気に増える」

「稼ぎまくれるってことか」そう言った結衣の耳に、晃太郎の声が響く。

「彼らはそれを〝祭り〟と呼んでいたらしい」

結衣は言葉もなかった。

「俺もあれからできるだけ若手の話を聞くようにしてるんだけど……。みんなで残業して、文化祭みたいに盛り上がって、翌月にはいつもより高い給料が振りこまれる。そういうやり方をしていた頃の方が、働き甲斐があって楽しかったと、思っているらしい」

絶句したままの結衣に、晃太郎は冷たく言い放つ。

「能力を上げなくても、残業すれば残業代は手に入るからな」

そうやって無意識に熾《おこ》してしまった火を自分たちで消せなくなって晃太郎が呼ばれたというわけか。じわじわと滲《にじ》み出てくる怒りを抑えて結衣は言った。

「池辺さんからは、八神さんが年収に見合った成果を出せていないと指摘された」

「は？　八神さんは入社したばっかだろ？　まだ一ヶ月も経ってない。自分はなんもしねえくせにあのオッサン、現場に要求ばっかしてくんな」

「塩野谷さんが変わってくれるって期待するのは甘いのかな」

「俺も福永さんにそう期待してた」

結衣は黙った。福永が変わってくれると信じたがった晃太郎に、ノーを突きつけたのは他でもない結衣だ。

「塩野谷さんが変わるのは無理だ」と晃太郎の声は冷たい。「俺だったら、いないものとして扱う。もう四十近いし、創業メンバー同士のくだらない確執もあるみたいだし、無理なんじゃないか」

「確執？」その言葉に引っかかる。

「十一年前に石黒さんが潰《つぶ》された事件。あれをきっかけに社長が改革を断行したっていう美談がこの会社にはあるだろ。あれな、どうもそんな綺麗な話じゃないらしい」

「……塩野谷さんもそんなようなこと言ってた。どういう意味？」

「甘露寺情報だから、本当かどうかわからないが、塩野谷さんが仙台支店に転勤させられたのはその事件に関わったからだっていう話だ」

「塩野谷さんが、グロの事件に関わった……」

石黒が潰されたという話を初めて聞かされたのはいつだったろうと考えを巡らせる。

たしか新人研修の場だった。当時は何の疑問も持たずにその美談を聞いた。当事者である石黒が隣にいたが、あの男は何も言わなかった。

大学を中退して創業に加わった石黒は結衣より年下で、三年遅れの新人研修を受けさせられていた。労働者を守るための法律を二人はそこで学んだのだ。

お前みたいな新人と机を並べるような人間じゃねえんだけどな俺は、と初対面からマウンティングされた記憶もある。

その後、結衣は制作部に配属され、石黒の部下になったが、あの男の口から塩野谷の名前を聞いたことはなかった。先月、結衣のチームで預かってくれと言われるまでは。

「グロは私に言った。塩やんとうまくやってくれって。自分を潰した相手のことをそんな風に言うかな。何かの間違いじゃないの」

「だが、もしそうだったとしたら十一年も本社に戻れなかったのも無理はない」

「佐竹さんたちも関わったってこと？」

「いやあ、あの人たちは古いやり方を引きずりすぎるから、本社に置いておけなかっただけだろ。それに比べて塩野谷さんは、かつては切れ者で制作部の出世頭って言われてたらしいからな」

そんな人がなぜあんな風になってしまったのだろう？

「ＭＡ導入は焦《あせ》るな。俺の方でも八神さんに実績を作れないか考えてみるから、結衣は無理をするな。じゃあな」

誰かに呼ばれたらしい。晃太郎は電話を切った。金曜の夜のことを言いそびれてしまった。巧に言われた言葉が思い出される。

――結衣ちゃんと種田さんって大事なことを話し合わないよね。

仕方ないじゃないか、と結衣は思う。お互い時間がないのだ。

腕時計を見ると、デニー証券に行く時間だった。あそこだけは他の人に任せられない。八神のためにも社内初のＭＡ導入事例を作らなければ。結衣はノートＰＣを閉じて会議室を出た。

デニー証券の会議室はクーラーが効いていた。

今日の如月はやけに地味な濃紺のスーツを着ている。そのせいか、前回会った時よりもよそよそしく見える。そう思いながら結衣は説明を続けた。

「ＭＡ担当になられる御社の社員の方にはツールの理解、シナリオ設計、シナリオの実装、メールコンテンツ制作、ウェブコンテンツ制作、データ分析など、幅広い知見が必要です。導入初期には業務時間の八割は割かれる、と思ってください」

今日は三人で打ち合わせに来ている。結衣の右隣には八神がいた。

さらにその右隣には塩野谷がいて資料をめくっている。説明役をやってほしい、と頼んだのだが、今回もやんわり逃げられた。本当に昔は切れ者だったのだろうか。

「MAで顧客の絞り込みと育成を行った後は、営業担当者のアプローチへ繫《つな》げ、商品購入という最終段階へと導かなければなりません。営業部との協力体制も見直していただく必要があります」

「仕事のやり方そのものの変革をする覚悟が問われるというわけですね」

そうつぶやく如月の声は前と違って生気がない。

「どのくらいで成果を出せますか？」

「すぐにというわけにはいきませんが、半年後にウェブ経由の新規顧客獲得が十倍になったという他社事例もあります。私たちも全力で支援いたしますし——」

「東山さん」

如月が張り詰めた声を出した。

「時間をかけてご提案いただいたので、申し上げにくいのですが、……実は弊社での

ＭＡ導入は見送りが決定してしまいました」

「あ――」

「ご説明を最後まで聞いてからと思ったのですが、早めに申し上げた方がいいかと」

社内に反対する人たちがいるとは聞いていた。しかし如月なら押し通せるはずだと思っていたのだ。二の句が継げずにいる結衣の代わりに尋ねたのは塩野谷だった。

「弊社に導入事例がないことを不安視する声が多かったのでしょうか？」

「まあ、そうです」

如月は塩野谷を見つめて言った。

「ですが、それは反対するための理屈でしょう。うちのベテランたちは口では変革を叫びますが、内心では現状維持を望んでいるんです。働き方改革も、デジタル化も嫌い。自分が優位に立てないものに会社が時間や予算を割くのは嫌だというわけです。今の若い人は定時で帰らされてかわいそうなどと公言して憚《はばか》らない人たちですから」

「まあ、残業した方が成長できる、と昔は言われていましたからね」と言いかけた塩野谷に「残業で成長などできませんよ」如月が牙《きば》を剝《む》くような顔になる。

「私が新人時代に命じられた残業が何だったかお話ししましょうか？　社内会議で事業部長に質問された時のための想定問答集百ページです。こんなものを作る必要があるのかと先輩に尋ねましたが、疑問を持つなと言われて毎日のように残業です。結局、事業部長の質問はゼロでした。あの仕事で得たもの、それは〝やった感〟です。もっとも成長できたはずの若い時代を私はそんなもののために無駄にしてきました」

塩野谷は圧倒されたのか口を噤《つぐ》んでいる。

「若い部下たちには私と同じ道を歩ませたくない。誰にでもできるような仕事ではなく、誰もやったことのないことに挑ませて、たくさん失敗させて、成長させたいんです。MA導入の担当者もすでに決まって、八神さんと働くのを楽しみにしていたんです。ですが……」

如月は手でテーブルを小さく叩いた。

「MAなんて失敗すると、ベテランたちに毎日のように言われて、導入も見送りになってしまって、転職を考えていると聞かされました」

結衣は思わず隣を見た。如月を見つめたまま八神は黙っていた。

塩野谷が笑顔で言った。

「若い社員さんに失敗させたくないと思うがゆえの発言ではないでしょうか」

「そうかしら」如月ははね返すように言う。「自分にできなかったことをやろうとする若者が眩《まぶ》しいだけでは？　味方をするふりをして心を挫《くじ》こうとしているだけです。

違いますか？」

塩野谷の顔が強張《こわば》った。如月は結衣の方に向かって身を乗り出す。

「でもね、私はあきらめません。MA導入は先送りになっただけ。説得は続けます。これからもご支援をお願いしたいです」

結衣はうなずいた。何度もうなずく。

「もちろんです。そう言ってくださって光栄です。サイト構築については要件定義の通りに進めてまいりますので、改めて賤ヶ岳からご連絡いたします」

「よろしくお願いします」如月は小さく頭を下げると塩野谷に目をやった。「それで、種田さんはいつ本社にお戻りに？」

デニー証券のビルを出ると、「じゃあここで」と塩野谷は先に帰ろうとした。

「待ってください」

結衣は八神に待つように合図して、塩野谷に歩み寄った。

「塩野谷さんは悔しくないんですか？　あんな――種田さんがいなきゃダメだみたいなこと言われて」

「MA導入が先送りになったのは残念だった。だけど、うまくいかない時はあきらめるってことも大事だよ」

塩野谷の声はさっきと同じで淡々としている。

「どうして、そうやって、すぐあきらめるんですか」カッとなって結衣は言った。「十一年前のことがあるからですか？　石黒さんを潰したのは塩野谷さんだった。そういう噂《うわさ》を聞きました。仙台支店に転勤になったのはそのせいなんじゃないかって」

塩野谷は笑顔のまま、結衣を見つめて口を開いた。「それ誰に聞いた？」

その質問には答えずに結衣は続けた。

「でも私には塩野谷さんがグロを潰すような人には思えないです。キャンプの時だって気まずかったけど、焼き鳥を焼いてくれたし、薪も割ってくれたし」

「昔の話はもういい。僕は先に帰るよ」

背中を向けた塩野谷に、

「四ヶ月前に私、灰原社長に言われたんです」と、それでも結衣は必死に呼びかけた。「入社してから十年、君は何もしなかったねって。塩野谷さんもこの十一年間そうだったのかもしれません。だけど今回、本社に出張することになったのは、何らかの期待をされたからでは――」

塩野谷が振り返った。「社長が僕に期待？」笑みの消えた顔がこちらを見ている。

「期待なんてされるわけがない。僕は君とは違うんだ」

「社長がしなくても」思わず叫んだ。「私は塩野谷さんに期待してます」

塩野谷の瞳が揺れる。あと一押しかもしれない。結衣は続けた。

「私が入社した頃、社員番号が一桁《けた》の創業メンバーはスーパースターでした。今でも私の中ではそうなんです。……だからお願いです。私を助けてください。賃上げ交渉をするためには、池辺さんを説得するためには、MAの導入事例が必要なんです」

塩野谷は小さく微笑んだ。そのまま首を横に振った。

「僕はスーパースターなんかじゃない。たまたま創業時にこの会社にいただけで高年収を得ている運のいい奴《やつ》だ。じゃあ、先に戻ってるよ」

塩野谷が去ると、結衣は道路のアスファルトに目を落とした。

切なさがあふれてくる。新卒で入社した会社は特別だ。新入社員だった頃に憧《あこが》れていた人たちには、いつまでも善き存在であってほしいとつい期待してしまう。

目に滲んだ涙を拭《ぬぐ》って、結衣は八神の元に戻った。そして頭を下げた。

「導入に結びつかなくてごめん。あきらめずに次の機会を待とう」言ってはみたが、簡単ではないだろう。

「もっと時間を作ろう」八神が冷静に言った。「チャットボットを活用しよう。申請書の期日、全社行事参加依頼、コンプラ周知など、日々のリマインド業務をボット化して自動化すれば、東山さんにさらに時間ができる。次にMA導入の機会があった時のためにも」

「……そうしよう、ありがとう」

「では、私は十二時が定時なので」

八神は駅の方へ向かっていく。落ち込んだ顔一つ見せずに前に進む新卒デジタル人材の強靭《きょうじん》さに、結衣はなぜか息苦しさを覚えた。

「八神さんって、感情的になることはないのかな」

久しぶりに訪れた上海飯店で、結衣は柊を相手に愚痴っていた。

「他の企業に行ってたら年収一千万じゃきかないと思うんだよね。そんな人が私みたいな上司の下についちゃって、焦りとか感じてないかな」

「でも、その人、結衣さんを上司にしてくれって自分から言って入社したんでしょう？」

柊はそう言ってジョッキを空ける。この前、マンションに遊びに来た時に知ったのだが、けっこう飲める方なのだ。晃太郎より強いかもしれない。

「でも、二十代をどう過ごすかで会社員人生は変わるでしょ。私は上司がグロだったんだけど、利益率の高い案件をガンガン獲ってきてくれる上司だったおかげで早いうちからいい経験をたくさん積めた。それに比べて上司としての私は……」

「はいはい、仕事の話はもうやめ」と割りこんできたのは餃子《ぎょうざ》好きのおじさんだ。「種田弟くんがせっかく来てるんだから。あのさ、お兄さんって中学高校大学と野球部キャプテンだったんでしょ？ 甲子園も行ったわけだし、モテたでしょ。ね、教えてよ」

「それ訊《き》いてどうするんですか」と結衣は顔をしかめたが、「弟くんにしか訊けないじゃない」とか「酒の肴《さかな》にするだけ」とか、おじさんたちは下世話な顔をしている。

「別にいいですよ」柊は笑っている。「お察しの通りです。ピッチャーでキャプテンで甲子園行って、条件だけは揃《そろ》ってましたから。家まで告白にくる女子とかいましたよ。兄も断るのが面倒だったのか、何人かとつきあったりしてました」

「へえ……そうなんだ……。柊くん、何か他に頼む？」

「どんな女子とつきあってたの？」辛いもの好きのおじさんが身を乗り出す。

「内助の功タイプですね。結婚したら毎朝ネクタイ結んでくれそうな感じの」

「結衣ちゃん、ネクタイの結び方知ってる？」

「知りません。柊くん、点心は好き？　ここのエビシューマイは美味《おい》しいよ」

「でも、どの彼女とも長続きしなかったな。常に野球が優先だったし、野球してる時以外はあんま喋らないし、喋ったとしても会話って感じじゃないというか。とにかく一方的ですから、古い男だって思われて、愛想尽かされちゃうんですよね」

「そういう男が良くてつきあったんじゃないの」と餃子のおじさん。

「予想以上のつまらなさだったんだと思います。……だから結衣さんを実家に連れてきた時は父も母も僕もびっくりしました。兄がすごく喋るので」

「そうかな？　私に飲みすぎるなってガミガミ怒ってた記憶しかないな」

晃太郎と出会ったのは五年前、博多に出張した時だ。

当時、晃太郎は福永の会社にいた。取引先の人が泊まっているビジネスホテルで顔を合わせたのがきっかけで、二人は飲みに行った。話が尽きずに、最後は親不孝通りの路上で缶ビールを飲みながら語り明かした。

「晃太郎は初対面からよく喋ってたし、私にはその印象しかない」

「結衣さんの前だけだと思いますよ。兄とどんな話をするんですか」

「夜中に一人で見てる動画についてとかだよな」餃子のおじさんが言う。「ちょっと、柊くんにそんな話」と結衣は慌てたが、「兄はどんな動画見てるんですか？」と柊は食いついている。

「動物の捕食動画」辛いもの好きのおじさんが老酒《ラオチュー》を飲みながら言う。

「何ですか、それ」

「最初見てたのは可愛《かわい》い仔猫《こねこ》の動画だったんだって。ストレスを癒《いや》す目的で。それが、おすすめされた動画を次々に見るうちに――血しぶきが舞う捕食動画が出てきてビビッてやめたんだよな」

「そう、リコメンド機能が怖いって言ってた」と結衣もうなずく。「晃太郎、血を見るのダメだからね」

「思い出すと眠れなくなるからって、その晩は結衣ちゃんちに泊まるって言ってたよな」

「えええ」柊は呻《うめ》いている。実家での晃太郎は徹頭徹尾硬派な長男なのだろう。戸惑う次男の横顔を眺めて結衣は言った。

「晃太郎ってわりと普通なんだよ」

「いや、普通じゃないよ。あれは甘えん坊だよ」餃子のおじさんが言う。

「兄の話はやめましょう」

柊は微妙な顔になって、リュックからノートＰＣを取り出して開く。

「今日ここに来たのは、これ見せるためだったんで」

モニターを覗《のぞ》きこんだ結衣は「わあ」と声をあげた。働き方改革に伴う労働者の意識変化についてパワーポイントにまとめた資料だった。

「わあ、もう作ってくれたの？」

「コーニーから連絡がありまして。結衣さんをバックアップしてやれと」

「晃太郎が」

「ネットで見つけた情報中心ではありますが、出典が確かなところからしか引っ張ってきてません。この調査は労働政策研究・研修機構のもの、こっちは帝国データバンク」

説明を聞きながら目を通してみたが、データの出所が確かなだけではない。とても分かりやすくまとまっている。

「非管理職の基本給を上げる必要性を腰の重い上司に伝えるにはどんな情報が有用か、結衣の立場になって考えてみればいい。そう言われて作りました」

本間と同年代とは思えない。さすが種田家の次男だと思いかけて……いや違うか、と結衣は思い直す。柊はどん底から這《は》い上がろうとしている。危機感が違うのだ。

「これを見てください。転職エージェントの会社が毎年行っている調査です。会社の働き方改革によって得たものの一位がプライベート重視の生活、二位が有給の取りやすさ、三位が健康的な生活。……一方、失ったものの一位は残業代、二位はモチベーション」

「やっぱり失ったものはその二つか」

結衣はモニターから目を上げ、消えかかったビールの泡を見つめる。

「うち労組がないの？」餃子のおじさんが言う。

「うち労組がないんです。デジタル産業の会社はないとこ多いと思いますよ」

「労組があったって味方になんかなってくれませんよ」

柊はブラウザを立ち上げ、履歴からウェブサイトを表示させた。それは〈ストライキが起きなくなったのはなぜ？〉という記事だった。

高度経済成長期の日本では、激しいインフレに合わせる形で、賃上げ交渉が盛んに行われてきた。しかし、バブル崩壊が起こると、経済は低迷期に突入、企業の倒産が相次いだ。企業と労組は対立をやめ、社員の雇用維持を最優先とする協調路線に入った。

こうして賃上げ交渉を起こしにくいムードが生まれていったのだと書いてある。

「その結果、三十年近く、日本人の所得は横ばいを続けた。労組は既にいる社員の雇用と給料を守ったが、その代わりに新卒採用は絞られた。正規の職に就けない人たちがたくさん出て、当時の若者の平均所得は下がった。そう書いてあります」

「柊くんは前の会社にいた時、サービス残業のこと労組に相談したんだよね」

「はい。組合費を払ってたし、頼ってみようって思って。でも話を聞くだけで何もしてくれませんでした。あそこが第二人事部って呼ばれてるのを後で知りました」

何もしてくれない、か……。なんとなく塩野谷の顔が思い浮かんだ。

「辞めた後で、社外の労組があるって知ったんですが、やっぱり組合費が必要で、活動にも協力しなきゃいけない。引きこもりの自分には無理だとあきらめてしまいました」

「なぜ残業代を払わない？」

給仕をしながら黙って聞いていた王丹が言う。

「それはね」辛いもの好きのおじさんが声を張る。「日本では社員の解雇が簡単にできないの。だからリストラの代わりに残業代を削る。つまり人件費削減よ」

餃子のおじさんが切なげに肩を落とした。「バブルが崩壊した後も、急に定時で帰れって言われたっけなあ。あの頃はローン払うのきつかったな」

王丹はビールをジョッキに注いで柊の前にどんと置く。

「あんたたち兄弟、搾取《さくしゅ》されすぎ。これサービス」

「いいんですか」そう言いつつ、柊は素直に頭を下げたが、結衣は否定せずにはいられなかった。

「晃太郎はもう搾取されてないよ。うちの会社じゃ、年収七百万はいってるんじゃないかな」

「七百万？」と王丹は眉間《みけん》に皺《しわ》を寄せて結衣を見る。

「王丹から見れば大した額じゃないかもしれないけど、日本の三十代男性の平均所得からしたら高い方なの。晃太郎は高給取りなんです」

「じゃあ今夜は奢《おご》ってもらおうかな」と言うおじさんたちに、「私の財布は常に赤字です」と冗談で返す結衣を、王丹は何か言いたげな顔で眺めている。

「やっぱり僕って搾取されていたんですね」柊がビールを眺めてボソリと言う。「その事実を受け入れるのは辛《つら》いです。自分が弱い人間みたいに感じられて」

「次に就職する時は、残業代もきちんと払ってくれる会社にしよう。応募する前に私が厳しくチェックする。晃太郎も同じことを言うと思う」

「過保護な兄夫婦になりそうね」

おじさんたちにからかわれ、「ですね」と柊は笑う。まじめに働きたいと願うこの若者がどうして正当な報酬をもらえなかったのだろう。

結衣はビールを飲んだ。冷たすぎる液体がゆっくりと喉《のど》を降りていく。


「アレクサ、ただいま」

マンションに帰りついた結衣は部屋の奥に声をかける。

「おかえりなさい」という声が響いた。照明もつけてもらう。

酔い覚ましのコーヒーを淹《い》れ、ダイニングテーブルでノートPCを開く。

定時後の仕事はモットーに反するが、今日だけは柊が集めてグラフ化してくれたデータを早く業務改善提案書に取りこみたかった。

合間に晃太郎にメッセージを送り、柊に適切な指示を出してくれたことを感謝する。

今夜はすぐ返信があった。

『送ってくれた業務改善提案書を見たが、突破力が足りないと思う。池辺さんの顔はこの際忘れろ。経営企画室に見せるくらいのつもりで作った方がいい』

『人事部じゃなくて？』

『うちは人事部が弱い。狙《ねら》うなら経企だ。企業戦略も作ってるし、社長にも近い』

『でも池辺さんが動いてくれなきゃ、彼らには届かないでしょ』

『届かせ方は後で考えるとして、先に説得構造を固めておこう。業務改善提案書のフォーマットには囚《とら》われなくていいから——って、やっぱ俺が作ろうか。デニー証券、MA導入してもらえなかったんだろ。余裕ないんじゃないか』

返事を打とうとして、結衣の指が止まる。種田さんはいつ本社にお戻りに、という如月の言葉が頭に浮かんだ。意地になってこう打つ。

『これは私の仕事だから』

自分は部下たちにサポートされている。柊にも動いてもらっている。晃太郎より楽な環境にいるのだ。これ以上、頼るわけにいかない。

「アレクサ。作業用BGMかけて。テンション上がるやつ」

結衣は再びキーボードに手を置いた。そのまま夜更《よふ》けまで作業を続けた。

翌朝十時に始まったマネジャー会議は終始、暗い雰囲気だった。

どのチームも売上目標の達成に苦戦している。管理部の石黒が圧力をかけたのは、他のチームより多くの予算を抱える小原チームと東山チームだ。

「達成しました以外の報告は要らないから、よろしくね」

そう言われ、鬼め、と思ったが、制作部のマネジャーだった頃のこの男の働きっぷりを知っているから文句は言えない。

オンライン会議で繋いだ金沢支店からの報告が終わると、「仙台の種田は？」と石黒が顔を上げて尋ねた。

「ガイアネット保険から急ぎの連絡があって俺の代わりに対応してもらってまーす」

小原が手を挙げながら答えると、石黒は「あ、そ」と言った。

「えーそれと、改めて周知しますが下半期から残業時間の上限が十五時間になります」

マジですか、とマネジャーたちから呻き声が漏れた。

会議は十一時半に終わった。階下のスターバックスで眠気覚ましのエスプレッソを買ってこようと思いながら歩いていると、後ろから小原が追いついてきた。

「二人で話せます？」と目を動かす、その視線の先には自販機コーナーがあった。ベンチの前まで結衣を連れていくと、小原は缶コーヒーを買って渡してきた。

「最近、うちの新人が変なんです。種田のおかげで、ガイアネット保険の案件が落ち着いてきたので、新人は定時で帰そうとしたんですが……これが帰らない」

「残業代目当てですか、新人」

「そうです」

小原は頭痛がするのか耳の横を押さえる。

「手取りがガクンと減るのが怖いんだろうと思います。実は去年の春頃も炎上案件があってかなり残業代がついたんですよね。ということは、今年の社会保険料が、ね」

結衣がキョトンとしていると、「あんたは知らないか」と小原が続けて言った。

「四月から六月までの給与額で翌年の額が決まっちゃうんですよ。つまり今年も残業代を稼がないと、増えた分の社会保険料を払えない」

小原は自分の缶コーヒーを睨《にら》んで言った。

「東山さんの言う通りだった。残業代は麻薬です。この状態で上限時間だけ下げられてもな。池辺さんはまだ動きませんか」

「はい……」

「そうですか」小原は嘆息する。「そういや最近、種田と連絡とってます？」

「昨日の夜にメッセージやり取りしましたけど」

「メッセージを打てるのか。……危ないって思ったのは、俺の思い過ごしかな」

そう言って去ろうとする小原に「危ない？」と結衣は声をかけて呼び止めた。嫌味ばかり言う隣チームのマネジャーの顔を見上げる。「晃太郎に何かあったんですか？」

そう尋ねてから、しまったと思う。案の定、小原は面食らった顔になる。

「晃太郎？……あ、もしかして二人、より戻した？」

それから、今度は小原の方が、しまったという表情になった。

「そっか、だから東山さんには黙っててくれって言ってたのか」

晃太郎に何があったのか。しつこく問う結衣に、小原は根負けして答えた。

「ちょっと前に、オンラインで会議した時にあいつ、画面共有した資料が読めなかったんです」

晃太郎本人も驚いていたらしい。何でだろう、と問われて、脳疲労じゃないか、と小原は答えたそうだ。

「脳に負荷がかかりすぎて誤作動を起こしてるんです。あれは危ない。前の会社にいた頃、同じ症状が出て、そのまま仕事をし続けた末に、屋上から飛んだ奴がいました」

晃太郎は言ったという。東山さんには黙っていてくれ、と。

「気づかなかった」と思わず口からこぼれた。昨夜の晃太郎はしっかりしているように思えた。余裕ないんじゃないかと結衣に尋ねてさえいた。自分の方がよほど無理をしていたのか。

「あいつも俺も、この会社のためにここまでやって報われることがあるんですかね？」

小原に問われて、結衣は返す言葉もなかった。

「お宅の八神さんもやばいですよね。同期の新卒社員たちの生活残業の尻拭《しりぬぐ》いをするために、この会社に来たわけじゃなかろうし、そろそろ愛想を尽かされるのでは？」

早く成果を出さなければいけない。そんなことは自分が一番わかっている。わかっているのだ。だけど、そんなに器用にいかない。昨日、深夜まで仕事をしたせいで頭もうまく働かない。気持ちが乗っていたとしても、定時後に仕事をするのはやはりよくなかった。

ぼんやりと廊下を歩いていた結衣は、制作部の入り口の前に佇《たたず》む人影を見つけて立ち止まった。

八神だ。

声をかけようとした時、オフィスの中から加藤と野沢のはしゃぐ声が聞こえてきた。

「ああもう今日は眠くて仕事になんないわ」

「昨日は二時間も残業しちゃったからね」

あの二人、残業したのか。スマートフォンを出して勤怠表を確認すると、塩野谷の名前で許可が出されていた。あいつ、と苦々しく思っていると、野沢が言った。

「定時まで休んでようよ。残業する体力、残しておかなきゃ」

「残業、今日もやる？　さすがに連日はまずくね？」加藤に問われて、野沢が答える。

「上限二十時間超えなきゃ大丈夫。塩野谷さんがそう言ってた」

先輩社員たちは外回りで出払っている。その隙《すき》に、新人二人はリラックスした時間を満喫しているようだ。

「昨日は楽しかったよなあ」加藤がノートPCを閉じて、ストレッチする。

「それ思った」野沢も自分の肩を揉《も》み始める。「定時後って電話はかかってこないし、うるさい先輩たちもいないし、効率的に仕事できたよね？」

「同期たちみんなで夜食食べて、なんだか文化祭の前の日みたいだったね」

——彼らはそれを〝祭り〟と呼んでいた。

晃太郎の声が脳に蘇《よみがえ》る。

来月の給料日、加藤と野沢の給与明細には今月よりも多い額が印字される。それを見て彼らはこう思うだろう。定時で帰るなんて馬鹿《ばか》らしい。そして待ち望むようになる——祭りを。

もう見過ごせない。足を前に踏み出そうとした時だった。

「東山さんは定時で帰れって言うけど、それってあの人が管理職だからだよな。俺たちより全然いい給料をもらってるから言えることだよ」

加藤の声がまた聞こえてきて、足が動かなくなった。そんな風に見えているのか。目の前にいる八神の白い肌に影が差す。目元を歪《ゆが》めたのだとわかったその時、八神はオフィスに大股《おおまた》で入っていった。結衣は何も言えないまま、その姿を見つめる。

黒いシャツを翻《ひるがえ》し、加藤と野沢の前に立つと、

「定時後の方が効率がよいというのは錯覚だ」

と八神は話し始めた。

「人間が覚醒《かくせい》して作業を行うことが可能なのは起床後十二時間から十三時間までだ。朝七時に起きたなら、十九時以降の脳はもう高度な判断はできないと思った方がいい」

加藤と野沢はあっけにとられている。

「疲労した脳は酩酊《めいてい》状態になる。タスクの先延ばし、問題解決能力の喪失、リスクの過小評価などが起き、モラルも低下する。そういう研究結果もある。それだけではない。残業すれば成長機会も失われる」

八神は頬をほのかに赤くして喋《しゃべ》っている。

「私がここで午前中しか働かないのは理由がある。午後は知り合いのベンチャー企業で開発を手伝い、技術をアップデートしている」

そんな努力をしているのか。結衣は圧倒された。

「あなたたちもそうしたらいい。デジタル人材は二〇三〇年には三十万人不足すると予想されている。生産性のない残業はやめて定時で帰り、もっと勉強をすることだ」

八神が黙るとオフィスはしんとした。やがて、加藤ががっくりうなだれて言った。

「……なんかさ、八神さんといると苦しいわ」

「苦しい？」八神の目元が再び歪む。「私はみんなを楽にしたくて……」

「楽になってないよ」野沢が目を伏せる。「八神さんが来てからは、自分に生産性がないことを思い知らされっぱなしだし」

「来てくれて有難いんだよ、経費申請も楽チンになったしさ」加藤が後を引き取って言う。「だけど、その分レベルの高い仕事しろってプレッシャーがかかるじゃん。だったら経費精算に時間かかっていた頃の方が気楽だったっていうか」

「世の中ずっと不景気だし、親世代みたいに稼ぐのとかもう無理だしね」

「ま、八神さんならさ、広い選択肢の中から人生選べるのかもしれんけど、それだけの能力があるのかもしれないけど、俺たちには残業代稼ぐくらいが限界だからさ」

八神は頬をますます赤くして黙っている。フォローしなければと思う。でも気づくと結衣は後ずさりしていた。三歩下がったところで誰かにぶつかる。

振り返ると、来栖の目が自分を見つめていた。

逃げるのか、という目をしている。

悪い？　と内心で思う。好きで管理職になったわけではない。生活残業を正当化する部下たちの面倒をこれ以上見きれない。上司のモチベーションにも限界があるのだ。

「みんな、何のために努力すればいいのかわからないんですよ」

来栖は上司を見据えて言った。

「僕だって残業代に溺《おぼ》れそうになったことあります。種田さんに憧れて残業しまくった時期があったじゃないですか。残業代ついて、給料が三万くらい上がった給与明細見た時に思いました。ああ頑張ってよかったなって。……残業代って単なる金じゃないんですよ。会社からの評価なんです」

「でも来栖くんは残業をやめられた」

「それは、東山さんが言ってくれたからです」来栖は真顔になって言った。「あなたを大事に思ってる、来栖くんの将来に責任があるって言ってくれたからです。自分の努力をちゃんと見ててくれる人がいる。そう思えたから——その後も、福永さんのせいで残業は続いたけど、残業代に溺れずに、定時で帰る生活に戻ってこられたんです」

　来栖の言葉が自分の心の奥に響く。……あの頃は、育てなければならない新人は来栖だけだった。たった一人を育てるために全身全霊を傾けることができていた。

　でも今は違う。忙しさにかまけて加藤や野沢を放置していた。

　まだ何の経験もない新人が、同年齢とはいえいきなり天才肌のデジタル人材と並んで仕事をしろと言われた。彼らの前には手が届きやすい評価があった。それが残業代だったのだ。

　結衣は深呼吸した。来栖に背を向けてオフィスの中に入る。

「ごめんね、話聞こえちゃった」と加藤と野沢の顔を順番に見る。

「私も八神さんと同じ意見だよ。加藤くんにも野沢さんにも、もっと勉強してほしいと思ってる。将来的にはどの会社でも通用するデジタル人材になってほしいと思ってる」

　二人は顔を強張らせて黙った。

「適当なこと言わないでください」加藤がポツリと言った。「東山さんみたいに会社に評価されてる人に俺たちの気持ちはわかりませんよ」

「私？」それを聞いて結衣は思わず苦笑する。「もしかして私が新人の頃から評価されてたって思ってる？」

「……」野沢が怪訝《けげん》な顔になる。「違うんですか？」

「まさか──。私が新人の頃の上司は石黒さんだよ？ 私より年下のくせに、学生時代からハッカーやってたようなギークで、コードもろくに書けない私をまるでコンビニで買った安いイヤホンを見るような目で見ていた」

まず小さなハードルを越えさせる。吾妻に教えられたことを再び思い出し、結衣は言う。

「あの頃の私にできたのは、与えられた仕事を定時までに終わらせること。終わらなかったら、なぜ終わらなかったかを考えること。十年、やってきたのはそれだけ」

「十年ですか」野沢が難しい顔になる。

「それでも管理職になれた。だから、二人とも人と比べなくていい。……すぐに成果を出すなんて、中堅の私にだって無理なんだから。すぐに手に入る評価に飛びつくんじゃなくて、ゆっくりでいいから、自分にできることをやっていかない？」

「だけど俺たちにできることって何なのか」

「定時で帰ろう」結衣ははっきりと言った。「まずはそこから始めよう」

「でも」と言いかけた野沢に、「それからもう一つ」と結衣は付け加えた。

「チームを裏切らないようにしよう」

これだけは言っておかなければならない。

「残業代をもらえたら嬉しいよね。会社に評価されていると感じるかもしれない。でもチームが獲得してきた予算から不当に自分の残業代を得ようとする人がチームのメンバーから信頼される未来は絶対に来ない」

「すみません」と言う野沢を結衣は見つめる。

「だけど、野沢さんが趣味のために稼ぎたいって気持ちもわかるし、とても大事なことだと思う。そういう気持ちを別の形でモチベーションに繋げていってほしい」

また一つプレッシャーが増える。そう思いながらも結衣は言った。

「定時で帰っても評価される。そうなるように私がする。残業代を稼がなくてもいいくらいの給与になるように今交渉しているところだから。――だから定時で帰ろう」

野沢は加藤と顔を見合わせた。しばらくしてから、小さく笑みを浮かべる。

「十年後は私も三十二歳か。それまでに管理職になれてたりしますかね？　無理かなあ」

「無理じゃない」結衣は励ますように答える。「私にできたんだから野沢さんにもできるよ」

「だったらいいな。恋愛とか今んとこ興味ないけど、でも東山さんみたいに管理職しながら社内結婚、みたいなルートも残しておきたいし」

「え」と真顔になった結衣を見て、加藤が「おいー」と野沢を小突く。

「種田さんとのことはまだオフレコだって甘露寺さんに言われただろ」

「オフレコなのはあの話の方じゃなかった？　種田さんが風邪ひいた時に、東山さんが作ったお粥《かゆ》のお米に芯《しん》があったけど、言えなくて全部食べたって話」

「違う違う、より戻して結婚することの方がオフレコ」

「みんな知ってるの？」結衣は後ろの来栖を見る。

「僕は柊くんから聞きました。口止めされたとは言ってたけど、彼、僕に何でも喋るんで」そう言って来栖は肩をすくめる。「東山さんって男の趣味がわりと保守的だし、そうなるだろうなとは思ってたけど、本当に結婚するとは」

「知ってたのか」そう返して、結衣は新人たちに向き直る。「入籍してから改めて報告するつもりだったけど、そうなの、そうなりました。先輩たちにはまだ黙ってて」

「また破局したら困るからですか」加藤が無邪気に尋ねる。

「いやいやさすがに三度目はないから！　ないことを祈ります！」

結衣は笑い、オフィスにようやく和やかな空気が流れる。

「俺焦《あせ》ってたかもしれません」加藤が首をかきながら言う。「だって八神さん、凄《すご》すぎんだもん。登場からして神降臨って感じだったし！」

「神なんかじゃない」と小さな声がした。

結衣はハッとした。さっきから黙っていた八神が硬い表情をしている。

「デジタル人材は買い叩《たた》かれるべきではない。だから入社する時に年収一千万円でと交渉した。だけど私だって新卒社員ということには変わりない」

八神は同期の二人に顔を向けた。頬がまた赤くなっている。

「ただでさえ大変な東山さんがクライアント訪問に同行してくれている。早く成果を出さなきゃって焦る。私だって毎日怖い。神だなんて言わないで」

「……八神さん」結衣は慌《あわ》てて言った。「あなたを焦らせたのは私だね。私に営業力がもっとあれば、とっくに成果を出せていたかも知れないのに」

「東山さんのせいじゃない」八神は張り詰めた声で言う。「私はあなたの倍の給料をもらっている。だから倍の成果を出さなければならないんだ」

色素の薄い瞳《ひとみ》の奥の強すぎる輝きを見て、誰かの目と似ている、と結衣は思った。

次の瞬間、

「その通りだ」その誰かの声が飛びこんできた。

振り返ると、ワイシャツ姿の晃太郎が「みんなお疲れ」とこちらに歩いてくる。

「来てたの？」驚く結衣に向かって、

「ガイアネット保険の本社に急遽《きゅうきょ》呼ばれて朝イチで出てきた。連絡する暇なくてごめん」

と声をかけると、八神に視線を移して、晃太郎は会心の笑顔を浮かべて言った。

「ガイアネット保険がＭＡの導入をすると決定した。依頼状ももらってきた」

え――。頭を吹っ飛ばされたような衝撃を覚えた。結衣は尋ねる。

「時間や予算がかかりすぎるって心配されなかった？」

「されたけど――御社の担当者様および関係部署の皆さんが本気で取り組んでくださったなら、百八十日以内に必ず成果が出せますと言ったら、むこうも肚《はら》が決まったって」

デニー証券にも、半年あれば成果は出ます、と伝えた。だが晃太郎が言うのと、自分が言うのとでは、説得力が違うということだ。

「社内初のＭＡ導入事例だ」そう言う晃太郎は無敵の表情を浮かべている。「八神さん、来週にでもヒアリングに同行してくれる？」

「わかった」と八神がうなずく。

「……それと、これから小原さんに交渉して、MA導入の成果はこのチームにも按分《あんぶん》してもらおうと思ってる。八神さんの人件費なんか軽く超える予算だ」

八神が晃太郎に歩み寄った。

「ありがとう」輝くような笑顔だった。「種田さんは優秀なプレイングマネジャーだね」

「いやいや」晃太郎は手を振る。「こっちこそ八神さんのおかげでクライアント離れが食い止められた。これでチームにも戻ってこられる。怖いマネジャー代理にも怒られずにすみそうだ」

それを聞いて新人たちが笑った。一気に賑《にぎ》やかになったところに、甘露寺が入ってくる。来栖と八神に何かを囁《ささや》き、若手メンバーを廊下へ連れ出す。

彼らの後ろ姿を眺めて、晃太郎が笑っている。「今からここで、結婚祝いをしてくれるんだってさ。甘露寺がみんなに喋っちゃったみたいで」

それから、こちらを向いて不思議そうな顔になった。

「……何で仏頂面《ぶっちょうづら》してんの？」

「別に」笑おうと思ったが、うまく笑えなかった。「脳疲労起こしたんだって？　小原さんに聞いた。大丈夫なの？」

「ああ、あれか。指摘されて、さすがにやばいなと思って無理矢理早く寝るようにした。Apple Watchで睡眠時間も管理することにした。後で記録見る？」

自分を制御できるようになった。さらにアップデートしたというわけか。

「……って、その件で怒ってるの？」

「怒ってない」

「結衣が好きなだけ働いて来いって言ったんだろ？」

「そうだった」という自分の声はどこかよそよそしい。「明日までこっちにいるの？」

うなずいた晃太郎からはあふれる自信が発せられているように思えた。

「仕事もうまくいったことだし、この勢いで今夜、婚姻届出しに行こうか」

「今夜？」

「どっちの姓にするか決めてなかったよな。上海飯店で晩飯でも食いながら決めるか。常連のおじさんたちに証人のサインしてもらったお礼も言わなきゃだし」

どんどん予定を決めていく晃太郎の前で結衣は笑えないままでいた。

人と比べなくてもいい。新人たちにはそう言った。

けれど、猛烈な焦りが結衣を焼いていた。社内初のMA導入事例を、晃太郎に作ってもらってしまった。一人では何もできない。自分は未熟な管理職だ。

そんな自分が会社を相手に賃金交渉などできるのだろうか？

でもその焦りを胸に押しこめて結衣は「そうだね」とうなずいた。

「これ以上先延ばししてもしょうがないものね。……わかった、定時後に上海飯店ね」

目の前にいるこの男が人並外れた努力をしてきたのを結衣は誰より知っている。祝ってあげなければ。仕事だけではなく私生活でもパートナーになるのだから。

「うん」晃太郎は急に照れくさそうな顔をした。「婚姻届ってマンション？」

「うん。……いや、鞄《かばん》に入れっぱなしだった。誰もいないよね？　今のうちに渡しとくから、晃太郎の欄埋めといて」

鞄から婚姻届を出そうとした時、一緒に白い封筒が引っ張り出されて、机の上に落ちた。それを晃太郎が拾って、「あ、桜宮さんからか」と差出人の名前に目を留める。

「その後どうしてるのかな。あれ、切手ないけど、彼女、会社に来たの？」

「ああ、いや、ううん、違うの。巧が渡しに来てくれたの」

そう言ってからハッとする。この話、晃太郎にしたっけ？

していない。言い忘れていた。

「諏訪さんが？」晃太郎が真顔になる。「あいつまたここに来たのか」

「違うの、七日の夜に、ドライブ中に渡されて」

答えたそばから結衣は慌てる。この言い方では誤解を招く。

「ドライブ中？」晃太郎の声が強張《こわば》る。「は？　なんでドライブ？」

「七日の金曜の夜、奥多摩で」これでは端折《はしょ》りすぎだ。「正確に言うとね、奥多摩のキャンプ場で一人取り残される状況が発生して、誰かに迎えに来てもらわなきゃいけなくなって」焦れば焦るほどうまく言えない。

「……どんな状況かまったくわかんない」

「だよね。わかんないよね。説明すると長くなる。……詳しくは上海飯店で話すから」

「いや、今話せ。諏訪さんに迎えに来てもらうって、どっからその選択肢が出てくるのか、ほんとわかんない」

「いやだから、そうなっちゃったわけを、後で説明するって言ってるの」

晃太郎は衝撃に耐えるように少しの間黙ったが、暗い目を結衣に向けた。

「マンションまで送ってもらったのか」

「送ってもらったけど、中に入れたりしてないし。……え、なに、まさか疑ってるの？」

ちゃんと話せばわかってもらえると思っていた。そういう関係が築けていると思っていた。

「疑うも何もあいつには前科がある」

「巧を信じられないのはわかるけど、でも私は？　私を信じられないの？」

晃太郎はまた少し黙った。そして言った。「仕事では信じてる」

「……え？　プライベートでの私のことは？」

「わかんない」晃太郎は一歩下がって言う。「わかってたつもりだったけど、今のでわかんなくなった。俺、なんでマンション買ったんだっけ？　なぜ仙台に？　……だめだ。わからなすぎる。ごめん、今夜はそっちには帰れない」

呆然《ぼうぜん》と立ち尽くす結衣の耳に、間延びした歌声が聞こえてきた。

「お前を嫁に〜もらう前に〜言っておきたい〜事がある〜」

歌っているのは甘露寺だ。キャンドルに火を灯《とも》したケーキを持つ彼の後ろには若手メンバーたちが並んでいる。

「かなりきびしい〜話もするが〜俺の本音を〜聴いておけ〜」

と「関白宣言」を熱唱する甘露寺に野沢が「なぜ、その選曲？」と笑っている。

その騒ぎが聞こえないかのように、晃太郎は結衣に暗い目を向けている。

「俺はこのチームに一時間でも早く戻るために、血の滲《にじ》むような努力をしてきた。お前がそうしろって言ったからだ」

「おっ」と冷やかしの声が上がる。「プロポーズ今からですか」

「後ろめたいことは何もない」結衣はそう言った。「ほんとにないから」

晃太郎は結衣が手にした茶封筒に目をやった。その中には婚姻届が入っている。

「結婚はできない」

「おや」甘露寺が歌うのをやめる。「何か不穏な……」

「出直した方がいいかも」と言って来栖が踵《きびす》を返し、すたすたと去って行く。

加藤や野沢や八神もその後を追う。最後は甘露寺だった。ケーキを結衣の机にそっと置いてから、逃げるように出て行く。

「ちょっと待って」結衣は信じられない気持ちだった。「私たち、お互いに言えてないことがたくさんあるんだと思う。二人で落ち着いて話そう。話せばわかることだし……っていうか、そんなに怒ること？」

だが、晃太郎は床に置いていた鞄を取り上げながら言う。

「俺がむこうにいる間、結衣は会いたいとか帰ってこいとか一度も言わなかった。前につきあってた時は、喧嘩《けんか》になるくらいうるさく言ってきたのに。……しかも他の男と会ってたとか、ほんと意味がわかんない」

「それは！　……どうして帰ってきてくれって言わなかったのか、本当にわかんないの？」

「フラフラすんなって言ったよな？」

「だからしてないって！」

「とりあえず距離を置こう」

　と言って晃太郎は結衣に背を向けた。足早にオフィスの入り口に向かう。

「距離ならもうあるし」その後ろ姿に結衣は声をぶつける。「東京と仙台で三百五十キロも！」

　晃太郎は振り返らなかった。オフィスには誰もいなくなった。

　どうしていいかわからなくなり、結衣は手にした茶封筒から三つ折りになった婚姻届を乱暴に引き出した。開いて見る。晃太郎の記入欄だけがまだ空いている。

　自分だけが苦労したようなことを言われたのが納得いかない。こっちはこっちで大変だったのだ。それでも、ずっと待っていた。晃太郎のことを、あのマンションで。なのに。

「ほんとに馬鹿だ」

　怒りに任せて、結衣は婚姻届をぐしゃっと丸めた。

第五章 愛社精神の塊

八月一日、という日付がスマートフォンの画面に出ている。

このマンションに引っ越してきてからそろそろ二ヶ月か、と結衣はクーラーのついたリビングで腕時計をつけながら思った。

リビングの隅にはKとマジックで書かれた段ボール箱が積まれている。晃太郎の荷物だ。その前に結衣は立つ。

――下記の本三冊を仙台に送ってくれ。

昨日、晃太郎はメッセージでそう頼んできた。「仕事」と書かれた一箱のテープを剝《は》がす。中の本に手を伸ばしたが、途中で止まる。

「……自分で取りに来ればいいじゃん」

口に出して言ったらムカムカしてきた。そのまま支度をして部屋を出る。

会社までは徒歩十五分だ。ここならすぐに職場から帰ってこられる。このマンションに結衣を初めて連れてきた時、晃太郎はそう言った。嘘《うそ》つき、とつぶやいて外へと歩き出す。

道端に座り込んでいる小さな子が目に入った。その前にしゃがんで、保育園に行こう、となだめている男性の傍を通りながら何歳くらいの人だろうかと顔を見てしまう。

三年前に結婚できていれば晃太郎もあんな風だったろうか。

強い風に吹かれて大きな橋を渡り、会社が入っているビルに向かう。

五十階建てのオフィスビルのエントランスに入ると、レストラン、カフェ、銀行のATM、薬局、高級スーパーなどが並んでいる。スターバックスでコーヒーを買って、セキュリティゲートを通過し、エレベーターに向かう。自分の会社のフロアに着くまでの間、コーヒーカップの蓋《ふた》を見つめながら、一日の段取りを考える。

午前中は最も脳が働くので、高度な判断力がいる仕事に費やす。昼休みはしっかりご飯を食べて、仮眠をとる。それでも脳は朝よりも鈍るので、経験則が活《い》かせる仕事に割くことにしている。オフィスに入り、結衣は野沢を呼び止めた。

「SNSアカウントの運用支援の課題解決の件、ドキュメントがよくできてたね」

「はいっ」野沢が答える。「六割できたところで東山さんに見てもらってよかったです。詰まってたところが解消したら、残り三割があっという間に終わりました」

「社内資料ならそれでいいけど、ヒノブンに出すやつだからね。最後に一日くらい寝かせて見直してみてくれる？　そしたら最後の一割が見えてくるから」

「それが東山のやり方だよねえ」

そこへやってきた賤ヶ岳が笑った。

「私が新人だった頃はさ、社内資料でも十二割くらいのレベルにしないと怒鳴り散らす先輩いたから、完璧《かんぺき》になるまで抱えこんで悩んだもんだ」

「いたいた」結衣は顔をしかめる。「怒鳴る人いた」

「私らの上司だった石黒さんは効率重視の人だけど、それでも東山が社長出席の会議でやったプレゼンで、グラフの色が適当だったのには目を剝《む》いてたからね」

「怒られたんですか？」と野沢が尋ね、結衣は首を横に振る。「グラフの色にもっとこだわったらよかったね、と言われはしたけど、でも……」

――社内資料まで美しく作っていたら定時では帰れません。

結衣が応《こた》えると、灰原は少しの間黙った。そして、その通りだね、と言った。

――社員を長く働かせることで、僕は仕事をした気になっていたのかもしれない。これからは社内資料に時間をかけなくていい。説明さえできればペライチでも構わない。社内にそう通達するようにと、灰原は創業メンバーたちに伝えた。

意見を聞いてもらえた、と結衣は無邪気に喜んだが、石黒は青い顔をしていた。社長に見せる前に俺がチェックするべきだったと何度も言っていた。効率という言葉が何よりも好きな石黒が、そんなことを言うなんて、と当時の結衣にとっては不思議だった。

「あんたは何も考えずに意見したんだろうけど、あれはちょっとした事件だったんだよ」と賤ヶ岳が苦笑する。「社内資料の美しさに誰よりもこだわってたのは社長だったからさ。それが新人の言葉一つで翻《ひるがえ》った。あの場にいた創業メンバーの顔が忘れられないわ」

「でも社員の意見を聞いてくれる社長なんですよね?」野沢が明るく言う。「入社面接で一度しか会ったことないですけど、あっちの方が緊張してて、なんだかおかしかったです。この会社をどう思うかをしきりに訊《き》かれました。その時の私、まだ就活生だったのに」

「誰の意見でも異常に気にする人なんだよね。それがいい方に転べばいいんだけど」

悪い方に転んだのが石黒の事件か、と結衣は思ったが、何も知らない野沢は、十年前の結衣と同じように無邪気だ。

「おかげで会社はどんどん効率的になってますよね。このドキュメントだって小原チームで前に作ったフォーマットを共有してもらってます」

「そこは八神さんさまさまだよね」

結衣は八神の席を振り返る。席を外していて、本人は不在だ。

二週間ほど前、ガイアネット保険はMA導入を決定した。八神もすでに支援業務に入っている。さらに手が空いた時はチャット以外のグループウェアの導入を進めてくれていた。

「野沢さんも適応するの早いよね。あれから残業、一時間もしてないものね」

「はい、生活残業はもうしません。早く東山さんみたいになりたいので」

新人は成長のスピードがめざましい。そう思いながら、モニターに向き直ろうとすると、「あっ、あの」と野沢の言いづらそうな声が耳に入った。

「さっき仙台から電話がありました。種田さんから」

結衣は動きを止めた。平静を装《よそお》って答える。「あ、そう。何か言ってた？」

「頼んでた本を社内便に乗せてくれって。メッセージでも送ったんだけど、既読スルーされたから、リマインドしといて、と」

「そう、わかった。やっときます。余計なタスク増やしてごめんね」

野沢はモジモジしている。「お二人はその……ご結婚、されるんですよね？」

賤ヶ岳の視線が頬に突き刺さる。結衣は「あー」と微笑《ほほえ》んだ。「この間はみんなの好意を無にしちゃってごめんね。でも野沢さんに心配してもらうことじゃないから」

「だって、あれから二週間以上経《た》つのに、種田さん、こっちに帰ってこないから」

「それは……ガイアネット保険でMA導入が決まったからだよ。その準備が終わるまでもう少し向こうにいるって、みんなにも話したでしょ。さ、仕事しよう」

はあ、と野沢が自席に戻って行くのを見送ると、賤ヶ岳が嘆息した。

「話でも、する？」

「話？」結衣は首を傾《かし》げたが、「いいから来な」と腕を摑《つか》まれる。

「気分が落ちてる上司ってのはね、知らず知らずのうちにチームに影を落としてるもんなの。職場でプライベートの話したくないのはわかるけど、私にならいいでしょ」

賤ヶ岳は結衣をカフェテリアに引っ張って行くと、テーブルに座るや否《いな》や言った。

「さ、心に引っかかってること全部吐いて、楽になんな」

この先輩には勝てない。結衣はテーブルに目を落とす。

「実は種田さんとまた婚約したんですが、いろいろあって結婚できないって言われました」

賤ヶ岳はそれを聞くと、「はあ」と情けなさそうに言った。「よりが戻ってることにはなんとなく気づいてたけど、あんたら何回別れたら気がすむの」

「だって、むこうが一方的に」結衣はムキになって説明した。晃太郎が結衣のためにマンションを買ったこと。引っ越ししてすぐに仙台に行き、入籍が延びていたこと。結衣が巧と会ったことを知り、会話を打ち切って去ったこと。

「それから一度も会ってないんです」

晃太郎はあの日、マンションに帰ってこなかった。夜になって結衣はメッセージを送ることにした。

その中で、塩野谷と本音で話すためにキャンプに参加したことや、巧に迎えに来てもらうことになった経緯を説明した。巧に子供ができたことも書いた。既読になったので読んだのだろうが、晃太郎からは返信がなかった。スルーですか、と腹が立った。代わりに翌日連絡してきたのは柊だ。あの日、晃太郎はいきなり実家に帰ってくると、すき焼きを無言で食べ、翌朝早くに仙台へ帰って行ったらしい。何があったんですか、と柊に尋ねられ、喧嘩した、と結衣は答えた。

——ま、どうせ今回もコーニーが悪いんでしょうけど、結衣さんも知っての通り、仕事以外はダメな人ですから。愛想を尽かさずに、あのマンションで待っててもらえませんか。

柊にはそう言われた。

でも、あのマンションは晃太郎のものだ。出て行った方がいいのではないか。晃太郎にもそういう内容のメッセージを送ると、今度は返信が来た。

——しばらく仙台にいることになりそうだ。結衣が出ていく必要はない。

そのメッセージをしばらく眺めた後、結衣はスマートフォンをベッドの上に投げた。結婚はできない。でも出て行く必要はない。……意味がわからない。怒りが収まらず、返信はしなかった。

そのまま二週間以上が過ぎた。仙台支店も落ち着いて、土日は休めるようになっただろうに、あの男は帰って来ない。

「なんか既視感」そこまで聞くと賤ヶ岳が目を瞑《つむ》った。「三年前にもあんたら距離を置いてなかった？　あの時は、それを言い出したのはあんたの方じゃなかった？」

賤ヶ岳に言われて、そうだった、と思い出す。過労で倒れたのにもかかわらず、休まずに会社に戻ろうとする晃太郎に結衣は言った。距離を置きたい、と。

——あと一ヶ月、いや二週間だけ待ってくれ。

晃太郎の言葉を結衣は信じなかった。いつかこの人は働きすぎて死んでしまう。そう思うと怖くなって二週間悩んだ末に、別れよう、というメールを晃太郎に送った。

「あの頃は相手が種田さんだなんて知らなかったしさ」と、賤ヶ岳は言う。「別れてよかったんだよなんて言っちゃったけど。今回、東山には非はないの？　事情はどうあれ、元彼とドライブしたとか聞かされて、しかもあんたが種田さんの帰還を喜ばないんじゃ……」

「タイミングが悪かったんですよ。デニー証券で導入見送りって言われて落ち込んでたとこに、輝かしい成果ぶら下げて凱旋《がいせん》してきて、先輩だったら笑顔になれます？」

「まあねえ」賤ヶ岳は腕を組む。「ライバルの快挙は、まあ、喜べないよね」

「ライバル？」結衣は眉間《みけん》に皺《しわ》を寄せる。

「星印工場の案件でチーフになって、一気にマネジャー代理にもなって、最近の東山、イケイケドンドンだったじゃん。仙台支店のトラブルも解決しに行って、私の方がリーダーに向いてる、っていう自信が出てきてたんじゃない？　なのに種田さんに成果出されてあんた悔しかったんだよ」

「そんな……違いますよ」結衣は慌《あわ》てて否定する。

「共働き夫婦ってね、パートナーであると同時にライバルになったりもするの。うちは職種違うからいいけど、あんたら同じチーム内で上司も一緒。そりゃピリピリするわ」

「……だとしたら馬鹿ですね。敵《かな》うわけないのに」

「そうでもないんじゃない？」賤ヶ岳は空になった紙コップを弄《もてあそ》びながら言う。「種田さんが仙台に行く少し前、二人でクライアント訪問した時にね、帰りの電車で訊かれたんだ。東山が出世したいって思う日が来たら、どこまで行くと思いますかって」

結衣は賤ヶ岳の顔を見つめた。「どういう意味ですか？」

「出世なんかしませんモードでやってきたあいつに伸び代《しろ》がどのくらいあるのかなんて読めません。俺より三歳も若いし、本気になられたらちょっと怖い。種田さん、そう言ってた」

そんなことを言うなんて想像もできなかった。

「先輩はなんて答えたんですか？」

「東山が出世したいなんて思う日が来ますかねえ、って答えた。そしたら種田さん笑ってた。あいつは自由ですからね、って」

「あいつはって……晃太郎は自由じゃないのかな」

「男って出世のプレッシャーから逃れられないんじゃない？　うちの母も父の首にネクタイを結びながら言ってたなあ。早く帰ってこなくていいから出世してね、って」

重たいものが胸にぶつかった気がした。ちょうど一ヶ月前、晃太郎を強引に送り出した朝のことが蘇ったのだ。早くチームに戻ってこいと結衣は言った。晃太郎の出世を邪魔したくない。応援したかったからだ。

でも、それはあの男の本当の望みだったのだろうか。

「種田さんは、あんたのためにマンションも買って住まわせて、自分は仙台の狭い社宅に単身赴任みたいなことをしてるわけでしょ。ローンを一人で返すために」

「ローンは私も払います」

「ふうん、じゃあさ、あんたは、種田さんが失職したら一人で養えるの？　今の年収で」

「それは――」反論できなかった。

「あんたが子供欲しいかどうか知らないけど、子育ては金かかるよー。昔よりかかる。共働きでも子供を持つのは不安だって人、たくさんいるんだから」

本間の顔が思い浮かんだ。二十代で子供が生まれる彼は将来が不安だと言っていた。

「種田さんはさ、あんたのために頑張ってる。私はそう思うよ。でも、肝心のあんたは――定時で帰りたいってこと以外、何を考えてるかさっぱりわかんないじゃない」

「そうですか？」結衣は驚いて賤ヶ岳を見る。

「前に種田さんとつきあってた時もさ、本当に好きだったって言えずに終わったって
いうじゃない。未《いま》だにそれ、本人には伝わってないんじゃない？　あんた、種田さん
のことだけはめったに褒めないしね。種田さんと話してる時だけ声が低いし」
そうなのだろうか。わかりにくいのはむこうの気持ちだと思っていた。結衣が黙っ
ていると、「今度はちゃんと言いなさいよ」と賤ヶ岳が説教がましく言った。
「でも……だけど！」と結衣は納得いかずに言い返す。「仕事でも年収でも負けてる
のに、好きだなんて言った日には、私が全部負けになっちゃうじゃないですか！」
それを聞くと賤ヶ岳は「馬鹿か」と豪快に笑い、ムッとした顔の結衣に告げた。
「あんたらはパートナーになるんだからね。どうでもいい意地張ってないで、しっか
りチームビルディングしていかないと、思わぬ敵に足をすくわれるよ」
コーヒーの紙コップをぐしゃりと潰《つぶ》しながら立ち上がった賤ヶ岳に、結衣は「私は
馬鹿じゃないです。馬鹿なのはあっちです」とつぶやく。そして「でも」と続けた。
「いつも面倒かけてすみません。……私の方が上司なのに」
「仕事で返してくれればいい。給料の交渉、私だって期待してるんだからね」
返す言葉がなかった。この二週間、交渉は頓挫《とんざ》している。
もうやりたくない。本音ではそう思っていた。職場の問題を解決しようとすればす

るほど、一人になっていく。星印工場の案件の時もそうだ。あの時は巧を失った。

これ以上、他人のために働いて報われることなんてあるんだろうか。

「だけど、うまくやりなよ。年下が潰されるのだけは二度と見たくないからね」

賤ヶ岳は少し遠くを見てそう言うと、「じゃ」と去った。

仕事で返せ、か。結衣は小さく溜息《ためいき》をついた。だが、すぐにしっかりしろと自分を励ます。東山マネジャー代理、オフィスに戻れ。部下たちの前に笑顔で戻らなければ。

その時、スマートフォンに着信が来て「あ」と結衣は声を出した。

母からだった。

「久しぶりねえ。どう、晃太郎さんとはうまくやってるの？」

電話に出るなり訊かれて、結衣は声を尖《とが》らせた。

「どう？　じゃないよ。お母さん、どこにいるの。何でお兄ちゃんには返信して私にはしないわけ？」

「あなたはお父さん寄りだからね」母の声が硬くなる。「お父さんが家庭内における労働環境の改善努力をしようとしない限り、私たちは家事ストライキをやめません」

誰が父寄りだ、と反発しながら結衣は尋ねる。「私たちって誰？」

「友達よ。みんな定年退職した夫の家政婦をやらされて、自由に旅行にも行けない。そんなのおかしいって連帯して、お寺の宿坊を泊まり歩いてるの」

「そうなんだ。まあ元気ならいいけどお母さんも頑張るね……。雨宮製糸工場のストライキの話、家にあった冊子で読んだよ。そうだ、キティのステッカー、もらっちゃった」

「ああ、あれね、講師の先生のお土産よ。あの時代、甲府は葡萄《ぶどう》と水晶が名産だったんですって。葡萄は今もだけどね」

「お金はまだあるの？」

「それがね、信じられる？　お父さん、私が持ち出した口座のカード、使えないようにしたのよ」

「ええ」と結衣は呻《うめ》く。そういや父が言っていた。ストライキをやめさせると。

「結衣、もしできたら資金カンパしてくれない？　あとで返すから」

「してあげたいけど、私の収支、アプリで晃太郎とシェアしてるしなあ」

結婚できないと言われたのだからやめてもよかったのだが、もう習慣になっている。相談もせずにまとまったお金を引き出すのは気が引けるが、今はそんな話もできない。

「あら、あなた財布を管理されてるの？」

「管理されているというか、節約の習慣をつけさせられているというか」

母は晃太郎があまり好きではない。そんな人はやめなさい、と口出しされると思ったのだが、母はそうは言わなかった。

「結衣は昔から無駄遣いする子だったしね。管理してもらってるなら安心だ」

「……あれ、今日は晃太郎を褒めるんだ」

「この前、二人で挨拶《あいさつ》に来てくれたでしょ。あんたが席を外した時にお父さんが晃太郎さんに訊いたの。ローンはどうするんだって。そしたら晃太郎さん、一人で払うって言ったのよ」

「あ、それ、むこうが言ってるだけだからね。共働きだし、私はペアローンにしようと思ってるけど」

「晃太郎さんのローンにしておいた方がいいんじゃない。ほら、ローン組んだ人って団信に入るでしょ？　団体信用生命保険。もし晃太郎さんが亡《な》くなった場合、残りをその保険が返済してくれるの。ペアローンだと半分残っちゃうわよ」

「亡くなった場合って」胸に冷たいものが走る。「やめてよ」

「だって晃太郎さんは仕事中毒でしょ。いつ何があるかわからないわよ」

「やめてってば」結衣は本気で言った。「冗談でもそういう話聞きたくない」

「お母さんが言ってんじゃないの。晃太郎さんがそういう話をしてきたのよ。もし俺が死んでも、結衣さんが定時で帰り続けられるように、ローンはこのまま一人で背負おうと思ってますって」

息が止まる感覚があった。何が、俺が死んでも、だ。母は喋《しゃべ》り続ける。

「結衣をそこまで大事に思ってくれてたのかって、お母さん感動しちゃった」

何が感動だ。怒りが滲《にじ》むのを結衣は感じた。

「じゃあ、お父さんもお母さんのことを大事に思ってたってことだよね？　あの家もお父さんが組んだローンで買ったんだものね」

しばしの沈黙の後、母は言った。「あのね、お母さんはあなたと違ってローンを組みたくても組めなかったの。女は寿《ことぶき》退社が当たり前。パートで小遣いでも稼いでろって時代だったのよ。だからいま闘ってるの。雨宮製糸工場の工女たちみたいに立ち上がったの」

家出した母が置いていった冊子に記された、日本初のストライキの記録を思い出す。

「お父さんね、先週から家事代行を入れたんだって。わざわざ知らせてきた。月十万円もするんだってね。お母さんにはお小遣いを出し渋るくせに。こうなりゃこっちも意地よ」

あくまで闘い抜くと決めたらしい母との通話を切ると、結衣はオフィスに戻りながら、スマートフォンをスワイプした。

とりあえず兄に母から連絡が来たことを知らせる。

『実は俺たち、お母さんにカンパしてるんだ。玲《れい》ちゃんがそうしようって』

という返事が来た。玲ちゃんとは義姉《あね》の名前だ。母とは最近仲が悪かったはずだが、

『あいつの会社の労組、今でも強いらしくてさ。今年は持ち回りで委員になったらしい。だから話聞いて熱くなっちゃってさ。支持するって言い出して、スト破りなんかに屈しちゃいけませんよって、お母さんのこと煽《あお》ってた』

『スト破りって、もしかして、家事代行サービスのこと？』

『そうそう、ストライキをやめさせるため、会社が別の従業員を雇うってやつ』

兄から結衣の話が伝わったのか、義姉からもすぐにメッセージが来た。

『労働者にとって最強の交渉資源は労働力です』

口調が完全に労働組合の人になっている。

『お義母《かあ》さんだけが無給で家事をするのはおかしい。私も連帯して闘います』

『てなことで、俺たちは連帯しちゃったので、お前もお父さんに協力するな』

はあ、と重い溜息をつく。どこもかしこもお金の話ばかりで疲れた。母は頑張って

いるが、あの父が折れるとも思えない。

今日は外出の予定はない。部下たちの相談に返信してから、池辺に提出する業務改善提案書の修正稿を開く。現場の問題は全《すべ》て書いた。柊に作ってもらった働き方改革に対する意識調査のデータも入れた。でも今のままでは何かが足りない気がする。

池辺を説得するだけではダメだ。その先にいるのは、経営企画室、そして代表取締役社長の灰原忍なのだ。

十年前、新人だった結衣の言葉に方針を翻した灰原だが、今回は社内資料の体裁のような小さい問題ではない。しかも――池辺の言葉を思い出す。

私を説得させられる内容にしてきなさい、と言っていた。その上、どう説得させるかは自分で考えろと。

前髪をぐしゃぐしゃとかき回す結衣の前を塩野谷が歩いて行く。相談してみようか、と考えてすぐに打ち消す。助けてくださいと頼んだ結衣に、あの年上の部下はこう言った。

――巻き込まないでくれ。

相談してもどうせ無駄だ、と修正稿を閉じる。一人で考えなければ。

だが、仕事が大変な時に限ってプライベートも燃える。脳から集中力を奪う。

結局、溜まっていた様々な決裁をしただけで定時が来てしまった。ＰＣの電源を落とそうとして、モニターの端に通知が来ているのに気づいた。

諏訪巧、という名前がメッセージの枠の中に太字で浮かんでいる。

『結衣ちゃん今日会える？　十九時頃に待ち合わせできないかな？』

一気に気が重くなった。もう会うわけにいかない。断るための返信を打っていると、『種田さんも来るよ』というメッセージが来た。え、と声が出た。どういうことだろう。急いで晃太郎のスケジュールを確認すると、夕方にガイアネット保険の訪問予定が入っていた。東京に来ていたのか。

そんな予定さえ知らせてもらえなかったという事実が胸を衝《つ》く。

『彼のヘッドハンティング、人事部に任されて僕がやることになったんだ。でも僕が種田さんと二人きりってのも気まずいでしょ。結衣ちゃんに仲立ちしてもらえると助かる』

『晃太郎には私を呼ぶって伝えたの？』

『いや、呼ばなくていいって言われると思って、伝えてない』

どうしよう。不意打ちで行ったら嫌がられるかもしれない。距離を置かれてから二週間も経ってしまっている。会うのは少し怖かった。だが、これを逃したら、ズルズルと別れる方へ向かってしまうかもしれない。三年前のように。

会社を出ると、結衣はどこへ行くでもなく歩き始めた。大きな川にかかった橋の上で立ち止まる。行くか行かないか、迷っている間に十九時になってしまった。

ネットヒーローズのオフィスが入っているビルから十分ほど歩いたところに、指定されたカフェはあった。中に入ると、入口近くのテーブルから巧に呼ばれた。

「結衣ちゃん、こっちこっち」

巧の向かいにはスーツを着た晃太郎がいて、パッとこちらを振り向いた。

「結衣ちゃんにも同席してもらいたくて僕が呼びました。そこに座って」

巧はしれっとしているが、晃太郎は狼狽《ろうばい》した表情で結衣から目をそらす。

前より休めているのか、二週間前よりも顔色がいい。久しぶりに髪も切ったらしい。

その隣に座って「元気？」と尋ねると、「うん、まあ」とぶっきらぼうな声が返ってきた。

小さく溜息をついて結衣は店内を見回す。アウトドア風を売りにしたカフェらしく、天井にはランタンが吊《つ》るされ、テントが張られたエリアもある。否応《いやおう》なしにあの夜のことを思い出してしまう。晃太郎もきっとそうだろう。

「……私、もうキャンプはこりごりなんだけどなあ」

「でもキャンプできると便利だよ。若い経営者ってゴルフよりアウトドアなんだよね。種田さん、実は僕が担当している企業の社長がトレイルランニングが好きで――山とか走るやつね。誰もついていけなくて困ってるんです。でも、種田さんなら未舗装路でも走れますよね？　みんなでそう話してて」

もう入社が決まったかのように話を進める巧に、晃太郎は強張った顔で言う。

「ベイシックに入ったら諏訪さんと一緒のチームになるんですか」

「あ、やっぱ嫌ですか」巧は晃太郎を見返す。「僕が結衣ちゃんの元婚約者だから？」

「やっぱり席を外す」と腰を浮かしかけた結衣に、「いや、いてほしい」と巧は言う。

「でも、この人は私にいてほしくなさそうなんですけど」

その言葉を聞いて晃太郎が鋭い視線を投げてくる。「なんだ、その言い方」

「お二人、うまくいってないの？」巧がおかしそうな顔になる。「それなら七夕の夜にドライブした時に口説いておけばよかったかな」

「もうすぐパパになるって、こいつから聞いてますけど？」

憮然《ぶぜん》として言う晃太郎の横顔を結衣は睨《にら》む。二週間前に送ったメッセージの内容を、この男はちゃんと読んでいたのだ。なら返信をよこせ。

「冗談ですよ。それに、今の僕が本気で口説きたいのは結衣ちゃんじゃないので」

ワイシャツの襟を直し、真剣な顔つきになって巧は言った。

「ネットヒーローズは業界一位の弊社を脅《おびや》かす勢いで業績を上げている。特にここ数年は制作がすばらしい。そのクオリティを押し上げているのが種田さん、あなただ。どこへ行ってもあなたの名前を聞かされて、僕は悔しい思いをしてきました。だけど同じチームになれたら、これほど最強の仲間はいません。僕らと組んでさらに上をめざしませんか」

晃太郎は黙っている。だが、目がかすかに動くのが結衣には見えた。二年前、結衣を口説いた時と同じハンターの目になって巧は続けた。

「まずは弊社が提示する待遇を見てください」

タブレットを操作して晃太郎と結衣の前に出してくる。雇用条件が記された書類を表示させた画面が光っている。表示された年収の数字に目が吸い寄せられる。

八百万円。

「勝手ながら種田さんの現在の年収を推定し、そこに百万を上乗せしてあります」

やけにキリのいい数字なのは、ここから先は交渉次第ということなのだろう。他の条件に目を走らせる。ポジションはアカウントマネジャー。会社によって役職名は違うが、たぶん今のポジションより上だ。

「こんなに」晃太郎がつぶやく。「高く評価していただけるとは思いませんでした」

ですが今の会社に恩義があるので。そう言って断るだろうと思っていた。だが晃太郎は金額を見つめ考えこんでいる。もしかして揺れているのか。胸がざわつく。

「東山さん」名字で呼ばれて目を上げると、巧が自分を見ていた。「ベイシックは成果主義です。御社と違って、中途採用された社員でもフェアに評価される。僕のチームメンバーは揃《そろ》って精鋭だ。足を引っ張る者もいない。彼にとっていい環境だと思うですから」

反論できずにいる結衣に畳み掛けるように巧は言う。

「種田さんの円満退社にご協力いただきたい」

結衣を同席させたのはこのためだったのか。晃太郎の結婚相手と、上司と、その両方である自分に誠意を見せて一気に外堀を埋めるつもりなのだ。結衣は言葉を失った。

その時、「どうするかを決めるのは私です。彼女じゃない」晃太郎が巧のタブレットを見つめたまま言い、結衣に視線を移した。

「諏訪さんと二人で話したい。先に帰ってくれ」

声が出なかった。この男の人生からロックアウトされた。そう思った。

わかった、と言って結衣はハイスツールから降りた。婚約者として会うのはこれが最後かもしれない。

「じゃあ、行くね」

それだけ言って鞄《かばん》を摑んで店の外に出た。少し歩いてから立ち止まる。襲ってくる衝撃にしゃがみこんで耐えた。自分を励まして立ち上がり、でもすぐにまたしゃがみこんだ。

頑張って立ち上がったところで、行くあてなどない。あのマンションに帰っても、晃太郎はいない。今までも、これからも。

(私はどこへ帰ればいいんだろう)

大きな川の上に広がる空はだんだん暗くなる。それを呆《ほう》けたように眺めていると、ポケットの中でスマートフォンが震えた。発信元が会社であることを確認してから出る。

「種田の奴《やつ》、ベイシックの諏訪と会ってるだろ。ヘッドハンティングか？」

電話をかけてきたのは石黒良久だった。

「隠しても無駄だ。ネットヒーローズに張り巡らされた俺の網を侮《あなど》るなよ」

粗野な声で圧をかけられ、少し気が紛れる。立ち上がりながら結衣は言った。

「そういうの気持ち悪いよ。いくらグロでも社員の転職までは管理できない」

「いいのか？　クライアントをごっそり持ってかれるぞ。諏訪は新規事業領域に強い営業だ。あいつと種田が組んで敵に回られたら、うちは業界二位の維持も難しい」

わかっている。そうなれば部下たちの給料を上げるどころかボーナスも危うい。

「でもあいつのことだ。ユイユイが駄々をこねればネットヒーローズに残るだろ」

「もうそんな関係じゃないから」とつぶやいたが、石黒には聞こえなかったらしい。

「いいか、種田を絶対に奪われんなよ。もう奪われてるなら奪い返せ」

「人をモノみたいに言わないで」と言って結衣は電話を切った。

ネットヒーローズよりも、ベイシックの方が彼にとってもいい環境だと言われた時、結衣は一言も反論できなかった。

マンションに帰ると、結衣はスーツケースを引っ張り出した。

クローゼットを開けて自分の服を取り出し、スーツケースに投げこんでいく。そして乱雑にまとめて押しこむ。

ここを出て行く。二週間前にそうすべきだった。

服を詰め終わると、リビングに向かう。テレビ台から海外ドラマのＤＶＤを回収して戻ろうとした時、「仕事」と書かれた段ボール箱が目に入った。あの箱にはウェブ制作の技術書やチームマネジメントに関するビジネス書がぎっしり詰まっている。

ただ長時間労働をするだけではない。最短距離で成果を上げられるように晃太郎は血の滲むような努力をしてきた。そうでなければ中途入社組というハンデを負いながら頭角を現すことも、創業メンバーや大量にいる新人社員の分まで利益を稼ぎ出すことも、できなかっただろう。それに比べて自分は十年間、何をやってきたのだろう。

入社以来、定時で帰ってきた。ハッピーアワーにビールを飲むためだけに仕事をしてきた。無理はしない。頑張るのは嫌い。仕事は楽にやりたい、という新米管理職。

そんな自分にもネットヒーローズにも、あの男は愛想を尽かそうとしている。

頰を水滴が伝う。汗だった。冷房をつけるのを忘れていたのだ。

父に頭を下げて実家に帰るか。だが、いま帰ったら家事をやらされる。母のストライキが無駄になってしまう。わずかな貯金でウィークリーマンションを借りるしかない。

幼い頃の実家の風景を思い出す。父は遅くまで帰らない。母もパートでいない。兄は受験勉強で部屋にこもっている。小学生の結衣は一人で夕飯を食べていた。ずっと思っていた。毎晩一緒にお喋りをしながらご飯を食べる相手がこの世界のどこかにいるに違いないと。その人を見つけたはずだったのに、またうまくいかなかった。

「それでも本当の気持ちは言わなきゃ」

せめて別れる前に、それだけは言おう。そう思った時だった。

「何を誰に言うって？」

声がして振り向くと晃太郎がいた。え、と声が出た。「帰ってきたの？」

「帰ってきちゃ悪いの？」晃太郎は強張《こわば》った顔のまま、ビジネスリュックをフローリングの上に置く。スーツの上着を脱ぐと、ダイニングチェアの背にかけた。

「先に帰れって言っただろ？　あれは俺も後から帰るっていう意味で……ん？」

晃太郎は結衣が手にしているＤＶＤを見て、ネクタイをほどく手を止める。空になったテレビ台に目をやり、不審そうに寝室へ歩いていく。そこでスーツケースを見たらしい。

「何で荷物まとめてんの」戻ってきた晃太郎に問われて結衣は答える。

「もう出てくから」

「は？　結衣はここにいろって言ったよな。メッセージ読んだ？」

「読んだ。でも、もっと早く出ていくべきだった。結婚できないって言われたんだから」

晃太郎は眉根《まゆね》を歪《ゆが》めて、結衣の言葉の意味を考えていたようだったが、やっと思い当たったのか、「あれは！」と慌てたように言った。「今日はできないって意味で」

じゃあ、別れたいわけではないのか。力が抜けて結衣は後ろへ数歩下がった。すぐに、

「はあ？」一気に怒りがこみあげてきた。「今日は、だなんて言ってた？　言ってなかったよね？　フォーエバーという意味だとこっちは取りました」

DVDを持って寝室に向かう結衣を「待て」と晃太郎が追いかけてくる。

「二週間以上も帰らずに悪かったと思ってる」

「帰らないだけじゃない。連絡もくれなかった」

「結衣だって返信して来なかった。仕事では普通に接してただろ？」

「ただの同僚に戻ろうってことかと思ってた」結衣はDVDをスーツケースに押しこみ、ばたりと閉じる。「閉まらない。そっち押さえてて。……押さえてってば！」

「押さえないし、出ていかなくていいってさっきから言ってるだろ。落ち着いて、話を聞けって」

「今さら何を聞けって？」結衣は晃太郎を睨む。「何も話してくれなかったくせに。ベイシックから声かかってるってことも、他人から聞かされた私の気持ちわかる？」

「結衣に話す前に一人で考えたかった。余裕もなかったし、要領がよくないんだよ」

「へえ、そうなんだ。余裕がなかったなんて理由にならない、情報共有は最優先事項だって、こんな目でいつも部下に言ってるのにね？」

「なんだ、その悪意のあるモノマネ。てか、この部屋暑い。なんで冷房つけてないの？」晃太郎は汗を拭《ぬぐ》い、寝室からリビングに向かって言う。「アレクサ、クーラーつけて」

「偉そうに命令しないで。自分で育ててないくせに。アレクサ、クーラー消して」

「なんで消すんだよ。しょうがないだろ？　引っ越してすぐ仙台に行ったんだから」

「引っ越し日を強引に決めたのは誰？　やっぱ暑い。アレクサ、クーラーつけて」

頭を冷やせ。晃太郎は帰ってきたのだ。ちゃんと話をしろ。もう一人の自分がそう言っている。でも止まらない。

「晃太郎はいつもそう。いつも一人だけで抱えこむ。俺がローン背負うって、うちの両親にも言ったんだってね。自分が先に死ぬってとこまで勝手に決めちゃって、二十一世紀にもなって亭主関白か。前から思ってたけど、そういうのもう古いんだよ！」

このままでは三年前と同じだ。取り返しがつかなくなるまで傷つけ合うことになる。

「そこまで言うか」晃太郎も苛立《いらだ》ち始めている。「じゃあ、お前はなんなんだ？　毎晩上海飯店で飲んだくれて、料理はつきあってた時みたいに俺に丸投げか？　どっちが亭主関白なんだか。節約もしないし、お義母さんが言ってたけど、お年玉ももらったその日に遣い果たしてたらしいじゃねえか。俺は全部手をつけずに貯金してたけどな！」

「晃太郎ってケチくさいことばっか言うよね。私はパーッと遣いたいタイプなの！」

「そんなこと聞いたら、ますますこっちがしっかりしなきゃって思うだろうが。誰のためにこのマンションも買ったと思ってんだよ！」

結衣につられてヒートアップしていく晃太郎の顔を見据える。

「だから命と引き換えにローン返済するわけ。そんなこと聞かされて私が喜ぶと思った？」

そこで心を覆《おお》っている蓋《ふた》が外れた。あふれ出してきた思いを吐き出す。

「会いたいとか帰ってこいとか私が言わなかったのはなぜだと思う？　同じチームになって晃太郎がどれだけ頑張ってるか知ったからだよ。本当はすごく会いたかった。帰ってきてほしかった。そうに決まってるじゃない！」

喧嘩《けんか》口調のままで、目の前の男に熱い感情をぶつける。

「でも今度こそ晃太郎とパートナーになりたい。もう喧嘩なんかしたくないから、我慢してた。自炊だって節約だって苦手なりに頑張って、ここでずっと待ってた。……なのに一人で考えたかった、一人で？」

そこで結衣は息を吸った。落ち着け。晃太郎をもう一度正面から見る。

「私は晃太郎のなんなの。私たちは二人でチームになるんじゃないの。違うの？」

晃太郎は口を半分開け、また閉じた。その目が揺れている。晃太郎が次の言葉を見つけるまで結衣は待った。エアコンの風が激しい言い合いで熱くなっていた頰に当たる。

部屋がすっかり冷えてしまうまで晃太郎は黙っていたが、小さく溜息をついて

「……わかった」としかめ面《つら》のまま言った。そしてベッドを指差した。

「ちゃんと話す。そこに座れ」

高圧的な態度にムッとしながら結衣がベッドに座ると、自分も隣に座って晃太郎は膝《ひざ》の上で手を組む。何度か口を開いてはやめ、迷う表情をした後、晃太郎は話し始めた。

「俺の就活はうまくいかなかった」

「え、話そこから？」と怪訝《けげん》な顔になった結衣に、「聞けよ」と晃太郎が強く言う。

「あの頃はまだ不況だったし、四年まで野球やってたし、プロになれなかったことか

ら立ち直るのに時間がかかったっていうのもある。だから福永さんに拾われて無職にならずにすんだのは、やっぱり感謝してるんだ。……でも、あの会社では残業代なんか出たことないし、ボーナスも俺が辞める何年も前から出なくなってた」

額に残る汗をワイシャツの袖《そで》で拭《ふ》いて、晃太郎は話し続ける。

「だから三年前、結衣と結婚することになった時、将来が不安だった。結衣は子供がほしいって言ってたけど、俺の年収は結衣よりも低かったし、これから上がるとも思えなかった。そんな生活できんのかって怖かったんだよ」

「そんなの、私だって働いてるんだから、なんとかなるでしょ？」

「だけど、妊娠出産は代わってやることはできない。もし結衣が体調崩して、仕事に復帰できなくなったら？　二人で稼いでギリギリ生活できるって状態は危ない」

将来が不安だ、という本間の言葉を思い出しながら、結衣は尋ねる。

「ネットヒーローズに来たのは、定時で帰れる会社だったからじゃなかったの？」

「それもあった。でも心が決まったのは、石黒さんに今の年収よりたくさん出すって言われた時だ。入社後は職能給をガンガン上げてもらって、おかげでここのローンも組めた。審査を通ったって銀行から言われた時に思った。俺は頑張った、這《は》い上がったんだって」

結衣はしばらく何も言えなかった。

三年前、晃太郎は言った。新居はいらない、今住んでいるワンルームの賃貸マンションで十分だ、と。婚約指輪も買ってくれなかった。だから結婚後の生活に興味がないのだと思っていた。晃太郎は福永の会社を支える存在だったし、それなりの給料をもらっているはずだと、あの頃の結衣は思いこんでいたのだ。

「そっか」と結衣はつぶやく。「私、そんなこと何も知らないで、子供は二人ほしいとか、広い家に引っ越そうとか、ワガママばっか言ってたよね」

「いや、結衣がそうやって将来の夢をはっきり示してくれたから、俺は今より上の生活を目指そうって思えた。自分のためだけだったら転職しようなんて思わなかっただろうな」

その言葉を聞いて結衣の心はまたざわつく。晃太郎は話し続ける。

「対等な関係でいたいって結衣は言うだろうし、ローンは二人で払うつもりだった。だけど引っ越しの合間に調べたら、ペアローンに組み換える費用って、けっこう馬鹿《ばか》にならないんだよな。だったら結衣名義の口座に貯金してもらっといた方がいいって今は思ってる。東山家で団信の話をしたのは、ああでも言わなきゃ、お義母さんに結婚を許してもらえなそうだったからだよ。これからも無理しようとか思ってるわけじゃないから」

「プライベートでは私を信用できないって言ったのは？」

「結衣は浮気するような奴じゃない。でも諏訪さんと結婚した方が幸せだったんじゃないかってどうしても思ってしまう。あっちの方がたぶん年収高いし」

言い返そうとした結衣を手で制して、晃太郎は続ける。

「だから何なんだって思ってるよな。でも、この二週間必死に考えてわかった。働けば働くほど給料が下がっていった時代のことを俺は今でも引きずってる。マンション買ったのも、出世に躍起になったのも、結局はそこなんだ。……だから諏訪さんと会ったって聞いてパニクったんだと思う。これは俺の問題なんだ。結衣を疑ってるわけじゃない。だけど、結衣がなんで自分と結婚しようと思ったのか、俺には昔も今もわかんないから」

「そんなこと！」と言いかけた結衣に、

「だけど」と晃太郎は言った。「八百万出すとベイシックは言った」

「……揺れてたのはそれでなの？　巧に口説かれたからじゃなくて？」

「あんなの営業トークだろ。あいつ俺のこと心の底では嫌いだろ。だけど提示された年収の額には本気を感じた。あの数字を見て、俺は、今までの努力が報われた気がした」

この男を高く評価したのはネットヒーローズではなかった。競合他社だったのだ。

結衣は何も言えなかった。

「転職しようと思った理由はもう一つある」晃太郎が言葉を継いだ。「どうやら役員の間では、俺を仙台支店に正式に転勤させようという話になってるらしい」

「えっ」結衣は愕然《がくぜん》とした。「でもうちのチームのマネジャーに戻すっていう話は？」

「ガイアネット保険の話がうまくいったからだろう。状況が変わった。この際、仙台支店を強化して、東北エリアでのデジタル経済支援の事業を立ち上げたいらしい」

「それ何年かかるの？　二年か三年はかかるよね？」

「だとしても拒否はできない。総合職には転勤があるってことは入社時に承諾してるし」

「だけど、何で、今なの？」結衣は後ろに倒れこんだ。

そうなったら会えるのは週末だけになってしまう。いや、毎週末、会えるかどうかもわからない。仙台支店のメンバーがあの調子なら、晃太郎はまた働き詰めだ。

「結婚するって言ったら転勤を猶予《ゆうよ》してもらえないのかな？」

「代わりに独身の奴を転勤させるのか？　そんな不公平は通らない。もちろんベイシックにも転勤はある。だが五年は異動させないと諏訪さんは言っていた」

「五年か」わりと近い未来の話だ。結婚してすぐにどちらかが転勤になる。まさかそんなことになるなんて思ってもみなかった。

「とにかく、俺はベイシックに行く。今の会社は好きだし、やっと慣れてきたとこだったけど、ガイアネット保険の案件が軌道に乗ったら退職願を出そうと思う」

やっぱり行くのか。結衣は起き上がった。「晃太郎はそれでいいの？」

「ずっと迷ってた。でも、帰ってきてほしかったって、さっき結衣に言われて決心がついた。俺も毎晩ここに帰りたい。……ネットヒーローズを辞めてもいいか？」

晃太郎の顔は真剣だった。少し考えた後、結衣は答えた。

「晃太郎がそうしたいなら、私は止めない」そう言うしかなかった。

「ありがとう」晃太郎はほっとしたように息を吐いて、スーツケースに目をやる。

「これからは、一人で抱えずに、いろいろ話すようにするから。だから、出て行くとか言わないでほしい」

「いいの？」結衣は晃太郎の顔を見上げる。「柊くんが言ってたよ。コーニーが昔つきあってた彼女はネクタイ結ぶの得意そうな人ばっかだったって。結婚するの私でいいの？」

あいつ余計なこと言いやがって、と晃太郎は顔をしかめる。

「得意そうって、それ、ただのイメージだろ？　俺はネクタイ結んでもらったことなんかないし、それに、結衣もほどくのは得意だろ」そう言うと、晃太郎は小さく笑った。「俺がたまにスーツ着てると脱がせたくなるって昔言ってたじゃん」

「言ってない」

「いやいや言ってた。惚《とぼ》けんなよ」

「言ってないってば」横腹にパンチしたが、受け止められてしまった。そのまま強く絡《から》んできた指を見つめているうちに、体が熱くなってくる。晃太郎が言った。

「二十二時の新幹線を予約してある。あと三十分で出なきゃいけない」

そこからは時間との戦いだった。結衣はネクタイに手を伸ばした。結び目に指を入れてほどいていく。「早い」とからから晃太郎を「誰のせいよ」と軽く睨んで、ワイシャツのボタンを外し始める。「晃太郎にいつも時間がないからでしょ」

返事の代わりに晃太郎は結衣の腰に手を回して引き寄せる。何をしてほしいのかを察して、結衣は晃太郎の肩に手をかけて膝にまたがった。三年前は普通にしていたことなのに、なんだか照れくさくて、ボタンを外す自分の指を見つめながら言葉を発する。

「しっかし今度の転職でも年収百万アップなんてすごいね」

「百万じゃない」晃太郎も結衣のブラウスのボタンに手を伸ばす。「二百五十万だ」

「ん？　百万でしょ？　あ、胸のとこ、糸が弱ってるから、そっと外して」

「ベイシックの提示額が八百万だろ？　だから二百五十万アップだって」

「いやいや百万アップでしょ。だって今の年収は七百万なわけだし」

「それは諏訪さんが勝手に推定した金額だろ？　俺は七百万ももらってない」

結衣は止まる。晃太郎がブラウスのボタンを次々外していく、その手を見つめて言う。

「どういうこと」

頭の中で計算し直す。ベイシックに提示された年収は八百万。それが今の年収より二百五十万アップ、ということは。「晃太郎の本当の年収はいくらなの？」

「五百五十万だ」

ようやくボタンを外し終わった晃太郎は、「え」と固まった結衣を見て、「知らなかった？」と不思議そうな顔をする。

「管理職だろ。部下の給与額一覧のアクセス権持ってるだろ。そこに俺のも出てるよな。てっきり見てるもんだと思って、言わなかったんだけど」

見ていない。そんな引き継ぎは受けていない。でもそんなことはどうでもいい。

「五百五十万――」

結衣はその数字を繰り返す。三十代男性の年収としては決して低くはない。ただ、

「晃太郎が？」と信じられなかった。「嘘《うそ》でしょ」

「嘘ってどうすんだよ。でも転職するし、家計はもう心配ない。この話は終わり」

晃太郎は結衣の肩からブラウスを脱がそうとする。その手を摑んで強く押し戻す。

「いやいや！」と言う声は怖くなっていた。「終わりにできない。だって、晃太郎はこの三年どれだけ働いてきた？　成果出してきた？　それなのに、どうして私よりちょっと高いだけなの。小原さんよりも低いし、創業メンバーの半分くらいしかもらってないなんて、嘘だ！」

「ネットヒーローズでは大きなプロジェクトをいくつも任せてもらった。おかげで経験がたくさん積めたし、今は感謝の気持ちで――ちょっ、どこ行くんだよ」

結衣は晃太郎の膝から滑り降り、胸のボタンを留めながら言う。「会社行ってくる」

「え？　今から？」

「今ならグロがまだいるかもしれない。ありえないって抗議してくる」

「いやいや、俺あと二十五分で出なきゃいけないんだけど」晃太郎は面食らっている。

「俺がいいって言ってんだから、もういいだろ。今は目の前の大事に集中しよう。そうしよう」

「集中なんかできない。もうできない」

「ネットヒーローズには感謝してる。さっきもそう言ったろ」

ふつふつと湧《わ》き上がってくる怒りに任せて、「どうしてそんなに優しいの」と結衣は晃太郎の顔を見据える。

「労働者たるもの、自分の給料のことを一番に考えろ！」

それだけ言うと、スマートフォンだけを引っ摑《つか》んで、マンションを飛び出した。

定時を過ぎた会社に入るのは久しぶりだ。もう薄暗い管理部のオフィスに飛びこんだ結衣は、奥の席に一人残っていた赤いギザギザ頭の男のところへ歩み寄った。

「どういうことだ、石黒良久」

「上役を呼び捨てにするような礼儀知らずに育てた覚えはないぞ」

非常階段で会う時と違い、自席にいる時の石黒はゼネラルマネジャーの顔をしている。

「種田晃太郎の年収が五百五十万ってどういうことかって訊《き》いてるの」

「その件か」石黒は目をパチパチさせて、面倒くさそうな顔になる。「イマドキ珍しかねえだろ。三十六歳男性の平均所得よりは高いぜ」

「年収だけ見ればね」結衣はエレベーターの中で計算してきた数字を言う。「勤怠記録によると種田さんはこの一年、一日平均十五時間働いてる。土日も連休も休みなし。有給も代休もろくに取れてない。それで五百五十万って、時給換算したらいくらになったと思う？」

スマートフォンの電卓画面を石黒に突き出して、一〇一一円という数字を見せる。

「これが業界大手の正社員の給料ですか」

「それでもよ、三年前よりは飛躍的に上がってんだぜ」石黒は悪びれていない。「福永の会社にいた頃のあいつの年収知ってるか？　三百五十万だ」

「さん……」と絶句した結衣の前で、石黒が傍の電卓を引き寄せて乱暴に叩《たた》く。

「当時はサービス残業、月三百時間してたらしいな。時給換算したらこれくらいだ」

六三四円。その数字を結衣は愕然として見つめる。最低賃金さえ下回っている。

「もっと悪い待遇で働いてる奴はいくらでもいる」石黒は電卓の数字をゼロに戻す。

「二〇〇〇年代は若者を買い叩くのが企業のトレンドだったからな。サビ残だの、みなし管理職だの、違法行為やりまくり。そうやって買い叩かれた奴らが這い上がるのは並大抵じゃねえ」

石黒にヘッドハンティングされた時に百万円を上乗せされて、入社時の年収は四百五十万。そこから三年、成果を出しまくってさらに百万アップして、五百五十万円なのか。

俺は這い上がったという晃太郎の言葉がゆっくりと結衣の胸にしみてくる。

「ユイユイは運がよかったんだ。百社受けてようやく入ったベンチャー企業がたまま大手に成長したんだからな。だから呑気《のんき》にお花畑の中にいられたんだ」

結衣に向かって「そんな怖い顔すんなよ」と石黒は菱形《ひしがた》の目を歪めてみせた。

「俺だってな、査定会議のたびに進言してきたんだぜ。種田にもっと給料を払え。今の倍は払え。じゃなきゃ、よそに奪われるってな。だが反対する奴らがいる。中途入社組は所詮《しょせん》よそものだ。愛社精神に欠ける。出世させるのはいかがなものか。……そういう意見が、創業以来この会社にいる連中から出ててな」

「種田さんに愛社精神がないって言うの？　あんなに数字を積み上げてるのに？」

「創業メンバーたちが言う愛社精神っていうのは、そういうことじゃない。会社を批判しない、意見を持たない、社長のお気持ちを汲《く》む。それがあいつらの愛社精神だ」

「何それ、そんなものが、ビジネスに必要？」

「十一年前、俺もそう言った。だが、その精神を社員に叩き込んだのは、我らが灰原社長だ。その思いを忖度《そんたく》する奴らに俺は潰《つぶ》された」

「……塩野谷さんもその一人なの？」

石黒はしばらく黙った。そして、「塩やんは俺の教育係だった」と言った。

「お前にとって賤ヶ岳がそうだったように、塩やんは後輩思いのいい先輩だった。働きすぎてフラフラだった俺を見て、せめて週に一度でもいいから、定時で帰る日を作るべきだと、業務改善提案書を出してくれたこともあるんだぜ」

「……じゃ、この会社で一番最初に、定時退社を提案したのは塩野谷さんなの？」

結衣が驚いていると、「塩やんは粘り強く交渉してた」と石黒は続けた。「だが、当時のシノブっちにそんな提案を上げる勇気のある奴なんていない。結局、訴えは封じられた」

「その時の上司って誰」と結衣は尋ねたが、石黒は答えない。答えたくないらしい。創業メンバーはみんなそうだ。お互いの悪口を言いながらも、庇《かば》い合うところがある。

「とにかく、それがいけなかった。塩やんはあきらめなかったが、その上司に疎《うと》まれ、出来たばかりの仙台支店に転勤が決まったってわけだ」

「グロの事件の前に転勤がすでに決まってたってことか」

「定時で帰る日を作ろうと提案したのは、奥さんと過ごす時間を少しでも多く作るためでもあったろうにな。……これは俺の邪推だが、当時、塩やんが共働きで、奥さんの稼ぎがあるのが気にいらねえって言う奴も社内にはいたんだ。そういう気持ちも、あの転勤命令の裏にはあったんじゃねえか」

そう言って石黒は菱形の目を再び歪めた。

「その後、塩やんは人が変わった。転勤命令には逆らえないが、せめて早く本社に戻りたいと思ったんだろう。点数稼ぎのために、俺を潰すための再教育に加わった」

「本当に？　本当に塩野谷さんがそんなことをしたの」

「生活を守るためだったら、人は何でもする。たとえ間違ったことでもな」

「でも、もともとはグロを守ろうとしたからなんでしょ？　なのになぜ——」

「あの頃は組織全体が狂ってた。シノブっちに忖度しなきゃ身が守れなかった。それに嫌気がさして、真に創業に貢献した創業メンバーはみんな去った」

そして、現在の役員や部長のポジションにいる人たちが残ったのか。彼らの顔を思い浮かべる。池辺を筆頭にみんな性格が穏やかでニコニコしている人たちばかりだ。

「言っとくが、灰原忍が会社を改革したのは俺が倒れたからじゃないぜ。離職率が上がって会社が潰れそうになったからだよ。今も昔もあいつには社員への愛情なんかない」

塩野谷も同じようなことを言っていた。燃え盛る焚《た》き火の前で。

「社員を大事にする社長をうまく演じてはいるが、批判されるのが嫌いなのは昔と変わらん。優秀な経営者だとは思う。だが、株主の評価やら、バランスシートやらで、常にあいつの気持ちは乱高下してる。危なっかしいったらねえ」

だから石黒は灰原のそばにいるのか。同じ過《あやま》ちが繰り返されないように。

「で、ベイシックは種田にいくら出すって言ってる？」

そう問われても結衣は黙っていた。石黒に言うわけにいかない。

「言っとくが、ベイシックに行ってもあいつはよそものだ。ここには種田を慕う仲間がいるが、あっちに行けば一から信用の築き直しだ。それでも行かせるのか？」

「でも、こっちに残れば転勤になるんでしょ」

「聞いたのか。それは俺がなんとかする。これはオフレコだが、あと何年かしたら俺は役員になる。そしたら、すぐ種田を本社に戻して制作部長にする。約束する」

「約束って」結衣は小さく笑った。「出張が終わったらマネジャーに戻すって約束も守ってくれなかったのに？　塩野谷さんは何もしてくれないし、現場がどれだけ苦労したか」

「そんなにあいつを悪く言うな」石黒は弱々しく言った。

「塩やんは、もう十分罰を受けた。俺が倒れて会社方針は百八十度変わった。社長に忖度したあいつが報われることはなかった。結局、本社には二度と戻れないことになった」

そういうことだったのか。でも結衣は「自業自得《じごうじとく》じゃないの」と言った。

「グロを病院送りにしたなんて私は許せない」

「塩やんは病院まで俺に謝りに来た。そして、こう言ってた。もう疲れた。会社に期待するのはやめる。これからは何もせず、給料だけをもらうことにするって。なあ、ユイユイ」

管理の鬼の目には、強い感情が浮かんでいた。

「塩やんはどうすりゃよかった。あいつはどうすれば正解だったんだ」

「それは――」すぐには答えられなかった。理不尽と闘っても悪い方にしか転がらずに、もう疲れたと思ったことは、この九ヶ月の間に、結衣にも何度もあった。

星印工場の案件が燃えた時も、フォースの案件でハラスメントを受けた時も、何度も無力感を覚えた。

「種田を仙台にやってくれと池辺のオッサンが言い出した時な、これが塩やんにとって最後のチャンスだと思った。だから本社に呼んだ。ユイユイは塩やんの過去を知らない。そういう奴が上司なら、あいつもしがらみから解放されるんじゃないかってな。安っぽいお仕事ドラマみたいな展開を期待したんだ」

「私も期待した」結衣は言った。「だから塩野谷さんとチームになるためにキャンプ場にまで行った。でも無駄だった。あの人のために、これ以上頑張れない」

デニー証券の打ち合わせ以来、塩野谷とは当たり障《さわ》りなく接している。

結衣と晃太郎の結婚話は少し前に塩野谷の耳にも入ったらしい。お相手は種田さんだったのか、と笑顔で言われた。だが、それだけだった。本当に興味がないのだろう。

「ともかく、種田さんを会社が評価する気がないってことはわかった。グロが結局、創業メンバー側の人だってこともね。じゃあ、もう行くね」

管理部を出ていこうとする結衣の背中を、石黒の荒っぽい声が追ってきた。

「十一年前、倒れて入院してる最中な、俺はこの会社を辞めようと決めていた。でも辞めなかった。なぜだと思う？」

結衣は振り返った。「お前のせいだ」石黒は言った。

「定時で帰りたいって就活生が採用されたって聞いたからだ。俺はシノブっちが変わっただなんて信じなかった。お前を入社させたのはポーズかもしれない。いつ潰しにかかるかわからない。だから残った。他者の自由の屍《しかばね》の上に自分が立ってるんだってことを忘れんな」

たじろいだ結衣の心を見透かすように、石黒は楔《くさび》を打ちこんでくる。

「種田を慰留しろ。ベイシックに転職させるな。たとえ、どんな手を使ってでも」


エレベーターに乗るとスマートフォンが光った。新幹線に乗る、という晃太郎からのメッセージだった。次の土曜には必ず帰るとも書いてあった。

急に出て行った結衣のことを怒ってはいないらしい。了解、と返事を打つ。

『抗議は無駄だった』と報告する。すぐに返信があった。

『だからいいって言ったろ。来週の火曜に諏訪さんに入社承諾の返事をする』

お腹《なか》が空《す》いた、と思った結衣の目の前には赤い看板があった。上海飯店だ。今から帰って夕食を作るのはしんどい。吸い寄せられるように地下への階段を降りていく。

「ごめん、スマホしか持ってないの。八宝菜定食、ツケで食べさせてくれない？」

それを聞くと王丹は顎《あご》でレジを指した。見ると、様々なキャッシュレス決済の表示が出ている。「いつの間に」と結衣は驚いてから、王丹の顔をじっと見つめた。

「前に晃太郎の年収の話をした時、王丹、変な顔してたね。もしやいくらか知ってたの？」

「うん」王丹はあっさり言った。「知らなきゃ、マンションを仲介できない」

「仲介？」結衣は素《す》っ頓狂《とんきょう》な声を出す。「あのマンション、王丹が売ったの？　上海で不動産業界にいたとは聞いてたけど、こっちでも副業でやってたの？」

「不動産が本業よ。副業はこの店。人脈作りのためにやってるだけ」

それでいつも面倒くさそうに働いているのか、店の奥にやたらと高そうな服がしまってあるわけだ、と腑《ふ》に落ちた結衣に王丹は続けた。

「私は駅前のタワーマンション住んでる。東京は上海より不動産が安くてお得よ」

返す言葉がなかった。いつの間にか日本はなんでも安い国になりつつある。

「五月頃だったかな。晃太郎が閉店ギリギリに食べに来て、その時に結衣さんと住むための物件を探してるって言った。結婚には反対だけど、ビジネスだから仲介してやった」

「あのマンション、六千三百万でしょ。晃太郎の年収でよくローンを組めたね。返済に無理があるんじゃ？」

「六千三百万？……ああ、結衣さんが見たのはたぶん最初の売値を書いた紙ね。前のオーナー、事業に失敗して早くキャッシュがほしかった。すぐ後に五千五百万まで下げたのを、私が五千万まで値切った。そこに晃太郎が頭金六百万入れて、ローンは四千四百万円。月々の返済は十二万よ。東京なら賃貸でもそれくらいはかかるでしょ」

「……晃太郎、六百万も預金あったんだね」

そう言えば、お年玉も全部貯金していたと言っていた。

「就職してから忙しすぎて、使う時間がなかったと言ってた。転職後のボーナスはほとんど手つかずだって。預金はほとんどなくなったけど、また稼げばいいと言ってた」

「そのために頑張った結果が転勤か。……はあ、会社ってなんなんだろう？」

目の前にドンと置かれたビールのジョッキをやけになって一気飲みする。

「え、種田くん転勤するの？」餃子《ぎょうざ》のおじさんが皿を持って寄ってくる。「これから結婚なのに」

「まだ決まったわけじゃないですけど、内示が出たら逆らえないって」

「うちのお客さんでもさ」辛いもの好きのおじさんも寄ってくる。「家を新築した途端に転勤した人いるよ。辞められないタイミングを会社は狙《ねら》ってくるんだよね」

「うちは次男が生まれた直後」餃子のおじさんがビールをあおる。「北米への赴任を命じられて、さすがに単身赴任よ。その次男も今じゃ父親で、奥さんと一緒に子育てしてんの。必死に離乳食なんか食べさせてるとこを眺めてると、ブワッと涙が出るよ」

「涙が出るって、おたくが泣くの？」

「俺は息子たちの成長なんか見られなかった。死ぬ時に思い出すのは、上司に酒につきあわされた記憶の方なんじゃないかって、そんなこと思うとさ。ハハハ、年だね」

老眼鏡を外して目を拭うと、餃子のおじさんはまたビールを飲んだ。

「それでも俺は能力を買われての赴任だったから納得もいった。上司に嫌われて転勤させられる同期もいたからな。部署全員で東京駅まで行って万歳三唱で見送ったよ」

「そんな個人的な感情で、部下を転勤させていいんですか」結衣は尋ねる。

「バブルが崩壊する前はね、仕事は断らなきゃいけないほど降ってきた。だからそういうボンクラでも管理職ができたのよ」

「そんなのが上にいちゃあ、経済は復活しないわな」と辛いもの好きのおじさん。

「ほんとよ。俺なんか再就職はしたものの、働き盛りの頃の半分しか給料が出ない。年収五百万よ？　夫婦で暮らすだけならそれでもなんとかなるけどさ」

子供いたらきついなあ、と話しているおじさんたちに、

「私の給料もそれくらいです」結衣は言った。王丹の視線を頬に感じる。

「えっ、そうなの?」餃子のおじさんは驚愕している。「今の若い人ってそれくらいなの?」

「ああ、でもさ」辛いもの好きのおじさんが言う。「結衣ちゃんを定時で帰らせてくれるいい会社なわけだし、だったら給料は多少低くても、ね」

フォローしてくれているのだろう。でも、なんだろう、強烈にモヤモヤした。

原因がわからないまま席を立った。八宝菜はまだ半分しか食べていないが、キャッシュレス決済で会計をして、そのまま家路につく。

家で飲みなおそうと、ファミリーマートの自動ドアの前に立ったが、

(節約しなきゃ)

缶ビールを買うのはやめにして、再び歩き出す。ベイシックに行けば高年収をもらえる晃太郎とは違うのだ。身分相応に節約をしなければ。

誰もいないマンションに帰り、ベッドに横たわる。シーツに頬をつけても、まだ心がモヤモヤしていた。何だろう、このモヤモヤは。

常連のおじさんに、給料は多少低くてもね、と言われたからだろうか。違う、もっとずっと前から、このモヤモヤはある。しばらく考えて、もしかしたら、あの時から

かもしれない、と結衣は思った。

――定時で帰るために努力してくれたら私があなたの給料を上げる。

そう本間に約束したあの時から、自分の中でビールの白い泡のように勢いよく盛り上がっていく感情があった。


翌朝、出社した結衣に最初に声をかけてきたのは八神だった。

「種田さんから頼まれてウェビナーツールの選定をした。東山さんも見てくれる？」

ウェビナーとはウェブ上で行われるセミナーのことだ。会場を借りるコストもいらないし、キャパの心配をすることなく大勢の参加者を集められるので、急速に普及が進んでいた。

すでに優秀なツールが各企業から提供されている。それを使って、MA導入を検討している企業の担当者を見込み客に育てたい、というのが晃太郎の目論見《もくろみ》らしい。

「このツールは、最大一万台のPCに対して高画質動画をリアルタイム配信できる。チャット機能で質疑応答も可能、参加者からアンケートもとれる。昨日、仙台支店でこのツールを使って外部講師を招いての社内研修を実施。四十人が参加して難なく終了した」

「おお、仕事早いね。でも、八神さん、大丈夫？　仙台のシステムのお世話までやってたら疲れるでしょ」

「疲れるよ。昨日は午後に対応しちゃったから、どこかで代休がほしい。この週末は台湾の友達と飲むんだけど、来週も彼らと遊びたい」

「代休オーケー。後で申請しといて。社内研修でアンケート機能は使ってみた？」

晃太郎はこのチームにはもう戻らない。今から、あの男の仕事に食いこんでおかなければ。

「使ってみた」と八神が画面を切り替える。

〈この研修はあなたの仕事に役立ちそうですか？〉という質問に参加者が匿名《とくめい》で答えられるようになっている。結果はイエスが六十五パーセント、ノーが三十五パーセント。

「うわ、自分が講師だったらきっついなー」と言ったのは横から覗《のぞ》いた吾妻だ。

「ノーの方が多かったら心折れるね」と、苦笑いしながらモニターから顔を上げた結衣は、本間の方に目を向けた。

ウェビナーツールの話題には入らず、一心不乱に仕事をしている。だが、目がどろんとしているのが気になった。結衣はその傍に寄って話しかける。

「もしかして疲れてる？」

「えっ」本間は飛び跳ねるように顔を上げた。「いやっ、疲れてなんかいませんけど？　毎日定時で帰ってますしね！　いやほんと、もっともっと働けるって感じっす！」

なんだか怪しい。結衣は本間の席を離れ、廊下に出ていこうとする吾妻を追いかけた。

「ね、本間さん、なんかぼうっとしてるけど、定時で帰ってるんだよね？」

「そのはずだけど」吾妻は思案顔になった。「でも、たしかに、この二週間進捗《しんちょく》も遅いし、ミスも多いな」

「この二週間か」自分が生活残業問題を放置していた期間だ。

プライベートで何かあったのだろうか。身重の彼女に何かあったとか。考えこんでいると、廊下から「東山さん」と呼ぶ声がした。見ると、元チームメンバーがいた。

運用部でチーフを務めている三谷佳菜子《みたにかなこ》だ。

真面目《まじめ》くさった顔で給湯室の方を指差している。彼女が話しかけてくる時は大体の場合、愚痴か文句か説教だ。警戒しながら給湯室に行くと、三谷はキリッとした口調で言った。

「種田さんとご結婚されるそうですね。噂《うわさ》が運用部まで届きました」

「あ、なんだ」と結衣はほんわかした気持ちになる。「お祝いを言いにきてくれたんですか」

「いいえ、その噂というのが悪い噂でしたので、東山さんにお知らせしにきました」

ついてくるんじゃなかった。そう思ったが、三谷は続けた。

「東山さんは種田さんに新築のタワーマンションを買ってもらったそうですね」

「え？　いえ、買ったのは中古の普通のマンションですよ」

「種田さんの年収は一千万超。二人の給料を合わせたら二千万はいくそうですね」

「……はあ？　どっからそんなリッチな数字が出てきたんですか？」

「わかりませんが、とにかく東山さんはあくせく稼がなくていいというイメージが出回っているようです。だから残業せずに定時で帰れる。これが噂の前半です」

デマもいいところだが、他にもまだあるのか。

「後半はこうです。東山さんは部下の賃上げのために会社と交渉中だと主張している。でもそれはポーズだ。部下たちを定時で帰らせれば残業代が浮く。そうやって人件費を減らし、上層部に自分を売りこんでいる。だからスピード出世しているんだと」

結衣が絶句していると、「私は信じてませんよ」と三谷は片眉《まゆ》を上げた。

「グータラな東山さんが出世に熱心になるわけないんですから。給料を上げてあげるなどと適当に約束したはいいけど、考えが甘くてうまくいかず、なんで私だけが頑張らなきゃいけないの、もうやめよっかな、などと思ってる。どうせそんなとこでしょ？」

「たしかに、そんな感じですが、言い方……」

「でも、今のままではまずいですよ」三谷はさらに爆弾を投げてくる。「これは私が独自に得た情報ですが、おたくのチームの本間さん、定時後に副業をしています」

「副業？」結衣は目を見開く。

「二週間ほど前、副業エージェントで本間さんを見かけました。むこうは私には気づいていなくて、隣のテーブルで簡単なコーディングの仕事を紹介されていました。残業ができずに手取りが減ったので、副業で稼ぎたい。そう話しているのが聞こえました」

本間が請けたのはおそらく八神の副業とは違って、スキルアップには繋《つな》がらない単純作業だろう。それで朝から疲れているのか。

「これは東山さんの責任ですよ」三谷は弾劾《だんがい》するような口調だ。「あなたの賃上げ交渉がうまくいかないせいで、本間さんは副業を強いられている。私だってそうです」

「え、三谷さんもですか？」

「東山さんは知らないでしょうが、私たち中途採用された非管理職は入社時に月三十時間の残業代込みの年収を提示されているんです。私の場合は五百二十万、最低でもその額は稼げると言われていたんです」

三谷は自分より年収が高かったのか。そう考えていると、三谷はまじめな顔で言う。

「残業が多いのはよくないですが、残業代がまったくなくなったら、年収が減って老後の蓄えができなくなります。どうにかしてください」

「そんなこと言われても……、あ、じゃ、三谷さんも一緒に賃上げ交渉しますか」

「それは無理です。上に睨《にら》まれたくない」

「私だってそうですよ！」

「でも、東山さんには責任があるでしょ」三谷は距離を詰めてくる。「だって私に定時で帰れと説得したのはあなたじゃないですか。だったら定時で帰る社員の給料を上げるために闘う義務が、あなたにはあるんじゃないですか？　私はそう思います！」

言いたいことだけ言って三谷が去ると、結衣は脱力した。どうしてみんな他人のせいにするのか。

すぐに仕事に戻る気になれず、コーヒーでも飲んで気分転換しようと、下のフロアまで降りた。スターバックスでコーヒーが出てくるまでの間、どうしよう、と考える。

本間だけでなく、三谷まで生活のための副業を考えていたとは。ショックだった。これからもそういう社員が増えるのだろうか。生産性が落ちることも心配だが、それよりも……。コーヒーを受け取ってオフィスエリアに戻りながら、結衣はゾッとする考えに至った。

もし副業を合わせた時間外労働時間が、過労死ラインと呼ばれる月八十時間を超えたとしてもマネジャーたちは止めることができない。

定時で帰れる会社を作りたい。そう思って働いてきた結果がこれか。みんな前よりもたくさん働かなければならなくなっているじゃないか。

（でも、これ以上、私にどうしろっていうの）

そう考えながら歩き、エレベーターに乗る。ドアが閉まりかけた時だった。

「待って！」と叫ばれた。慌《あわ》てて「開」ボタンを押した結衣は、乗りこんできた四十過ぎの男性を見て「あ」と口を薄く開けた。むこうも驚いている。

社長である灰原忍だった。

珍しくスーツを着ているが、まったく決まっていない。猫背の姿勢がいかにも元エンジニアだ。

外出先から戻ってきたところらしい。オフィスの外で社員に会った気まずさからか、灰原は視線を泳がせた後に、いきなり言った。

「東山さん、このままでは人類は滅びるよ」

灰原の額に玉のような汗があるのを見て「ああ」と結衣は納得する。

「今年の夏はまた一段と暑いですよね」

最近の灰原は持続可能社会をめざす活動に関心が強いのだ。

「大量のサーバーが吐き出す熱は地球を温める。僕はデジタル企業の経営者としてこの問題に取り組みたかった。だけど、昨日のベイシックのプレスリリースを見た？デジタル化によって、通勤や出張などの移動を減らし、二酸化炭素の排出を削減するそうだ」

そう言って額を拭《ふ》くハンカチには皺《しわ》一つない。この社長が怖くなるのはこんな時だ。電子デバイスの大手メーカーでエンジニアをしていた頃の灰原は病的なまでに完璧《かんぺき》主義だったと聞いている。こっちは地球温暖化どころではないのだが、一応コメントを返した。

「同じ人類として共に手をとって闘うのではだめなんですか」

「だめだよ！」灰原は気色ばんだ。「ベイシックとは違う方向性を出さないと後追いに見えてしまう。役員たちは地方経済のデジタル支援に力を入れるべきだと言うんだ。地味ではあるが社会貢献になる」

そのために晃太郎は転勤させられるのか。「はあ……」としか答えない結衣をちらりと見ると、灰原は「管理職になってどう？」と話題を変えてきた。

「緊張しなくていい。評価面談じゃない。これは移動中のただの雑談だ」

生活残業問題を訴えるなら今だと思った。だが――。

喉《のど》を強く押さえつけられているようで言葉が出なかった。管理職になって自分は少し変わった。十年前のように思ったことをそのまま口にはできない。でも、言うなら今しかない。結衣は無理やり口をこじ開けた。

「社長、実は――」

その時、エレベーターが止まった。会社のフロアに着いたのだ。結衣の目の端に映ったのは、開いたドアの向こうに立つ満面の笑みの池辺だった。

「灰原さん、戻られましたか。いかがでしたか、あちらは」

「やはりヒアリングに出てこいって言われた」灰原は結衣に目をやった。「実は、霞《かすみ》が関《せき》に呼ばれて行ってきたんだ。君の記事が目に留まったらしくて」

「私の記事？」結衣が聞き返すと、「取材を受けたろう」と池辺が話に割りこんできた。

六月に受けた取材の記事のことか。そういえば二週間くらい前にネットにアップされていたのだった。人事部からメールが来ていたが、晃太郎のことで沈んでいたのでまだ見てない。

「定時で帰る管理職を社員のロールモデルとする。そんな企業運営をしている経営者に話を聞きたいと官僚の方々がおっしゃっているそうだ。ね、灰原さん」

池辺は調子良く言ったが、灰原の顔には影が差している。

「僕は行きたくないんだけどね。あそこは非効率な業務の聖地だ。ＰＣすら使えない政治家の相手してるとこだよ。誰か代わりに行ってくれないかな」

「またまたそんな弱気な！」池辺が愛《いと》しそうに笑う。「全社員の残業ゼロを目指す、という灰原さんの経営方針を日本経済全体に広げていきましょう。ね！」

池辺の陽気な笑顔が結衣に向けられている。思わず口が動いていた。

「全社員、残業ゼロ？」

灰原はそこまでいくつもりなのか。現場マネジャーにやらせようというのか。呆然《ぼうぜん》としている結衣に灰原が問いかけた。

「東山さん、さっき何か言いかけてたよね。現場で何か問題でも？」

「いやっ、ご心配なく」池辺が大声で遮る。「問題など起きていません。我が社の現場マネジャーはみな愛社精神の塊、任せておけば大丈夫です」

「東山さん」灰原は結衣を見る。「帝王学の書といわれる『貞観政要《じょうがんせいよう》』は知ってる？唐時代、稀代《きだい》の名君と呼ばれた第二代皇帝、李世民の言葉に有名なのがあってね」

そんなことよりも残業ゼロの方が気になる。それはいつ始まるのか。

「創業と守成の話ですね」池辺がすかさず言い、「それぞれ」と灰原はうなずいた。

「一人の臣下は創業こそ難しいと言い、一人の臣下は守成の方が難しいと言った。李世民はどちらも難しいと言ったが、僕がいま悩んでいるのは守成だ。安定こそ危機の始まりなんじゃないかと思うと不安で夜も眠れない。僕も東山さんに楽にしてもらいたいもんだよ」

冗談めかして言う灰原の顔を、結衣はすがるように見つめる。次のチャンスはいつになるかわからない。だが結衣が口を開くより早く「ご心配なく」と池辺が力強く言った。

「この会社に危機などありません。問題なんかありませんよ」

危機はもう起きている。

灰原の知らないところで会社の屋台骨は崩れ始めているのだ。何も伝えられないまま、社長室に戻っていく灰原の背中を、結衣はじりじりと焦《あせ》りながら、見送った。

「現場で問題が起きているのなら、今から時間をとるから、私に言いなさい」

結衣は横を見た。池辺が穏やかな笑みを浮かべていた。


会議室に入るとすぐに池辺はモニター上で、結衣が作り直した業務改善提案書に目を通した。

あれからまた手を入れた。

会社にいる時間の長さのみが給与に反映される現在の人事評価制度のままでは、優秀な社員を他社に引き抜かれてしまうことなども盛りこんだのだ。

フォーマットには収まらず、結局パワーポイントで作り直してある。

「力作だね」と池辺は顔を上げた。「だが、これではまだ灰原さんに見せられない」

またそれか。結衣は一呼吸置いてから言った。「ひとまず、経営企画室にだけでも話を上げてもらえませんか」

「経企ねえ。灰原さんの傍に侍《はべ》って戦略だのなんだのこねくり回すだけの奴《やつ》らだよ」

「急を要するんです。実は残業代が稼げない分、副業で稼ごうとする社員も出ています」

それを聞くと池辺は顔面を固めたまま「ほう」と言った。「でも副業は禁止されてないし、たくさん働きたいって人の自由も尊重しないと」

「でも、生活費のためにやむなく深夜まで働くことは自由とかいう話ではないと思います。ダブルワークで疲弊して大きなミスが出れば、仙台支店のような炎上も起きかねません」

「だが、私の采配《さいはい》で仙台支店の炎上は鎮《しず》まったでしょう」

驚いて池辺を凝視した。晃太郎の功績はいつの間にかこの上司のものになっている。

「マネジャー会議で注意喚起しよう。本業に支障が出るなら副業はやめさせろと」

「それでは根本的な解決にはなりません。残業ゼロになれば、隠れて副業する人も

——」

「東山さんは」と池辺は笑みを消した。「反社長派なのか？」

結衣は思わず聞き返す。「はい？」

「夜も眠れないほど不安だとさっき灰原さんが言ったのを聞いただろう。あそこまでして会社を守ろうとしている人を批判なんかして君は社長が憎いのか」

「憎い？」何を言っているのだ。「いえ、新しい評価制度を提案しているだけですが」

「つまり社長は間違っていると言いたいわけでしょ。全否定でしょ」

「全否定なんてしてません。現場マネジャーを助けてくださいと言ってるんです」

晃太郎が脳疲労を起こしたことを結衣に伝えた時、小原は言っていた。屋上から飛んだ奴を知ってる、と。だが池辺は表情を変えない。

「灰原さんは替えがきかない存在だ。これ以上のご心労をかけるべきではない」

「現場マネジャーにも替えはいません。せめて残業削減で浮かせた残業代だけでも社員に還元できるようになりませんか。それだけでも現場は楽になります」

「だが企業利益というのは株主に還元するべきものだからねえ」

池辺の言葉を聞いて結衣が思い出したのは、十年前に新人研修で学んだ会社法だ。役員の報酬を決定するのは取締役会と株主総会だ。……残業代の大幅カットに成功すれば役員たちは株主に評価される。役員報酬決定にも影響してくるだろう。そう考えるのは邪推が過ぎるだろうか。

「わかってくれた？」と池辺は微笑《ほほえ》みかけてくる。「君が思っているよりも会社という組織はずっと複雑なんだよ」と、塩野谷と同じことを言う。「君もさ、社員の立場ばかり主張せずに経営者の立場で考えなきゃいけない。……あ、そうだ。ここで待ってて」

池辺はいそいそと会議室を出ていくと、本を何冊も抱えて戻ってきた。結衣の前に並べられたのはリーダー論に関する本だった。「貸してあげる」と池辺は言った。

「全部、社長の愛読書。さっき言ってた『貞観政要』はこれ。あなたも読みなさい。そうすれば、もっと愛社精神が湧く。経営者視点で組織を見られるようになる」

本の表紙に印刷された写真で歯を見せて笑っているのは、白髪頭の男性ばかりだ。父よりもはるかに年上の人たちの顔をしばらく眺めた後、結衣は言った。

「給料は上げられないと池辺さんが言うのも、経営者視点で考えてのことですか」

「そうだ」池辺は誇らしげにうなずく。「経営者の方々は日本経済のために粉骨砕身している。それに引き換え、生活残業なんてする奴らは泥棒と同じだよ」

そんな言い方があるか。奥歯を嚙《か》んだ結衣の前で、「もういいでしょ」と池辺はモニターを閉じた。

「こう何度も時間を取られてたら、私の仕事だって進まない。もっと効率的に働こうよ。どんな手段を使ってもいいから、部下をちゃちゃっと定時で帰してよ」

リーダー論の本のページをめくりながら池辺は言った。

「東山さん、そういうの得意なんでしょ？」

何冊もの本を胸に抱えて、結衣はカフェテリアを通り過ぎる。

このカフェテリアの奥には、壁がアクリルガラスになっている会議室がある。オープンな雰囲気を作るための仕様で、クライアントの社屋でもよく見る。その中で、小原が営業と打ち合わせしているのが見えた。これから顧客情報を壁に映すらしく、カフェテリア側のロールカーテンを閉めている。ああすると、会議室の中が見えなくなり、密室になる。

会社には、見えるところと見えないところがある。異動したり、管理職になったり、社歴が長くなったりして、ようやくオープンにしてもらえることもある。

だが、顧客情報はともかく、現場で起きている問題を密室に――制作部の中だけに閉じこめていてはまずいのではないか。

そんなことを考えながら、制作部のエリアまで来ると、一冊がバサリと床に滑り落ちた。自販機コーナーのベンチに一旦《いったん》置く。本を抱え直して、廊下に出ようとした時だった。

向かいの給湯室から声がした。見ると冷蔵庫からペットボトルを出しながら、さっき別れたばかりの池辺が誰かと話している。視線をめぐらせると、相手は塩野谷だった。結衣はとっさに自販機コーナーに身を隠す。

「奥さん元気?」池辺の声がした。それに塩野谷が「ええ」と答える。

「ただ早く仙台に帰ってきてほしいと言ってます。一人で子供を見るのは大変ですから」

「言われる、うちも」池辺はくつろいだ笑い声を出す。「たまには子供を見てくれってうるさくて。ワーママっていうの？　外で働いてる友達からいろいろ吹き込まれたみたいで、復職したいから家事も分担しろだって。俺の年収いくらだと思ってんだよ、ははっ」

「実は、うちの妻も」塩野谷の声は緊張している。「再就職を考えてまして、仙台で就職先を探してます。東京出張を命じられたのはその準備をしていた矢先でした」

それを聞いて結衣は胸を衝《つ》かれる。塩野谷の妻はあきらめていなかったのか。

「やめとけって」池辺は不快そうだ。「稼ぎなんか持たせたら偉そうな顔してくるよ」

「もともと彼女は私よりも稼ぐ女性でした。出張は終わりにしていただけませんか」

塩野谷の毅然《きぜん》とした声を初めて聞いた、と結衣は思った。

「あれ、どうにかならない？」唐突に池辺が話を変えた。

「あれとは」と戸惑う塩野谷に、「東山だよ」と池辺は言う。

「ああ、さっきの話ですか。灰原さんに直接話をしようとしていたとかいう……」

「新人の時から世間知らずだったが、三十過ぎてもあれじゃあな。しかも彼女、種田と結婚するらしいじゃない。そうなる前に見合い相手でも紹介すればよかったよ。女なんてつきあう男次第で変わっちゃうからさ。見てこれ」

池辺はスマートフォンを操作しているようだ。塩野谷に結衣が作った資料を見せているのだろうか。塩野谷が静かに言うのが聞こえた。

「これは企業戦略のレベルだ。東山さん、忙しいのによくこんなものを」

「いや、作ったのは種田だろうよ。こんなレベルのものが東山に作れるわけがない」

なんだと、と結衣は眉をひそめる。池辺は高揚したように喋《しゃべ》っている。

「その後ろにいるのはグロだろうね。あいつもいつまで過去に執着するのかね。灰原さんも鬱陶《うっとう》しいだろうに。まあでも種田は転勤する。仙台は社内受注が中心。クライアントに直接会うこともなくなるし、あいつが実績を出せなくなれば、グロが大きい顔をすることもなくなる。よそものをどんどん引き入れることだってできなくなるだろう」

そんな社内政治のために晃太郎は転勤を命じられ、転職を決意させられたのか。

「……なんだよ、塩やん、怖い顔して。君だって転勤したじゃないか。私だって仙台支店立ち上げの時は転勤した。中途入社組にも同じ苦労をさせないと不公平だろ」

塩野谷は無言だ。池辺はそのままテンション高く喋り続ける。

「灰原さんも馬鹿《ばか》じゃない。残業代還元のためのシミュレーションだって経企にさせているんだ。……だがね、超少子高齢化で社会保険料は二〇〇三年からずっと、ダダ上がりだ。その半分を負担しているのは会社だよ？　給料を上げればそっちも連動して上がって企業利益を圧迫する。株主がなんて言うか。役員たちはなんて言うか。そういう組織の複雑さを、あのお花畑な女子に理解させるのは無理だろうがね」

「ですが」塩野谷が言った。「二十代の可処分所得の平均が二十年前より年間二十万円も減っているというデータもあります。私たちの若い頃よりも彼らの生活が苦しいのは事実です。……なのに、今度も握り潰《つぶ》すつもりですか」

「握り潰す？」池辺の声が上ずった。「塩やん、もしや、十一年前のことを言ってるのか？　驚いたなー。そんな昔の話をまだ引きずっているとは。……塩やんだから話すが、灰原さんは最近アップダウンが激しい。霞が関から呼ばれたせいだろうね。わかるよな。賃上げなんてタイミングじゃないんだ。奥さんが復帰するんだったら塩やんだって子供の送り迎えをしたりするんだろうし、なおさら、会社の理解が必要じゃないの」

そこで話は終わったらしい。池辺の靴音が去っていくのが聞こえた。息をついて自販機コーナーから出ようとした時、抱えていた本が何冊も音を立てて床に落ちた。

しまった、と焦って本を拾っていると、目の前に先の尖《とが》った革靴が現れた。顔を上げるとそこに塩野谷がいた。「『貞観政要』か」と本を拾ってくれる。

「社長の愛読書だね。李世民は名君だった。先代が暗君だった教訓から君主は臣下の諫言《かんげん》を容《い》れるべし、と説いた人だ。創業時には灰原さんがその話をよくしていた」

「だから塩野谷さんも十一年前、ノー残業デー導入の提案をしたんですか。それを握り潰したのは池辺さんだったんですね。もしかして転勤を命じたのも？」

塩野谷は答えなかった。代わりにこう言った。

「池辺さんが上にあげたとして、灰原さんが僕の諫言を容れていたかはわからない。

……その本を書いた李世民だって、太平を築いた後は暗君になったと言われている」

「社長に諫言できる創業メンバーは、今はもう石黒さんだけなんですか」

「グロの真似《まね》はするな」塩野谷の語気が強まる。「種田さんの転勤は気の毒だと思う。だが三年くらい我慢すれば本社に戻れるだろう。それまでの我慢だ」

「若い社員にもそう言えっていうんですか。給料が下がっても我慢しろと」

「会社に期待しても無駄だ」塩野谷が鋭いまなざしで結衣を見た。「若い社員たちに残業を許可してきたのは、今のうちに少しでも稼がせてやりたいという思いからだ。モチベーションを高くしたところで彼らが報われることはない。だが君は定時で帰れと正論を吐く。結果、本間さんはどうなった？　副業するはめになった。君が約束を果たさないせいだ。だから言ったんだ。賃上げなんて無理だって」

そう語る塩野谷の苦しそうな顔を見つめているうちに腹が立ってきた。

「塩野谷さんが協力的じゃないからでは？」

「協力なんかするものか。僕は家族のためだけに生きると決めたんだ」

「もうすぐ残業はゼロになります。そしたら部下たちはどうすれば？」

塩野谷の目の色が怒りを帯びた。

「僕は君とは違うんだ。もう巻きこまないでくれ」

何もできないまま二日が過ぎた。

金曜日の定時が近づいてくると、チームメンバーは週報を書き始める。結衣も週報を書き終え、少し時間が余ったので、忙しくて未読のままだった人事からの一斉送信メールを開く。結衣のインタビュー記事が紹介されていた。

『定時で帰る女性社員と聞いて、どんな印象を持つだろうか。仕事が終わっていないのにさっさと帰る。そんな〝怠慢ガール〟を想像する人が多いのではないだろうか』

記事はそんな書き出しで始まる。怠慢ガール、とつぶやいてスクロールした。

『だが、今回取材した東山結衣さん（三十三歳）はそうではない。なんと残業を頑張る人たちに劣らず仕事ができるのだ。驚くことに会社からも評価されている』

そんなに驚くことだろうか。疑問に思っていると、

「ビジネス記事って、ビジネスやったことがなさそうな人が書いてるの何ででしょうね」

領収書を出しに来たらしい来栖が、ひょいとモニターを覗《のぞ》いて言った。

「ライターさんもギャラが安くて生活が大変って言ってた。だから専門外でも書くんでしょ。そんなことより」どうも引っかかる、と結衣は記事を眺める。「私って会社から評価されてるのかな」

「えっ」来栖は面食らっている。「評価……されてるんじゃないですか？　こんな取材受けさせられてるくらいですから」

「そっか……。でも評価されてるって実感ないんだよね。なんでだろう？」

十一年前、結衣は二十二歳の就活生だった。

定時で帰れる会社を探して就職活動を進めたが、結果は惨敗《ざんぱい》だった。業種を絞らずに応募を続けたものの、エントリーシートが通らず、面接にこぎ着けても落ち続けた。だからネットヒーローズで三次面接まで進んだ時は嬉《うれ》しかった。最終面接で結衣の志

望動機を聞いた灰原は言った。

——他は全部ダメだったでしょ？

灰原は続けて言った。今年度から定時退社推奨の方針に切り替えた。君のような社員を採用するのは初めてだが、ぜひこの会社で、自分の働き方を貫いてほしい、と。

——僕は日本企業を変える若きリーダーになりたい。そして百年後に大河ドラマの主人公になる。

それが灰原さんの創業時からの野望なんだよ、と同席していた役員が茶化すように言い、笑いが起きた。創業メンバーたちが醸《かも》す和やかな空気を今でも覚えている。

その後、新人研修で石黒に会った。社長に最終面接で言われたことを話すと彼は眉《み》間《けん》に皺を刻んだ。

——シノブっちが本当に言ったのか？　新人のお前に自分の働き方を貫いてほしいって？

研修が終了すると、結衣は制作部の石黒チームに配属された。そして、定時で帰りたかったら仕事ができるようになれと厳しく教えられた。

今思えば自分は大事に守られて育ったのだ。

「評価と言えば」来栖の声が意識を現実に引き戻す。「昨日、柊くんとゲームした時に、びっくりすること言ってました。前の会社に残業代を請求するつもりだって」

「残業代請求……柊くんが？」

「東山さんの業務改善提案書を作る手伝いをした時に、種田さんに褒められたそうなんです。柊は仕事できるなって。前の会社ではお前なんか給料をもらう資格さえないって、毎日のように怒られてたけど、違ったんだ。そう言っていました」

「そっか」結衣は胸を打たれていた。晃太郎が柊を褒めたのか。

「僕らは物心ついた時から不景気だったし」来栖は独り言のように口にする。「会社がちゃんと給料をくれるとか、そういうの、最初からあきらめてるのかもしれません。だけど柊くんは闘うって決めたわけで、なんかすごいですよね」

　来栖が去った後、しばらく仕事が手につかなかった。最初からあきらめてる。その言葉が頭をぐるぐる回り、オフィスを出た。どこへ行くでもなく廊下を歩きながら考える。

　灰原にもう一度直訴するか。……いやそれはだめだ。たとえ灰原が提案を受け入れたとしても役員会で反対されたら終わりだ。提案は握り潰され、また噂が立つ。

　交渉はポーズだ、稼ぐ必要がないから東山は定時で帰れるのだ、と。社長に直訴したことで、贔屓《ひいき》されているかのようなデマを流されるのも嫌だ。

スマートフォンが震えた。兄からのラインだ。

『お父さんが交渉に応じる姿勢を見せた。家事分担をしてもいいって』

え、と結衣は声を出す。あの父が？　兄は続けて送ってくる。

『ただしお父さんは家事スキルが低いだろ。だから食洗機とルンバを購入して、それを使った皿洗いと床掃除を担当させる。そういう和解案を俺たち夫婦が出した』

家事負担そのものを軽くしようというわけか。いい案だ。そう思ったのだが、

『でもお母さんが突っぱねてる』兄はまた送ってくる。『お皿なんか手で洗えばいい、床は手で雑巾《ぞうきん》掛けするべき……だってさ。ま、引き続き説得するけど』

『なんでそこで自分のやり方にこだわるかなあ』

しかしあの父が交渉に応じるとは思わなかった。前は母に批判的だった義姉《あね》も今はすっかり同志だ。考え方が違う人間でも連帯することはできる。結果、結婚して四十年近く、家事をやらなかった父を母がストライキで動かした。

あきらめなければ山は動くのだ。

心がざわつく。オフィスに戻ると、午後だというのに八神がまだ席にいた。週明けに仙台出張してもらうことになり、その準備のために今日は十八時まで残っているのだ。

「出張一日がかりだね。火曜と水曜は代休取ってね」と結衣は声をかける。

「うん、そうする」と言ってから八神は結衣の顔をじっと見た。「東山さん、顔色悪いね。もしかして例の記事を読んだから？」

「ああ、あの記事ね」結衣は苦笑いする。「怠慢ガールってやつでしょ。でも、ああいうの、いつものことだから。定時で帰ってるって紹介される前に、必ず偏見でモノを言われる」

「交渉がうまくいってないのも、こたえてる？　あきらめたくなってる？」

「あきらめの悪さには自信があるの。でも」と塩野谷との会話を思い出してから言う。「正直、この先どうしたらいいかわからなくなってはいるかな」

「そっか」

八神は黙って考えていたが、結衣を見上げてやけに明るい口調で言った。

「じゃ、ビールでも飲みに行く？」

「ビール？……八神さん、会社の人と飲みに行くタイプだっけ？」

「台湾の友達とみんなで行こうよ！」八神は強い光をたたえた目をしている。「そろそろこっちに到着する。今夜はみんなで一杯やるから、結衣さんも一緒にどう？」

「行ってもいいの？」と尋ねると、八神は大きくうなずいた。

「みんなきっと喜ぶ。じゃ定時後に。集合場所は送る」

自席に戻ると、結衣は長い溜息《ためいき》をついた。新人に励まされたりして情けない。せめて定時までしっかり仕事をしよう。そう思った。

定時が来ると、結衣は待ち合わせ場所に向かった。スマートフォンの地図を見つつ新橋駅から八分ほど歩き、赤い看板が見えたところで足を止めた。本場の台湾料理が食べられる店らしい。

店に入ると、先に来ていた八神が手を振っていた。周りに集合しているのは八神のSNS友達だ。彼女たちはみな二十代で、台湾の会社員らしい。

結衣が挨拶《あいさつ》し、テーブルに着くなり日系企業に勤めているという女性が上手な日本語で言った。

「東山さんはインスタをやってますか？　アカウント教えてください！」

台湾の人たちはフレンドリーだと八神から聞いていたが本当だった。みな物腰が柔らかく、それでいて、人見知りせずに話しかけてくる。

「食べ物とビールの写真しかあげてないんだけどいい？」

「セルフィーもアップしてくださいよ。東山さんのコーデは素敵と彼女が言ってます」

台湾のアパレルメーカーに勤めているという女性が何度も小さくうなずいている。

「スワァンツァイパイロウグォ？」八神がメニューを指すと、彼女たちは賛同した。

「東山さん、白菜の酸《す》っぱい鍋《なべ》でいい？　台湾で人気なんだ。あとビールね」

「せっかく旅行に来てるのに和食じゃなくてよかったの？」と結衣は尋ねる。

「東山さんに台湾のことを知ってほしいから、今日はこの店にしようとみんなが言った」

八神がそう答えると、日系企業勤務の女性が笑った。

「明日はみんなで叙々苑《じょじょえん》に行く予定です。日本で一番有名な焼肉屋ですよね！」

そこに台湾ビールが運ばれてきたので乾杯した。台湾最大のメーカーが出しているというそのビールは爽《さわ》やかでキレがあった。猛暑の日にこれを飲むと最高なのだそうだ。

すぐに、鍋も運ばれてきた。白菜の漬物やカニやシイタケなどが沈められた白濁したスープがぐつぐつと煮立っていて、その横に豚肉や牡蠣《かき》などの具が盛られた大皿が並べられていく。タレにする香酢《こうず》や醬油《しょうゆ》、薬味にするニンニクやパクチーが入った小皿も並ぶ。

「うわあ、美味《おい》しそう！　台湾行ってみたいなあ」と結衣が言うと、「今は暑いよ！」という声が返ってきた。

「メイクが全部流れちゃうよ。台湾の女性はメイクあんまりしないけどね」

「え、でも今はしてるよね？」と結衣は尋ねる。

「それは日本の女性がしているから気合入れてきたの」八神が彼女たちの言葉を訳してくれる。「私はデートの時にしかメイクしないんだけど、日本の女性は会社に行くたびにフルメイクしていて大変そうですよね」

「そうなの、メイクするために早起きして、帰ったら座る間もなくご飯作って、ほんと疲れちゃう」

結衣の言葉に、湯気の立つ鍋に具材を投入していた彼女たちは顔を見合わせた。日系企業勤務の女性が説明してくれる。

「台湾の働く女性は、夕飯はあんまり作らないんですよ」

「私の先輩は子供がいるけど」とアパレルメーカーの女性が言う。「仕事が終わったら保育園にお迎えに行って、馴染《なじ》みのお店に旦那《だんな》さんと集合して夕飯を食べてます。だって仕事終わってからご飯なんか作れます？　疲れてて、できないですよ、普通」

「だよね、だよね」結衣の箸《はし》を握る手に力がこもる。「それに、平日の夜に家族で夕飯が食べられるのっていいなあ」

「それも台湾では普通ですよ」アパレルメーカーの女性が、白い皿から豚肉を一枚ずつ剝《は》がして鍋に入れながら言う。「仕事が終わらなくても帰ります。私の父もそうでした」

「へえ」結衣はなんだか羨《うらや》ましくなる。「私も台湾で働いてみたいな」

「あ、でも給料は安いですよ」

しかめ面《つら》でそう言ったのは半導体を製造する企業に勤める女性だ。給料の話題が出ると、彼女たちの喋るスピードは速くなった。台湾語で議論が始まり、何を言っているのかわからなくなる。

「東山さんは22K問題を知ってる?」隣に座る八神が話しかけてきた。

「ごめん、知らない」結衣は首を横に振る。

「二〇〇八年に起きたリーマン・ショックの後、台湾には就職難が起きた。さらに当時の政府が政策に失敗したせいで、若者の給与の最低ラインは二万二千元になってしまった。この金額はとても安い。これが22K問題」

「台北《タイペイ》市で働いていても市内には住めない若者が多いんですよ」と言うのは出版社勤務の女性だ。「私も郊外からバイクで通勤してる。会社に着く頃にはぐったりですよ」

「最低賃金は少しずつ上がってはいるけど、中国や韓国よりも遅いんです」アパレルメーカーの女性がビールをあおる。「このままではiPhoneも買えなくなるかも」「iPhoneは最近値上がりしている」八神がまた解説してくれる。「他の先進国の平均所得がこの三十年、上がり続けているから、それに合わせて値上がりしてるの」

そうなのか、と結衣は心が重くなるのを感じた。日本の若者もいずれは買えなくなるかもしれない。最新のガジェットが使えず、どんどんデジタル後進国になってしまうのではないか。

「優秀な蘇芳は稼げる米国に行ってもよかった」日系企業の女性が八神を見て微笑む。「私たちは、自分の未来のためにそうしろと言った。でも蘇芳は日本へ行く道を選んだ」

自分の話をされているからか、八神は照れくさそうだ。日系企業の女性が続けて言う。

「ですが、日本では先端技術を持っていても、若いというだけで給料を少なくされてしまうそうですね？　だけどあなたの会社は違った。蘇芳を高く評価してくれた」

それを聞いて後ろめたくなる。八神は年収こそ高いが契約社員だ。社歴の長さを重んじる現在の給与制度に八神の存在が当てはまらないからだ。

八神が性別を明かさないことを揶揄《やゆ》する人もいる。ネットヒーローズは決して理想の企業ではない。

「私はみんなで豊かになりたいと思ってる」結衣はビールの白い泡を見つめながら言った。「中途で入った社員も、新人も、チームになって、残業しなくてもいい会社にしていきたい。そのためには利益がいる。新規分野の開拓が必要。みんなで協力して、問題があるならシェアして、逃げずに解決していかなきゃいけない。……なのに」

白い泡がパチパチとはじけていくのに目を据えたまま、結衣は話し続ける。

「すでに社内で給料の高い人たちは、若い社員の不安に目を向けてくれない。そりゃ、私だって今まではそうだったけど、気づいてしまったら、動かずにいられないのが普通じゃないの？　上の人たちの給料を下げろなんて言ってないのに、自分の苦労話ばかりして、現実から逃げてばかり。尊敬する人たちのそんな姿を見たくなかった。この会社を選んでくれた八神さんにも見せたくなかった」

社内では言えない思いをついぶちまける。

「こんな思いをするくらいなら、賃上げ交渉なんかしなきゃよかった」

八神は強いまなざしを向けて結衣の言葉を聞いていたが、台湾の会社員たちに訳して伝えてくれた。彼女たちは顔を見合わせた。

「加油《ジャーヨウ》！」一人が拳《こぶし》を握って結衣に熱く言った。「東山先生、加油！」

　頑張れ、と励まされているのだとわかった。八神が言った。

「日本に来たら東山さんに会ってみたいと、ここにいるみんなが希望した」

「蘇芳から賃上げ交渉の話は聞いていました」日系企業に勤める女性が微笑む。「あなたは一人じゃないですよ。将来が不安な若者がいるのは日本だけじゃない。台湾でも様々な運動が起きていて、ストライキもあります。みんな闘っています」

「ストライキ……」結衣はつぶやいた。「でもストライキなんて現実的じゃないよね。うちには労組がないし、業務を止めて、クライアントの信頼を失うのも嫌だし」

　それを聞くと台湾の女性たちは少し黙った。そのうちの一人がジョッキを掲げた。

「すぐには解決できないかもしれない。でも、今は飲みましょう。私たちも、日本の会社員も、あきらめてはいけない。どっちも加油！」

　金曜の夜を賑《にぎ》やかに過ごして別れを告げると、ほろ酔いの台湾の会社員たちはセブンイレブンでアイスコーヒーを買おう、と話しながら駅へと歩いていく。彼女たちを結衣はもう異国の人だとは思えなかった。海の向こうのオフィスで働いている人たちなのに、池辺や塩野谷よりもずっと近しい存在に感じた。

「エンパワーメントにはならなかったかな」気づくと八神が自分を見つめていた。結衣は「ううん」と打ち消す。

「みんな同じことで悩んでるんだなって、少し楽になった。ご飯もビールもすごく美味しかったし、インスタ友達もできたし。……でも、どうやって上の人たちを動かしたらいいのか、やっぱわかんない」

八神はそれを聞くと、腕組みをして言った。

「東山さん、私はいずれ起業して経営者になるつもり。だから、労使交渉に関する動向も調べてる。……面白いのは、最近じゃ労働争議もアップデートされてるってこと。たとえば、自分たちの待遇改善がサービスの品質向上につながるんだってSNSでアピールして顧客も巻きこんで、勝利したケースだってあるんだよ」

「……そうなんだ、バリケードを築いて立てこもるだけじゃないんだ」

「闘い方がどんどん新しくなってる。法律で定められた労働時間を守ってくれと会社に訴えるために、定時までしか働かないってストライキもあるんだよ」

「それって」と言いかけた結衣に、「東山さんがやってきたことだよね」と八神が笑う。

「みんなが残業する中、東山さんは定時で帰ってきた。会社説明会でそれを聞いて、私はあなたの部下になりたいと思った。リーダーとは何かを実地で学びたいと思った」

「そんな、リーダーだなんて、私はそんな器じゃないよ。人望だってないし」

そうつぶやいた結衣に、

「東山結衣、加油！」

二十二歳の若者は新橋のガード下に響き渡る声で叫んだ。

「自分の働き方を貫くだけで、それはもう労働争議なんだ。東山さんはすでに定時退社する社員のリーダーなんだよ。その現実から逃げちゃだめだ」

逃げているのは自分なのか。結衣の頭に、三谷の言葉が蘇《よみがえ》る。

――私に定時で帰れと説得したのはあなたじゃないですか。

定時退社を頑張る社員の給料を上げるために闘う義務があなたにはある。そうも言われた。

でも、どうやって？　結衣は考えをめぐらせる。さっき八神に言われた言葉が浮かぶ。闘い方がどんどん新しくなってる。新しく……新しくか。

最近、自分が新しいと思ったことは何だろう。しばらく考えた後、

「八神さん、今度は日本のビールを飲むのはどう？」

結衣は道の向こうにある赤提灯《ちょうちん》を指さした。「作戦会議をしたいの」

「いいけど、何かいい方法でも考えついたの？」

「ちょっと邪道かもしれないけど、やってみる価値はあると思う」

小さな決意を固めて、結衣は繁華街のネオンを眺めながら言った。

作戦会議を終え、八神を見送り、結衣はマンションに帰った。スマートフォンをテーブルの上に出して見つめる。

やるからにはあの男にも話さなければ。これが一番緊張する。だが、何でも話そうと決めたばかりだ。

深呼吸を一つしてから電話をかけると、晃太郎はすぐ出た。

「まだ会社にいるの？」と尋ねると、「明日はそっちに帰るから、その前に片付けたいことが色々あって」と言い訳がましい答えが返ってきた。

「こっちも色々あったんだよね」と、結衣は話し始める。

本間が副業を始めたこと、灰原に言われたこと、池辺との交渉でまた失敗したこと、池辺と塩野谷の会話を聞いたこと、塩野谷に巻きこまないでくれと言われたこと。そして、八神が台湾の会社員たちに会わせてくれたこと。全《すべ》て話した。

「結局、上司マネジメントは私にはできなかった。向いてないみたい」

「……そっか、役に立てなくて悪かったな。で、どうする？　ここであきらめるか」

「あきらめない」と結衣は返した。「だけど一人で交渉するのには限界がある。ここでもっとたくさんの人を、いっそ全社員を巻きこんで闘うしかないと思うの」

「全社員？」晃太郎の声が裏返る。「どういうことだよ」

「全社員で賃上げ交渉をするの」

「だから、どうやって？　四百人以上いるんだぞ。労組もないのに、全社員をどうやって集めてまとめて、交渉するって流れに持っていくんだよ」

「八神さんと作戦を立てたんだけど聞いてもらっていい？」

「社長に睨《にら》まれたくないって社員もかなりの数いるはずだ」

「とりあえず聞いて」と、結衣は作戦を詳しく話した。

八神と考えた〝新しい闘い方〟の計画を最後まで聞き終わると、電話の向こうからギイという音が聞こえた。晃太郎が椅子《いす》に座ったらしい。

「社長に直訴するんじゃダメなのか？　結衣が言った方法は面白いが博打《ばくち》だ。正当なやり方とは言えないし、もし負けたら結衣はどうなる？　社員のロールモデルとか、未来のリーダー候補とか、せっかく言われてるのに、出世を棒に振るつもり？」

「出世なんかしたいように見える？」

晃太郎は黙った。そして再び口を開いた。「塩野谷さんのようになってもいいのか」

「それでもやりたいの」と結衣は答えた。「来栖くんが言ってた。自分たちは最初からあきらめてるって。でもあきらめてほしくなんかない。会社なんてそんなもんだとか、どうせうまくいかないとか、そんなことを言う社員にだけはなってほしくないの」

だから、と結衣は言った。

「普通の会社員でも闘えるんだよってことを見せたいの」

「普通の会社員でも、か」

晃太郎は少しの間考えていたが、低い声で「わかった」と返してきた。

「だが、どうせやるなら、徹底的にやれ。それでもし社長の怒りを買って、結衣が斃《たお》れても、俺がいる限り次の転職先が決まるまで食えないってことはない」

その言葉が胸の奥深くに重く落ちる。

「そうなったら」と、つい心配になる。「晃太郎がベイシックで無理をするんじゃないの。トレイルランニングよりも、もっと過酷なことさせられても逃げられないんじゃないの？」

「富士山を走って登れとか言われるかもな」

ほんの一瞬、心に生まれた迷いを見透かすように、晃太郎が茶化す。

「お前は恵まれてる。大事に守られてきたんだ。だからこそ、生活を守るために口を噤《つぐ》まざるを得ない人たちの分まで闘ってこい」

どこまでも優しい人だけれど、自分を決して甘やかしはしないのだ、この男は。

「ありがとう」結衣は心の底から言う。「晃太郎と結婚できてよかった」

「まだしてない」晃太郎が律儀《りちぎ》に訂正する。「それと、例の業務改善提案書な、結衣がさっき言った作戦に合わせて、俺が月曜までに作り直しといてやろうか？」

「え、でも、あれは私の提案書だし、土日はこっちに帰るんでしょ？」

「いや、帰らないで仙台にいることにする。社長は社内資料に時間をかけるなと口では言っているが完璧《かんぺき》主義者だ。ここぞという時には緻密《ちみつ》に作りこんだ資料が効くはず。そういうマネジメントは任せとけ」

この週末も会えないのか。緊張が増していく結衣をなだめるように晃太郎は笑う。

「その提案書の資料、俺が作ったって池辺さんは思ってるんだろ？　なら俺のプライドにかけて経営企画室の奴《やつ》らが目を剝《む》くようなやつを作ってやるよ」

「でも――」

「辞める前に、この会社のために何かしたいんだ。俺にやらせてくれ」

そう言われてしまったら、「わかった」と答えるしかなかった。

「任せます。よろしくお願いします」

「それと、こっちのデジタル環境を強化しておきたいとも思ってる。俺が辞めたら代わりに誰かが赴任しなきゃならない。せめてその人が土日には家族のところへ帰れるように」

「そっか、そのために八神さんは仙台出張するんだよね。月曜はよろしくね」

言いながら結衣は思った。入社してまだ三年だけれど、晃太郎は晃太郎なりにこの会社を愛し始めているのではないか。本人は気づいていないかもしれないが、そう感じる。

「それと甘露寺をそっちにやる。あいつはその手のことだけは得意だから」

そう言って晃太郎は電話を切った。全て話してしまって、ほっとする気持ちと、恐ろしさとが入り混じる。こんなことを未熟な管理職である自分がやっていいのだろうか。

勇気をもらいたくてスマートフォンで「雨宮製糸工場」と検索する。

『日本の工場労働者で初めてストライキをしたのは若い女性たちだった』というタイトルの記事を見つけて開く。

『雨宮製糸工場があった甲府において、製糸工女の多くは農村から通ってくる通勤工女であった。その多くは不況で土地を失った小作貧農の娘だったといわれている』

新しい時代の職業婦人として、同じ工場で技術を学んでスキルを高め、助け合って働くうちに、彼女たちの間には同僚との仲間意識が育っていったのだという。

『だが、そうして器械製糸の最前線に立った彼女たちを、製糸業者は容赦なく搾取《さくしゅ》した』

そのため、彼女たちはたびたび、明日から別の工場で働く、と雇い主に迫り、協力して賃上げをかけあうこともあったという。

手を焼いた工場主たちは、明治十九年五月に生糸組合規約を作り、彼女たちが他の工場に転職できないようにした。その上で、ミスをした工女には月給と同額まで罰金をとってよいという規定を定めた。労働時間の延長をする一方で、少しでも遅刻すれば賃金を差し引いた。

さらに子持ちの工女に対しては、時間通りに出勤しても、二十分の賃金を差し引くという差別待遇を行った。

日本初のストライキが起きたのはこの規約が実施された直後だった。

『雇い主が同盟規約という酷な規則をもうけ、わたし等を苦しめるなら、わたし等も同盟しなければ不利益なり。そう叫んで、工女たち百名あまりが近所の寺に立てこもった。工場側はこれに驚き、いくつかの条件を飲んで待遇改善を行った』

記事の最後はこんな言葉で締めくくられていた。

『日本の労働争議の出発点を作ったのは若い女子労働者だったのだ』

自分や同僚たちの生活を守るため、彼女たちは誰もやったことのない闘いに挑んだ。工女たち全員が労働争議のリーダーとなったのだ。

勇気を出せ、と自分に言い聞かせる。

最後の交渉を始めるのは月曜の十七時と決めていた。

月曜日の十六時、甘露寺が本社に着いた。遅刻しないようにと晃太郎がホームまで付き添って新幹線に乗せてくれたらしい。すぐに会議室に連れていく。

「民を引きつけるためには」と話し始める甘露寺は、新人のくせに、セミナー講師然としている。「とにかく自信たっぷりのスピーチをすることです」

「民っていうか、社員ね」と言いながら、それで晃太郎は甘露寺をよこしたのか、と結衣は納得する。この自称大型新人は、人前で話すのがやたらと得意なのだ。

「そのために、メタ認知の話をいたしましょう」

メタ認知とは自分自身を客観的に認識する能力のことだそうだ。

この能力が高い人は常に何のために仕事をするのかを考えられる。問題の解決のために、自分をどう活《い》かせばいいかもわかっている。だが、客観視の能力が高いがゆえに、自己評価は低くなりがちなのだという。

「仙台のドトールにてこの話をお教えしました際、東山さんがまさにそうだ、と種田氏は言いました」と甘露寺は続けた。「あいつは自分を過小評価しすぎる。だから池辺みたいな奴に押し負ける。そこを克服できれば営業でも強くなれる、と」

「それを伝えるために甘露寺くんをよこしてくれたんだ」

「オホホ、わたくしは常に自己評価を極限まで上げております。この甘露寺をお手本にするのがよいと思いますぞ」

「種田さんもそう言ってた？」

「いえ、今のは、わたくしからのメッセージです」

「あ、そろそろ十七時だ」同席していた来栖が立ち上がった。「池辺さんを呼んできますね。……このロールカーテンは開けておくんでいいんですよね？」

「うん」

結衣たちがいるのは、前に小原が打ち合わせをしていた会議室だ。壁がアクリルガラスなのでロールカーテンを上げておけば、隣接するカフェテリアが見える。

「最後に訊《き》くけど」結衣は尋ねる。「給料が上がったら来栖くんは何をしたい？」

「ゲームで課金します」

「そっか」結衣は思わず笑った。「わかった、任せといて」

来栖は微笑《ほほえ》むと、「わたくしにも何をしたいか訊いてください」とうるさい甘露寺を引っ張って会議室を出ていく。

ノートPCを開いて八神が入れてくれたアプリを起動する。準備はそれだけだ。

池辺を待つ間、結衣は金曜の夜に八神が話していたことを思い出していた。

プログラマーの世界では怠慢は美徳とされている、と八神は日本のビールを飲みながら話してくれた。結衣の記事にその言葉があったことを気にしてくれていたらしい。

この無駄な単純作業を早く終わらせたいという思いの強さが新しい技術を生む。勤勉な人たちが苦しくしていくこの世の中を楽にするのはそういう人たちだ。

だから怠慢ガールはデジタルの世界では褒め言葉だよ。

そう言い残して、八神は今朝、最高時速三二〇キロのはやぶさに乗って仙台に向かった。

「いやいや、待たせてすまなかった」

会議室のドアを開けて和やかな笑みを浮かべた池辺が入ってきた。

「今日は何の用件かな。貸してあげた本は全部読んだ？」

押し負けるな。自分にそう言い聞かせてから、「いいえ」と結衣はきっぱり返す。

「パラパラとはめくったのですが、途中でやめてしまいました」

「若い女性にリーダー論を読めというのはやはり無理だったかな？」

「というか、そんな本を読まずとも、私はすでにリーダーらしいんです」

「ん？」と池辺は眉根《まゆね》を寄せる。「どういう意味かな」

「とにかく、リーダーになっちゃったからには、逃げずに闘わなければなりません。

それでこうすることに」結衣はタッチパッドに指を這《は》わせる。

「では始めます」

「始めるって何を」池辺は警戒する顔になる。「それは何のアプリ？」

「これはウェビナーツールです。最大一万台のPCに対して高画質動画をリアルタイム配信できる、優れた、そして新しいツールです。在宅勤務者も参加でき、社内研修などに活用できます」

「ああ、仙台で試したってやつね。今日の夕方に本社でもやるって知らせが八神さんから来てたっけ。画面がなめらかに動くかどうかを十五分程度試すんでしょ」

「今からやるので、池辺さんにも見ていただきたくて。……ちょっとお待ちくださいね。ようし、音声とビデオをオンにしました。スタートします！」

モニターの上の赤いランプが点灯するのを確認して結衣は喋《しゃべ》り始める。

「お疲れ様です。制作部の東山です。只今《ただいま》よりウェビナーツールのテストを行います。任意参加ではありますが、たくさんの方にご参加いただけますと助かります」

そう言っている間に参加者は増えていく。小原に他のマネジャーへの根回しを頼んでおいたのが功を奏した。増え続ける参加者のアイコンを見て、池辺の顔は引きつる。

「東山さん」池辺の目が赤いランプに向けられている。「まさかここを映してるの？」

「はい、動画のテストなので、何かを映さないと」

「とはいえ、私らを映したって面白くないでしょ。有意義なコンテンツでもないと見てる方も時間の無駄だよ。新年度の社長方針スピーチでも流そうか」

「いえ、その必要はありません。コンテンツはあります」

そう言って、結衣はカメラに向かって微笑む。

「今からここで会社を相手に賃上げ交渉をしたいのですが、皆さん、どうでしょう？」

「えっ」池辺はぎょっとした顔になりながらも、続々入ってくる社員のアイコンを凝視している。「今から、ここで？」

「このウェビナーには雇用形態にかかわらず全社員を招待しています。経営企画室のメンバー、役員会の皆さん、もちろん社長も」

笑顔が引きつった上司を結衣はまっすぐ見つめて「池辺さん」と言った。

「リーダー論の本は読めなかったけれど、考えに考えて、私がたどり着いた答えがこれです。会社で問題が起きているなら、みんなで共有するべきだと、私は思うんです」

騙《だま》し討ちをしたことに罪悪感がなくもない。だが、この方法しか思いつかなかった。閉じられた会議室で。定時後の居酒屋で。誰もいない廊下の奥で。この上司はいつも密室で問題を話し合おうとする。情報を自分のところで止め、部下の提案を上に伝えるかどうかは自分次第だと言って、目標達成ばかり要求する。それが仕事だと思っているようだ。

でも、こっちにはこっちの仕事のやり方がある。

どっちが勝つのか、オープンな場で勝負するのだ。

「池辺さん、おっしゃいましたよね。どんな手段でもいいから、部下を定時で帰せと。もっと効率的にやれ、ともおっしゃいました。なのでこうすることにしました。ウェビナーツールのテストをしながら、今会社で起きている問題をプレゼンさせていただきます」

参加者はすでに六十名。経営企画室のメンバーも数名、新たに参加したのを見て、

「どんな問題か知らないけれど」池辺は笑顔のまま惚《とぼ》ける。「問題があるなら私に言えばいい。みんなの時間を使ってやることでもないでしょう。それこそ非効率だ」

「この方法が一番効率的なんです。まあ見ていてください」

結衣は強引に押し切り、息を大きく吸うとプレゼンを始める。

「我が制作部は池辺部長の旗振りのもと、残業削減に取り組んできました。その結果、残業の総量は減少したものの、新たな問題が生じました。資料にまとめましたのでご覧ください」

画面には今、池辺と自分が映る動画が配信されている。それを業務改善提案書に切り替える。表紙を飛ばして〈現場で起きている問題〉というページを表示した時だった。カフェテリアにいる来栖が手を挙げた。

来た！　結衣は笑顔を浮かべた。

「社長、ご参加いただきありがとうございます」

池辺の目が大きく見開かれる。その目は灰原のアイコンを必死に探し始める。

「制作部において生活残業をする社員が増えています」

結衣は構わず核心に入る。

「残業をしなければ給料が減ってしまうという焦《あせ》りから、定時で帰れるのに帰らない。わざと非効率なやり方をする。そんな社員がじわじわと増えているんです。その結果、案件が炎上、クライアント離れの危機を招くという事態も起きました」

「それが炎上の原因か」と初めて聞いた体《てい》を貫くことにしたらしい池辺に、「でも悪いのは彼らでしょうか」と問いかけて、結衣はページを切り替える。

〈この生活残業問題を生んだのは誰か？〉という文字が表示された。

さすが晃太郎だ。結衣がプレゼンしやすいように仕上げてくれている。

参加者数に目をやる。社長も見ているという情報が早速回ったのだろう。参加者が急激に増え、百三十名を突破した。

攻めろ、という晃太郎の声が聞こえた気がした。ここから一気呵成《いっきかせい》に攻めろ。

「生活残業問題を生み出しているのは――」

結衣は声を張って言う。

「誰あろう、この私、東山結衣です」

社長だ、と言うと思っていたのだろう。拍子抜けした顔の池辺に向かって、

「入社以来、私は定時で帰ってきました」

結衣は毅然《きぜん》とした態度で喋り続ける。

「自分だけでなく、同僚たちにも定時退社を勧めてきました。そのために非効率な業務を廃し、不採算な案件の受注を阻止してきました。時間外労働を強要するクライアントにも屈せず、部下たちの心理的安全を守ってきたつもりです。どこのチームよりも早くデジタル化を推進し、新規分野に挑戦する時間的余裕だって作りました。定時で帰れる職場環境を作ることは、会社を強くするための攻めの戦略である。そう信じて、突き進んできたのです」

自分を過小評価するな。そう言い聞かせ、あふれんばかりの自信を顔に浮かべる。

「その結果、世間の注目を集め、ビジネス誌のインタビューも受けました。社の広報活動及び採用活動にも大きく貢献しました。今や、この会社にとってなくてはならない人材です」

そう言い切ると、あっけにとられている池辺を見つめて、結衣は低い声を出した。

「なのに、私の評価はずっと低いままだった」

画面に大きく映したのは源泉徴収票だ。社員名は東山結衣。その額面は四百三十万円。

「いま画面に出ている年収は昨年度のものです。ここに毎年の昇給分と月四万円の役職手当が加算されて今年度の年収は四百八十万円です。……東山さんは残業代を稼がなくてもリッチに暮らせる？　いいえ。管理職になっても私の給料は同期で一番低いんです。なぜでしょう。なぜだと思いますか？」

その瞬間、喉《のど》を強く押さえつけられた。

批判するな、意見を持つな。押さえつけてきたのはそんな言葉たちだ。

無理やり喉をこじ開けて結衣は言った。

「たとえ非効率な仕事をしようとも、残業して会社に長くいる人たちの方が、給料が高い。それがこの会社だからです」

「……東山！」池辺が小さく叫ぶ。

だが、結衣はやめない。

「そのことに私は怒らなきゃいけなかった。もっと怒るべきだったのです」

カメラのむこうにいる灰原に向かって言葉を放つ。

「効率的に働くための努力を、私は会社に搾取されてきた。そう訴えるべきだったんです」

「搾取って」池辺が苦笑いする。「東山さんは勝手に定時で帰ってたんじゃないか」

「勝手に？　いいえ」結衣ははっきり否定する。「定時で帰ってもよいと、その働き方を貫いてもよいと言われて、私はこの会社に入社したんです。社長、そうですよね？」

社長のアイコンは沈黙している。それを池辺は硬直して見つめた。

その時、コメントを出したアイコンがあった。

〈定時退社推奨は、今や我が社の企業戦略の要《かなめ》です〉

人事部の麻野だった。全参加者が見られるコメント欄に新たなメッセージが追加される。

〈東山さんを社員のロールモデルとする。そうお決めになったのは社長です〉

グッドタイミングだ。すかさず結衣は言った。

「つまり、皆さんは私を目指せと言われているんです。誰よりも効率的に仕事をこなし、給料が上がらなくても不満を持たず、定時で帰らせてもらえることに感謝して働く。それがこの会社の社員のロールモデル、理想の労働者像。いつのまにかそうなってしまったんです」

定時で帰ってたら本物のビールが飲めない。本間にそう訴えられた時、心の中にシュワシュワと湧《わ》いてきた白い泡。今ならわかる。あれは怒りだったのだ。

——定時で帰るために努力してくれたら私があなたの給料を上げる。

本間にそう言った時から結衣は心の底で気づいていた。

この交渉は、自分を正当に評価してくれと求める闘いになるだろうと。

「だから悪いのは私です。私が怒らなかったから、定時で帰る社員の給料は低いままだったんです。そして、会社が残業ゼロに突き進もうとする今、これはもはや私だけの問題にあらず」

カメラを見つめて、結衣はそのむこうにいる社員たちに語りかける。

「全社員で連帯して怒らなければならない問題なのです」

「東山」池辺が気色ばむ。「ストライキでも扇動するつもりか?」

「ストライキとは」上司を見据え、準備してきた文言をぶつける。「憲法上の団体行動権に基づき、労働の拒否を手段として労働条件の改善を求めるものです。労働組合を通した正当な手続きを踏まなければ違法。つまり労組のないこの会社ではできません」

「そう、違法だ」池辺はその言葉を強調する。「それにストライキなんかして業務が滞ればクライアントにも迷惑がかかる。定時退社も難しくなる」

「はい」結衣は言う。ここからが正念場だ。「ストライキはできるだけ避けましょう。

代わりに社長および経営企画室の皆さんに、この問題の解決策を提案させてください」

〈定時退社を促進する新人事評価制度案〉のページに切り替える。

「個人およびチームの業務効率化に貢献した社員を評価する新しい給与制度を作るべきだと私は思います。定時退社を徹底した社員には職能給のアップを。原資は浮いた残業代です」

「なるほどなるほど」この場を早く切り抜けたいらしい池辺が早口で言う。「だが経営者にとって給与制度の改革は大変な決断になる。株主だって何と言うか」

あと一押しだ。結衣は次のページを映す。

「現在、企業には日常業務を通じて社会に貢献することが求められています」

〈自社マーケティング活動と社会貢献の融合〉というページを追加したのは晃太郎だ。社長の抱える不安を解決してやれ。そう言っていた。記された文言を読む。

「人が仕事を頑張ろうと思う時、それは未来に希望が持てた時です。頑張れば給料が上がる。家が買える。子供が持てる。趣味に没頭できる。ゲームに課金できる。ジョッキに注がれた生ビールが飲める。若い社員たちがそう思えるようになれば会社は成長します。彼らが定時で帰ってパーッとお金を使えば経済が回る。最低賃金も上がって、社会全体が豊かになります」

晃太郎が書いた渾身《こんしん》のメッセージを読み上げていく。

「努力をすれば報われる。そう思える希望に満ちた社会を作る。これこそネットヒーローズが先陣を切って取り組むべき社会貢献ではありませんか」

そこで息を切って、カメラのむこうにいる灰原に向かって結衣は畳み掛ける。

「企業のリーダーとは、社員の意見を集め、未知の課題に取り組み、社会をよくするための意思決定ができる人のこと。灰原社長こそがそうだと私は信じています」

「君の個人的な意見はわかった」池辺が灰原のアイコンを見つめて言った。「だがこれは企業戦略に関わることだから、今日のところはこの辺で終わりにして——」

「まだ終わりません」結衣は冷たく返す。「アンケート機能のテストが残っています」

ここから先は博打だ。勝つか負けるかの闘いに足を踏み出す。

「現在この配信を見ている社員の皆さんにアンケートをとります。回答は匿名《とくめい》で行います。回答者の名前は表示されませんので安心してご回答ください」

そう言って結衣はタッチパッドに触れる。

〈あなたの給料は以前よりも減りましたか〉という質問を放つ。参加者の回答があっという間に集まる。イエスが五十三パーセント、ノーが四十七パーセント。

「ありがとうございます。この機能、便利ですね。では次の質問です」

結衣は続けて〈残業ゼロ方針に賛成ですか〉と質問する。イエスが三十二パーセント、ノーが六十八パーセント。反対の方が多い。池辺の顔はひきつる。

「東山さん、もういいんじゃないか」と言われ、「まだです」と結衣は答えた。

〈定時で帰る管理職の年収が四百八十万円なのは低いと思う〉

息を詰めて結果を待つ。イエスが五十二パーセント、ノーが四十八パーセント。すでに四百名近くの社員が参加している。

「それでは、最後の質問です」と結衣は言った。

〈もし給料が上がるならば、今よりも努力して、定時で帰りたいですか？〉

池辺は強張《こわば》った顔でモニターを見つめている。

　イエスが九十一パーセント、ノーが九パーセント。

その数字が出るのと同時に灰原のアイコンが消えた。退出したのだ。

「ありがとうございました」全身は緊張していたが、結衣は笑顔を保った。「これにてウェビナーツールのテストを終了します」

終わった。結衣は息をつく。最後までやりきった。喋りすぎて喉が痛い。

池辺が立ち上がった。ロールカーテンを下ろして会議室を密室にすると結衣を振り返る。

「東山」

「こんなことをお前一人でできるはずがない。誰に指図されてやった」

まだそんなことを言うのか。結衣が答えようとした時、会議室の扉が開いた。

「東山さん、ご苦労様でした」

と言いながら入ってきたのは塩野谷だ。

「いや、ありがとう。参加率も非常によくて、おかげで全社員の九十パーセント近くを対象に意識調査をすることができた」

本社に来たばかりの頃のような、余裕のある笑顔で彼は言い、それから真面目《まじめ》な顔になった。

「ウェビナーアプリのテストのためにやったアンケートとはいえ、あそこまではっきりした回答が出てしまったら灰原さんも経企も対応せざるを得ないだろう」

「塩野谷さん？」結衣は眉根を寄せた。

「塩やんだったのか」と池辺は腑《ふ》に落ちた顔になる。「私が育ててきた東山さんを唆《そそのか》して、労組崩れみたいなことをさせて、どういうつもりだ」

池辺に育てられた覚えも、塩野谷に唆された覚えもない。そう言い返したくてたまらない結衣を、塩野谷は鋭いまなざしで制した。

「十一年前、定時で帰る日を作るべきだという、私の業務改善提案書を握り潰《つぶ》したのはあなただ」

「握り潰した？　上にあげるのを断念しただけのことだよ」

「報復人事で仙台に転勤させたのもあなただ。なのに今さら社員を定時で帰らせろ？　掌《てのひら》返しにも程がありませんか」

結衣に視線を向けられた池辺は苦笑いした。

「正社員は転勤をするものだ。仙台支店立ち上げのため、私も家族と離れて転勤したことがあるよ」

「たった三ヶ月だろ」塩野谷は吐き捨てる。「私は十一年だ。妻は過労で倒れた」

「倒れるくらいなら最初から塩やんの転勤についていけばよかったんだ。会社員の妻ならそうするのが当たり前だ」そう言って池辺は結衣に笑顔を向ける。「でも今は違うよ。種田が転勤しても君は辞めちゃダメだ」

「東山さん、池辺さんはね」塩野谷も結衣の方へ向く。「会社を批判しないんじゃない。自分の意見がないんだ。上から下へ命令を伝えるだけの歯車になりきっているのが楽なんだ。だから自分の意見を言える若者が怖い。怖いから必死で抑えようとする。それがこの人の仕事なんだ。そんな池辺さんを憎んでいたはずなのに、私もいつの間にか同じになってしまった。家族や生活を守るために、この人の指示を聞いて後輩を——グロを犠牲にして、自分だけ生き残ろうとしたんだ」

結衣は塩野谷を見た。社長に忖度《そんたく》して、石黒潰しを命じたのは池辺だったのか。だったら、石黒がそのことを結衣に言わなかったのはなぜなのか。池辺だけが本社に残れたのはなぜか。そう思っていると、塩野谷は言った。

「言っただろう。会社っていうのは君が思っているよりも複雑だと」

それを聞いたのはキャンプの夜だ。あの時、塩野谷はこうも言っていた。ビジネスのために動いてるようでいて実は感情に振り回されてる。そういう人間の集まりだ、と。

池辺の後ろには、もっと上のポジションの創業メンバーがいるのかもしれない。

塩野谷はそれ以上、あの事件には言及せずに、池辺の方を向いた。

「灰原さんはたぶん全て知っています。それでも、あの人たちは、私たち創業メンバーを切り捨てることができない。石黒に中途採用者をヘッドハンティングさせているのは、有能な彼らに私たちの給料を稼がせるためだ。本当の仕事とはどんなものかを若手に教えさせるためだ。本社に来てそれがよくわかった。……池辺さん、私たちはもう会社のお荷物なんですよ」

塩野谷は悲しそうな顔で、かつて共に創業した仲間を見つめる。

「私たちが辞める日をみんなが待ち望んでいる」

「何を言ってる」池辺は強気で笑う。「私には愛社精神がある。塩やんとは違うよ」

答えになっていない、と思いかけて、結衣はようやく気づいた。

塩野谷は結衣を守りに来たのだ。愛社精神を振りかざす人たちが結衣を潰さないように、身代わりになりにきたのだ。でも……。結衣は口を開いた。

「今回のことは塩野谷さんには関係ないことです」

「私のことなら心配しなくていい」塩野谷は小声で言うと、スマートフォンを出し、テーブルに置いた。「さっき君がウェビナーを始めたのを見て、妻に事情を伝えた」

その画面を結衣は見た。五歳くらいの男の子を抱く女性の写真が待ち受け画像になっている。その上に、メッセージの通知が出ていた。

『パパ、今まで家族のためにありがとう』

次のメッセージも表示されている。

『これからは私が稼ぐから、あなたは十一年前にできなかったことをやってきて』

十一年前、会社と闘わなかった自分を、塩野谷は心の底で悔いてきたのだろう。だが彼ら夫婦はもう充分耐えてきた。これ以上、この会社の歪《ゆが》みを引き受けるべきではない。

「私は管理職として言うべきことを言っただけです」

結衣は顔を上げた。塩野谷を見つめて言う。

「恥じることは何一つない。部下のあなたに庇《かば》ってもらう必要はありません」

「庇わせてくれ」塩野谷も結衣を見つめ返す。「僕にも創業メンバーの矜持《きょうじ》ってものがあるんだ。この十一年間、何もしてこなかった僕に、君を守ることくらいさせてくれ」

塩野谷の言葉を聞いた時、結衣の中で何かが決壊した。涙が目の端までこみあげてくる。塩野谷とやっとチームになれた。そう思った。だが、

「どっちが首謀者だと灰原さんに伝えればいい？」

池辺の声が響いた。

改めて思った。この人は何のために仕事をしているのだろうか。前に出ようとする塩野谷を手で制し、結衣は池辺を見据えた。

「私です」

それを聞くと、池辺はずっと絶やさずにいた笑みを口元から消した。

「十一年前、灰原さんは君を雇うかどうかを真剣に悩んでいた」

そう言って冷淡な目つきで結衣を見る。

「恩知らずめ」

池辺が会議室を出て行き、扉がバタンと閉まると、沈黙が訪れた。いま口を開いたら感情が爆発しそうだ。動けずにいる結衣に、塩野谷が穏やかに声をかけた。

「自分を育ててくれた会社を批判するのはしんどかったろう。よく頑張った」

その一言で緊張が解けた。頬に触れるとそこには涙があった。

久しぶりに見る実家のリビングは普段より片付いていた。さすが家事代行サービスだ。埃《ほこり》一つない。壁際《かべぎわ》に真新しい家電があるのを見つけて、結衣は歓声をあげる。

「ああっ、ルンバだ。もう買ったの？　いいなあ、うちでも買おうかな」

「お母さんに反対されるぞ。家事は手でやるものですってな」と皮肉で返す父は拗《す》ねている。

「でも、結局は買っていいよってことになったんでしょう。これで家事が楽になるといいね」

母は結局、兄夫婦が出した和解条件で手を打った。あと二、三日、一緒にストライキをしていた友達と遊んでから帰ってくるのだそうだ。ここへ来る途中に兄がそう知らせてきた。

「お前もどうせお母さんの味方なんだろ？　何しにきたんだ」

「まあ、いいじゃない。私も今日はいろいろあって、一人でご飯食べたくないの」

結衣は上海飯店で作ってもらった餃子《ぎょうざ》定食をテーブルに置いた。

父の晩酌の相手をしながら、結衣は今日、自分がやり遂げてきた賃上げ交渉について話した。誰かに話さなければ気持ちが落ち着かなかったのだ。

怒られるだろうな。そう予想していたが、父は「お前って奴は」とつぶやいただけで静かに聞いていた。お守り役は晃太郎にもう任せたと思っているのかもしれない。

「それで、結衣は今いくらもらってるんだ」

額面と手取りの両方を伝えると父は変な顔をした。すぐ二階へ上がっていく。少しして父は古い給与明細書を持って戻ってきた。それをテーブルに置く。

「家事代行サービスの業者が戸棚の後ろに落ちているのを見つけたんだ」

三十一歳だった頃の父の給与がそこには記載されていた。額面は六百二十万円。今の結衣より年下なのに、百万円以上も多い。

「この時のポジションは」と尋ねると、「まだ平社員」という答えが返ってきた。

父がいた会社はそれほど大手ではなかったが、この額なら共稼ぎでなくても子供を育てられるだろう。景気のいい時代で羨《うらや》ましいと思っている結衣に父が言った。

「あの頃は残業代もたくさんついたからな。ああ、それと社会保険料の額を見ろ」

視線を動かして結衣は「ええっ」と大声を出す。

「これだけしか天引きされないの？　私が払っている額より全然少ないんですけど」

「あの頃の消費税はゼロで、自販機で買うジュースは百円だった。真夏でもクーラーなしで過ごせた。……だが、今は生きるだけで金がかかる。なのに成長分野のIT産業でもそれっぽっちだなんて、お前たちが貧乏になったら俺の年金はどうなるんだ」

「心配なの、そこ？」

結衣が鼻に皺《しわ》を寄せた時、スマートフォンが震えた。飛びつくように画面を見る。

『灰原忍が動いた』

石黒からだった。

『俺に相談もせずに洒落《しゃら》くさい真似《まね》してくれたな。だが、とりあえずはお前の思い通りになった。ネットヒーローズは下半期より五パーセントのベースアップに踏み切る』

「ベースアップ？」結衣は目を大きく開く。それを聞いて、横から父が覗《のぞ》きこんでくる。

「全社員の基本給を一律で引き上げるってことだよ。略してベアとも言う」

「そんなこと知ってるって！」

「いやはや、ベアなんて久しぶりに聞いたわ。お前の会社がそれをやるのか？　今どき？」

本当にそう決まったのか。結衣も信じられない思いで続きを読む。

『上半期中に削減された残業代を下半期からの給与に還元する。それに、残業ゼロが達成された暁には、さらに十パーセントのベースアップを約束する』

「合計十五パーセントのアップとは」父がまた口を出す。「こりゃまた大盤振る舞いだな」

結衣も驚いていた。予想以上の結果だ。あまりにもあっけない勝利で怖いくらいだ。

そう思っていると、また石黒からメッセージが届く。

『ユイユイが提案した新人事評価制度の検討も始める。以上のことを明朝プレスリリースとして流す。それまで誰にも言うな。だが種田には伝えて、この会社に残れと慰留しろ』

それで速報をよこしたのか。十五パーセントはすごい、と自分以上に興奮している父から逃れて別室に移り、晃太郎にメッセージで社長の決定について伝える。

すぐに電話が来た。

「やったな」と言う声は案外落ち着いていた。「ま、俺の作った資料でプレゼンするんだから勝つとは思ってたけど」

「はいはい、そうですね、すべて種田さんのおかげです」と結衣が言うと、「冗談だよ」と笑い声が聞こえた。

「いろんな人の協力があったとはいえ、一番頑張ったのは結衣だ。ま、これで現場はかなり楽になるだろ。よかったな」やけに突き放したような口調なのが気になって、

「それでもベイシックに行くの」と尋ねてみる。

「行く」晃太郎は迷わずに言う。「ベースアップがなされたとしても、あっちの提示額には到底届かない。高く評価してくれる場所に俺は行く」

本当にそれでいいのかと訊こうとした時、続けて晃太郎が言った。

「しかし社長が決断したのが夕方としても、明朝にプレスリリースとは驚いた」

「驚いた」その言葉に思考が引っ張られる。「たしかにそうだね」

「社長、臆病《おくびょう》で有名だからな。対応が遅れて、俺みたいに離職する奴が続出したら十一年前の二の舞だと思ったんだろう。広報課は今ごろ準備に追われて修羅場だろうな」

「そうだね、修羅場――」そう言いかけて結衣は「あれ」と口を押さえる。「でも、でもさ、私が会社を出たのはいつもより遅くて十九時だったんだけど――エレベーターの前で広報の人とすれ違ったけど、そんなバタバタしてる感じはなかったな」

そう返しながら、結衣は通話音声をスピーカーに切り替えた。スマートフォンで会社の勤怠表を開く。そして「うん？」と首をひねる。

「広報課、主要メンバー一人しか残ってない。他はもう帰ってる」

「そんなわけないだろ。これだけデカいプレスリリースを流すっていうのに」

急いでフェイスブックアプリを開き、晃太郎に言う。

「会社の公式アカの担当、映画のチケットの写真をアップしてる。二十時開演。……どうしてそんな余裕があるんだろ。まるで、もう準備が済んでるみたい……」

言いながら、結衣は思い出す。

経営企画室のメンバーがウェビナーに参加するのがやけに早かったこと。絶妙なタイミングで麻野のコメントが入ったこと。それから池辺が塩野谷にしていた話も――

灰原は残業代還元のためのシミュレーションを経企にさせている——たしか、そう言っていた。

さらに、エレベーターで灰原に出くわした時の記憶を引っ張り出す。

——管理職になってどう？

灰原はそう尋ねてきた。池辺に遮られた後も、現場で何か問題でも？　と尋ねてきた。あの時はさほど気にならなかったが——。

もしかしたら、と頭に浮かんだ考えを結衣は口にする。

「準備が済んでるみたい、じゃなくて、ずっと前から準備は済んでたのかも」

もしそうなら、あっさりベースアップが決断されたことにも納得がいく。

「どういうことだ」と尋ねる晃太郎に、小さく息を吸ってから、「たぶん、だけど」

と結衣は言う。

「私は社長に利用されたのかもしれない」

『ネットヒーローズ、最大五パーセントのベア実施へ　攻めの賃上げで社会貢献』

そんなタイトルの記事がヤフーニュースに出たのは翌日の昼前だった。マネジャー会議から戻ってきて来栖に教えられ、急いで内容に目を通す。

『日本企業は長時間労働と低賃金で有名──。そんな悪評を打破するため立ち上がった新時代のリーダーがいる。企業のデジタルマーケティングを支援するネットヒーローズの灰原忍社長だ。定時で帰る社員を管理職に登用して話題になったことは本誌でも紹介したが、二週間も経《た》たない今日、またもや日本経済界に一石を投じる決断を発表した』

記事の執筆者の名前を確認すると、結衣の取材をしたのとは別の人だった。今度のライターはビジネス記事を専門に書く人らしい。

緊急インタビューの書き起こしがその後に続く。日本経済が未《いま》だ回復せず、賃金を抑えたままの企業が多い中、ベアに踏み切った理由を問われて灰原はこう答えていた。

『私も悩みました。悩み抜きました。……ですが、先進国の平均所得が上昇を続ける中、日本の平均所得が横ばいを続けるこの状況は異常です。少子化の原因や物が売れない理由を経営者は若者に求めがちですが、それ以前に、企業が若者に正当な給料を払っていないのです。これは弊社一社だけの問題に留まらず、日本経済全体の問題です』

写真は広報課が提供したものだろう。灰原が自信たっぷりの表情で微笑んでいる。

『残業がゼロになって定時で帰れても、給料が下がってしまうのでは、社員は幸せになれません。モチベーションが落ち、会社の活力も失われます。

弊社は日常業務を通じて持続可能な社会を作りたい。そのために、今回のベアで生産性がどれだけ上がったか、その成果をメディアを介して共有し、賃上げの波を日本全体に広げていきたいと思っています。若者を買い叩《たた》く時代をみんなで終わらせましょう。

その先鞭《せんべん》をつけるべく、弊社は競合他社に先駆けて、全社員の給料を上げます』

社会貢献をするというわけですね、と問われて、灰原は『その通り』と答えている。

『これこそがネットヒーローズがやるべき社会貢献です』

昨日の今日でここまで用意周到に準備できるはずがない。メディアの選定や根回しがすでにされていたのだろう。

昨夜、石黒を問い詰めて聞き出したところによれば、灰原がベースアップをすると言い始めたのは、残業ゼロ方針を掲げた直後だったらしい。

——生活残業問題に気づいたのはユイユイだけじゃなかったらしい。

と石黒は言っていた。

——経企には、刑部《おさかべ》っていう出世頭がいる。あいつも気づいて、ベースアップの準備をひそかに進めていた。覚えてるか？　ユイユイの同期だよ。

普段から疎遠《そえん》な同期の顔をうっすら思い出す。滅多に経営企画室から出てこない印象の薄い男だ。石黒は続けて言う。

――シノブっちが日本経済の新しいリーダーとしての存在感を示すには、業界他社に先駆けてベースアップをする必要があった。だが役員には反対されてたらしい。それをひっくり返すために、下からの突き上げが欲しいってとこだったんだろうな。

結衣とエレベーターに乗り合わせたのはそんな時だったのだろう。『貞観政要』の話まで持ち出して、結衣に会社を批判してほしがっていたのは他でもない灰原だったのだ。

「わ、ヤフーニュースに記事上がってますね。本当にベースアップされるんすね」

本間が嬉《うれ》しそうに話しかけてきた。灰原にしてやられて悔しい気持ちをいったん脇《わき》に置いて、結衣は微笑んだ。

「これで本物のビールが飲めそう？」

「はい！」本間は大きくうなずく。「副業もしなくてよくなって、今週いっぱいで出張も終わりです。ようやく彼女とお腹《なか》の子と一緒に暮らせます」

「そっか、よかった」

「東山さんは種田さんと結婚式しないんですか？　もしあったら呼んでください！」

「どうかなあ。やるとなったら、また喧嘩《けんか》になりそうだし、疲れるからやらないかも……。ああでも、本間さんちに赤ちゃん生まれたら、お祝い送るから教えてね」

今朝、塩野谷と本間に長い出張の終わりが告げられた。仙台支店が落ち着いたからというのが理由だったが、池辺は塩野谷ともう顔を合わせたくないのだろう。

——仙台に戻ったらこの会社に労働組合を作る。

塩野谷はそう宣言していた。会社のために何かしたいんだ、と語る塩野谷の顔にもう作り笑顔はなかった。いつかまたキャンプに行こうと誘われ、結衣は嬉しかったが、もうこりごりです、と笑顔で断った。塩野谷も笑って、じゃあ仙台に遊びにおいで、と言っていた。

「俺の給料のことを東山さんがずっと気にかけてくれたこと、嬉しかったっす」

本間にそう言われ、結衣は首を横に振った。

「部下の給料を上げるのも管理職の仕事のうちだよ」

「仙台ではもっと働きます。ただし効率的に。種田さんは厳しい人と聞いてますし」

でも晃太郎はもう辞めるのだ。意気揚々と立ち去る本間を複雑な思いで見送る。このままでいいのだろうか。あの男は本当にこの会社を辞めたいのだろうか。

考えこんでいると、入口から小原に呼ばれた。

「人事から伝言。社長室に来いって」

「社長室に？」動悸《どうき》がした。しかも人事からの呼び出しとは。何の用だろう。

小原チームの部屋は社長室の近くだ。そこへ向かって一緒に廊下を歩きながら小原は言う。

「ベースアップってことは創業メンバーの給料も上がるってことで、なんか釈然としないんだよなあ。あ、知ってます？　池辺さんは社長からお褒めの言葉を賜ったそうですよ。今回のことは東山さんを育ててきたあなたの功績だと労《ねぎら》われたそうで」

「へえ、そうなんですか」

池辺を褒めて、結衣に対してネガティブな感情を抱かせないようにする。それが灰原のバランス感覚なのだろう。創業メンバーたちはこれからも会社にいる。共に働いていかねばならない。

考えこんだままの結衣の顔を覗きこむと、小原は心配そうな口調になった。

「種田はベイシックに行くそうですね。年収の件を聞いて驚きました。そりゃ辞めるわな。まあでも、その後を埋めるのは東山さん、あなたしかいないわけで。昇格の内示が出たら受けてくださいよ。創業メンバーにでも降臨されたら、うちのチームに害が及ぶんで」

言いたいことだけ言って、小原は自分のオフィスに戻っていった。

わかってる、とつぶやいて、そこからは一人で歩いた。社長室の前に立ち、深呼吸をしてから扉を開くと、人事部の麻野がいた。結衣を見て、「ああ」と眼鏡を外す。

「社長はメディア対応のため不在です。私が内示を伝える役を仰《おお》せつかりました」

マネジャー昇格の内示を覚悟して結衣は待った。だが麻野はこう言った。

「東山マネジャー代理、あなたは来月付で異動となります」

言葉の意味がわからず、結衣は数秒黙った。そして、「え」と声を発する。

「異動ってどこに」

「まだ存在しない部署です。下半期より新規事業部がいくつか設置されます。経営基盤強化のためですが、その一つを東山さんに立ち上げてほしいそうです」

「ちょっと、待ってください」結衣は混乱する。「立ち上げって一からですか」

「あなたが立ち上げるのは、官公庁及び地方自治体のデジタルトランスフォーメーション支援を行う会社です。異例の抜擢《ばってき》ですよ。おめでとうございます」

「おめでとう？　いやいや、あそこは非効率な業務の聖地だって社長は言ってました。そこに私を行かせようっていうんですか。これは報復人事ですか。……うちの父がそんなようなことを言ってました。労働争議を起こした首謀者は弾圧されるって」

結衣は必死に言ったが、麻野は表情を変えない。

「あなたのリーダー的資質が認められての抜擢です」

「でも、私が抜けた後のチームはどうなるんですか。誰がマネジャーに？」

「当面は、制作部長の池辺さんが兼任することになるでしょう」

考え得る最悪の事態だ。結衣は必死に尋ねた。

「サブマネジャーには誰が」

「賤ヶ岳さんが就くことになると思います。彼女も優秀ですので」

だが賤ヶ岳の子供たちはまだ一歳にもならない。サポートする人間がいなければまずい。

「あのチームには私が必要です。種田さんからも任せると言われています」

「聞いて、東山さん。私はあなたを守らなきゃいけないの」

混乱している結衣を諭す口調で麻野は言う。

「この際話しておくけど、あなたが未来のリーダー候補だという噂《うわさ》を流したのは私です」

「ええ？」結衣は耳を疑う。「なぜそんな余計なことを」

「人物評価を把握するために人事部が使う古い手なんです。その結果、予想外の反応が見られました。あの東山さんが上へ行けるなら、自分も行けるかもしれない。そう言う女性社員が相当数いたんです。プライベートを大事にしても、上司の酒につきあわなくても、普通にちゃんと仕事をすれば出世できる。そんな希望が持てると」

その言葉が結衣の胸に深く食いこんだ。普通にちゃんと仕事をする。

「みんなを楽にしたいなら出世してこの会社の上へ来い。灰原さんはそう言っていました。現場マネジャーのままでは変えられることは限られている。今回そのことを思い知っただろうと」

反論できずに黙りこんだ結衣に、「最後に、もう一つ」と麻野は言った。

「異動にあたり、あなたをサブマネジャーに降格します」

「降格」その意味を飲みこむのにやや時間がかかった。「どうして。……たしかに正当な交渉のやり方ではなかったけど、でも、こういうのって違法じゃないんですか」

「これもあなたを守るためです」麻野の声が強張る。「ウェビナーのアンケートの結果を覚えていますか。東山さんの年収を安いと思う、という質問にノーと答えた人が四十八パーセントもいた。自分が定時で帰ったら給料を上げてほしいという人が九十一パーセントいたのにもかかわらずです。今回のことであなたは少し目立ちすぎた」

「そんな……そんな人たちの溜飲《りゅういん》を下げるために、私は降格させられるんですか。目立ちたくて目立ったわけでもないのに、降格したら給料も下がりますよね。五パーセントベースアップされたとしても、役職手当の下げ幅の方が大きいじゃないですか。みんなの給料は上がるのに、私だけ下がるなんて納得できません」

「残業ゼロが実現すれば、また十パーセント上がります。新規事業部が無事立ち上がれば評価されて、昇格もできます。いつかきっと報いるから、それまで頑張ってくれと社長はおっしゃっていました」

「頑張れません」結衣は小さく言った。「何もしない人たちのために頑張るのは、もう嫌です。同僚に嫌われてまで出世もしたくありません」

麻野の返事を待たず、結衣はドアに向かう。そのまま社長室を出た。

やってられるか。廊下を大股《おおまた》で歩いていき、エレベーターに乗り込む。

給料が下がる。そのことが、これほどショックだとは思わなかった。給料の額と一緒に自己評価まで引っ張られて急降下していく。

頭の中の声がこう告げる。

だから言っただろう。会社なんてそんなものだ。闘ったって何にも変わらない。最初からあきらめていれば傷つくこともなかったのに。もう何もするな。大人しくしていろ。

そんな声が頭の中から聞こえてくる。

だめだ、負けるな。自分に言い聞かせながら、ビルのエントランスまで来る。頭が冷えたら仕事に戻ろう。そう思っていたのに足が止まらない。ビルの前の長い階段を降りて、河川沿いの道を歩く。日差しが顔を焼く。頬を流れているのは汗だ。ふと思う。

残業をたくさんしていれば、今頃はもっといい給料をもらえていただろうか。ローンを払うために、晃太郎が仙台へ行く必要もなかっただろうか。

入社以来、定時で帰ってきたことは、間違っていたのだろうか。

汗が目に入って痛い。最後にいつ水分をとったっけ、と考える。朝から緊張していて会社に来てから何も口にしていない。熱中症になってしまう。そう思って自販機を探すことにした。

すると、賑《にぎ》やかな笑い声が聞こえてきた。こちらへ近づいてくる。

声のする方へ顔を向けると、若い女性たちが大勢で歩いてくるのが見えた。

髪を束髪に結い、袴《はかま》を穿《は》いて、襷《たすき》掛けをした彼女たちは、百名以上いるだろうか。仲間と腕を組み、しっかり手を繋《つな》ぎ、毅《き》然《ぜん》と歩いている。そのうちの誰かがこう叫んだ。

「雇い主が同盟規約という酷な規則をもうけ、わたし等を苦しめるなら、わたし等も同盟しなければ不利益なり！」

そうだそうだ！　と賛同の声が上がる。結衣のすぐ傍を彼女たちが通り過ぎていく。

「これ以上、搾取《さくしゅ》されてたまるか！　私たちは負けない！」

雨宮製糸工場の工女たちだ、と結衣は気づいた。

その額には汗が光り、目は強く輝いていた。彼女たちの口はよく動き、活発に意見を交わしている。これからみんなで寺にこもり、雇い主と交渉を行うのだろう。きっとそうだ。

彼女たちは葡萄《ぶどう》と水晶が名産の甲州地方に生まれ育った、小作貧農の娘たちだ。不況にあえぐ家族を養うため、国を豊かにするため、殖産興業の最前線に立った。

彼女たちの労働時間は朝四時半から夜七時半まで。水を飲む暇もなかったという。

生糸は飛ぶように海外に売れたが、その利益が彼女たちに還元されることはなかった。

彼女たちはストライキという言葉を知らなかった。その闘いは自然発生的に起きた。誰に教えられるでもなく、彼女たちは立ち上がったのだ。

「どうして」結衣は思わず尋ねた。「そんな風に強くなれたの」

工女たちは足を止めた。まなざしが結衣を向く。

──あなたのようになりたかった。

とその目は言っている気がした。

労働時間は九時から十八時まで。定時で帰ってビールが飲める。そんな生活をしたかった。

でもそれが実現したのは百年以上後のことだった。

「あなたたちがいたから私がいる」

結衣はそうつぶやく。

「あなたたちが百年以上も前に闘ってくれたから私は定時で帰れる」

工女たちは何も言わず、拳《こぶし》を胸の前で固く握った。

闘え。

そう言われた気がした。百年後の労働者のために闘え、と。

汗が頰を伝って顎《あご》から滴《したた》り落ちる。

気づいた時には工女たちは消え、結衣は道に座り込んでいた。

通りかかったサラリーマンに、大丈夫ですか、と声をかけられ、大丈夫です、と立ち上がる。白昼夢を見ていたのかもしれない。すぐ近くにあった自販機までたどり着くと、スマートフォンで決済してポカリスエットを買う。飲みながら会社に戻る道を歩く。

闘え。……でも何のために？　自分の人事は今からでは覆《くつがえ》らないだろう。だったら今は何のために闘えばいい。頭を忙しく働かせながら、ビルのエレベーターホールの手前まで戻った時だった。

「東山」

振り返ると、池辺が立っていた。

「異動だってね」

そう言う上司は両方の口角を上げている。目尻《めじり》の笑い皺がくっきり見える。

「新規事業部の立ち上げを一からやるんだって？　しかも自治体相手だそうだね。こりゃまた酷なところに行かされるもんだ。利益を出して、評価を上げるのは難しいだろうなあ。でも、まあ共働きだし、二人の稼ぎを合わせれば、私の年収くらいはいくだろう」

自分を睨《にら》んで黙っている結衣に、池辺は勝ち誇った笑みを浮かべて見せた。

「甲斐性《かいしょう》のない男と結婚すると苦労するね。頑張るのが嫌いなのにかわいそうに」

内なるビールの泡が盛り上がっていく。真っ白な泡は言っている。

上へ行け。お前が行くんだ、上へ。でなければ、ボンクラ上司どもが日本をどんどん貧しくしていくぞ。

「あんまり怒らせない方がいいですよ」

気づいた時には口から言葉が出ていた。

「私は頑張るのは嫌いです。でも、大事な人たちを楽にするためならどんな手でも使います。そういう人間です」

それを聞いた池辺は、今まで見たことがないほど大きく顔を歪《ゆが》める。

「いつか、あなたの上司になるかもしれませんし、私を敵に回さない方が賢明かと」

にっこりして結衣は会釈《えしゃく》した。そしてエレベーターホールに向かって歩き出す。心の中で池辺に感謝する。おかげで何のために闘えばいいかわかった。

エレベーターに乗り、会社のあるフロアに着くなり、また社長室へと向かう。ドアを開けると、麻野はまだいた。戻ってきた結衣を見て硬い声を出した。

「あなたの人事は覆りませんよ」

「そう言われるだろうと思いました。でもその件で来たんじゃありません」

社長机の前に歩み寄り、結衣は麻野を見た。

「種田さんがベイシックからヘッドハンティングされていることは知っていますか」

「知っています。その情報が入ったこともあり、社長はベースアップを急いだんです」

「間に合いませんでしたね。種田さんはベイシックに行くことを決めました。入社承諾の返事をするのはおそらく今日の夕方」

「ええ？」麻野は目を彷徨《さまよ》わせた。「グロは……石黒さんはあなたを動かしてなんとかすると言っていましたが」

「でも私は動いていないので。種田さんの意思を尊重して慰留もしていません。だけど……今から言う条件を呑《の》んでくれたら、慰留する気になるかもしれません」

晃太郎が業務改善提案書に最後に追加した〈自社マーケティング活動と社会貢献の融合〉のページを見た時に確信した。あの男にはこの会社への未練がある。でなければあんな文章は書けない。

だが残るためには待遇改善が必要だ。

男は甲斐性だなんて時代ではないことは結衣にもわかっている。でも、自分は大事な人を愚弄《ぐろう》されて引き下がるような人間ではない。

「条件を聞きましょう」と腕組みした麻野に結衣は言う。

「まずは給与面。ベースアップ分だけでは不足です。残業ゼロを達成して十五パーセント上がったとしても六百三十二万。ベイシックの提示額には届きません」

「小原さんと同ランクの七百万では？」麻野が訊《き》いた。「それなら慰留できますか」

「七百万」結衣は大きな仕草で首を傾《かし》げてみせる。「この先しばらく、この会社は経済界から注視されますよね。ベアの成果は出るのかと鵜《う》の目鷹《たか》の目で見られますよね。そんな時、成果をガンガン出せる社員を慰留するために出す年収が、たったのそれだけですか」

大きく出ろ、と自分を鼓舞する。晃太郎は誰よりも仕事ができる。そのことを一番よく知っているのは自分だ。

「七百五十万では」と言われて結衣は「いえ」と答える。

「ベイシックは八百万出すと言っています。そこへさらに、今までの種田さんへの不当な評価と、私の給与の減少分を埋め合わせる形で、一千万円ではいかがですか」

「創業メンバー並みの額を出せと言うの。彼がそう要求しているの？」

その要求を社長に伝える場面を想像したのだろう。麻野の顔は険しくなる。だがここで引いてはだめだ。

「私が要求してるんです」

自己評価を極限まで上げて結衣は言い切る。

「彼はこの会社を愛していますが、それ以上に私を愛しています。私が社内政治で降格させられたと聞いたら、さぞかし怒るでしょうね。そこをなだめて、この会社に残れと説得するのは私にしかできません。それなりの見返りをいただかないと」

「随分とメンタルが強いのね」

「でなければ定時では帰れません」

麻野は苦虫を嚙《か》み潰《つぶ》したような顔になって、「わかりました」と言った。

「要求通りいくかどうかわからないけれど、灰原さんに諮《はか》ってみましょう。それまでベイシックへの返事は保留とするよう種田さんに伝えてください。交渉はこれで終わりです」

「いいえ」結衣は麻野をじっと見つめる。「終わったのは給与面の交渉だけです」

「……他にもあるの？」

「種田さんを仙台から帰してください」

無理筋の要求だということはわかっている。だが、これだけは譲れない。

「私が定時で帰るのは小さい頃からの夢のためです。仕事が終わったら、大事な人がいる家に帰って、ゆっくり休んで、美味《おい》しいものを食べて……。そういう生活を送りたいと思って働いてきました。その夢を叶《かな》えてくださるなら――」

一つの覚悟を固めて結衣は言った。

「この会社の上へ行きます。東山が本気になったと社長にお伝えを」

「なるほど」麻野の目が見開かれる。「あなたも決心したというわけね。でも種田さんの転勤は報復人事ではありません。池辺さんにそこまでの人事権はない。東北エリアのデジタル経済支援の事業を任せられるだけの人材が他にいないんです」

そう言われるのも予想通りだった。

「解決策を考えてきてます。ベイシックも、それどころか他業界の企業すらもほとんどやってない試みですし、もし成功すれば社長がまたメディアに注目されるかと」

百年後の労働者のために闘え。その思いを胸に、結衣は切り出した。

「今から提案しても？」


その週の土曜日の正午、結衣は駅の出口で晃太郎を待っていた。

到着予定時刻を二分過ぎている。だが改札から吐き出される人がまばらになっても、あの男は現れない。途中で緊急案件の連絡でも受けたかなと腕時計を見た。

その時、膝《ひざ》の裏を押されてよろめいた。体勢を立て直してから、後ろを振り返る。

「膝カックンとか、小学生か！」

ビジネスリュックを片方の肩にかけた晃太郎がそこに立っていた。黒いTシャツ姿だった。会社にいる時よりさらにラフな格好で、おかしそうに笑っている。

「だって、けっこう前に出てきたのに気づかないから」

「普通に声かければいいじゃん。あっ、その地ビール、持つよ。私へのお土産でしょ。もしかして遅めの誕生日プレゼント？」

「あー」と晃太郎が空を仰ぐ。「そうだった。誕生日のお祝いやってないんだった。……悪いけど、これは常連のおじさんたちに買ってきたの。上海飯店で待たせてんだろ。誰かさんが婚姻届を丸めて捨てたせいで、もう一回書き直するはめになったからお詫《わ》びに」

「じゃあ私には」

「社宅出るまでバタバタだったから、ごめん、ない。まあ、後でね」

晃太郎は瓶の入った紙袋を下げて、リラックスした足取りで歩き出す。他の荷物は送ったらしい。その後を早足で追いかけながら結衣は言う。

「じゃあ通販で買って。地ビールをケースで。給料上がるんだからゴージャスにいこう」

「上がった分は預金に回す。繰り上げ返済しないと定年後もローンが残る」晃太郎は結衣をひと睨みする。「お前、勝手にルンバ買ったろ。あとブラーバまで。床拭《ふ》くやつ。アマゾンでポチったんだろうけど、その請求のこと考えるだけで胃が痛い。しばらく緊縮財政だ」

灰原は結局、結衣の給料交渉を半分だけ呑んだ。晃太郎の年収を七百八十万まで引き上げると約束したのだ。もっと粘るべきだと結衣は主張したが、晃太郎は、そこまで評価いただきありがとうございます、と言って、ベイシックのヘッドハンティングを蹴《け》った。

「一千万もらっとけばよかったのに。晃太郎は欲がなさすぎるんだよ」

「いいんだよ、あのくらいで。会社はチームなんだから。勝ちすぎるとよくない。これも政治だ。結衣もそういう計算ができるようにならないと」

そう言ってまた前を向く晃太郎に追いつくため、結衣は足を速める。

「一つ訊いていい？」横に並んで尋ねる。「あのウェビナー、晃太郎も見てたでしょ」

「見てたよ。仙台で、八神さんと一緒に」

「最後のアンケート、給料が上がるなら定時で帰りたいかって質問、何て答えた？」

「イエス」とこちらに目を向けずに言う晃太郎の顔を、結衣は覗きこむ。

「ほんとに？　じゃあ月曜から毎日、十八時半までに上海飯店で集合することにしよう」

「いやそれは——って、また毎日外食するつもりなのか」

「あ、論点ずらした。本音はノーだな。定時で帰る気なんてないんでしょ」

「週三は自炊する。ここは譲れない」

「答えになってないし」

「東京に帰ってきたからには、家計管理も家事分担もきっちりやるからな、いいな」

交渉の末に勝ち取ったものは、もう一つある。

ネットヒーローズは創業以来、初めての試みを行うことになった。転勤をせず、本社にいながらにして地方支店の仕事ができるようにシステムを全面的に整備することになったのだ。

情報共有、チャット、オンライン会議。八神がアップデートしていくシステムを使えば、本社と仙台のチームマネジャーを兼務できる。

晃太郎がこの試みに成功すれば全社員にも適用できる。塩野谷のように会社の都合で家族と引き離される人はいなくなる。残業ゼロとベースアップに続く、第三の働き方改革としてプレスリリースを流せば、経済界における灰原の株はまた上がるだろう。

結衣がそう麻野に提案した。ついでに、この提案は麻野が考えたことにしてくれとも頼んだ。これ以上、目立ちたくない。社内政治にも巻きこまれたくない。

とにかく晃太郎は本社チームに戻る。結衣がいなくなった後もチームは安泰だ。

「別部署になってむしろよかったかもね。会社でも家でも晃太郎に管理されてたら息が詰まっちゃうし」

笑って言う結衣に視線を投げてから、晃太郎は真剣な顔をした。

「結衣だけ異動か。本当にそれでよかったのか」

「いいんです」と結衣はうなずく。

サクセッションプランという言葉を麻野は口にしていた。企業の成長戦略のために行われる後継者候補育成計画のことで、新規事業部創設もその一環なのだという。

「チームのことは晃太郎に任せて、私は出世コースに乗っかることにしたの」

晃太郎の帰還と引き換えなのだとは言わなかった。それだけは伝えないことにしたのだ。

当の晃太郎は複雑な表情をしている。

「しっかし、結衣が出世するって言い出す日が来るとはな。今まで俺が何を言っても、絶対に頑張らなかったのに。人間って変わるもんだよな」

「頑張るなんて誰が言いました?」結衣は歩きながら言う。「私はこれからも頑張らない。頑張らずに出世するの。で、晃太郎よりも上に行ってみせる」

「……へえ、俺よりも上に。定時で帰りながらね。やれるもんならやってみろ」

ムキになって言う晃太郎を見て、結衣は賤ヶ岳の話を思い出していた。

賤ヶ岳は晃太郎にこう尋ねられたことがあるという。結衣が出世したいと思う日が来たらどこまで行くと思うかと。さらに、本気になられたらちょっと怖い、とも言っていたらしい。

「上に行くだけじゃなくて」と晃太郎は言う。自分を見上げた結衣に顔を向けて、晃太郎は続けた。「今回下げられた給料も取り戻せよ。結衣ならもっともらってもいいはずだ」

同じチームになった日から、この男は結衣の仕事を認めていた。自分は深夜まで働きながらも、定時で帰る結衣を低く評価することは一度もなかった。

後継者候補育成計画の話を結衣にした時、麻野は最後に言った。

――候補者リストには種田さんも入っています。本人にもこれから知らせます。

晃太郎が知らされたのはおそらく本社復帰の内示を受けた時だろう。東山さんも入っていますと言われたに違いない。

プライベートでは家族になるけれど、会社では結衣も晃太郎も一人で歩いていかなければならない。いつか二人で同じポジションを争う日も来るのかもしれない。

だけど、今日は仕事の話はもうしない。晃太郎もそれきり何も言わなかった。

上海飯店の赤い看板の前まで来ると、結衣は前を行く晃太郎の手首を摑《つか》んだ。いくつもの重い荷物を背負わされて生きてきた男の背中に向かって言う。

「帰ってきてくれてありがとう」

振り返った晃太郎は少し照れた表情になった。

「ただいま」

本当の気持ちを伝えるなら今だ。今日からパートナーになる人を見つめて結衣は言った。

「あなたのことが好き。初めて会った時からずっと好きだった」

不意の告白を食らって固まってしまった三十六歳の男に、

「今夜は一緒にいられるね」

そう言って先に階段を降りる。シュワシュワと盛り上がる白い泡と黄金の液体に向かっていく。貸切と書いた紙が貼《は》られた扉を開け、結衣は勢いよく言った。

「とりあえず、ビールで！」

番外編　種田晃太郎の休日

皆さんは、自分のことを最もよく知る者は誰だと思いますか。

親？　恋人？　配偶者？　それとも自分でしょうか？

私が、種田晃太郎《たねだこうたろう》と暮らすようになったのは、この男が仙台から東京に戻ってきて一ヶ月と少したった日、二〇一七年九月二十三日土曜、秋分の日のことです。

同じ日の現在、時刻十七時四十分。湾岸エリアに建つマンションの一〇三二号室の洗面脱衣所から、晃太郎は髪を拭《ふ》きながら出てきました。

年齢は三十六歳。企業のデジタルマーケティングを支援する会社、ネットヒーローズの本社と仙台支店の制作部マネジャーを兼務しています。

シャワーを浴びたばかりの体に、ダークグレーのTシャツと黒いジョガーパンツを着ています。アーバンスポーティなスタイルと言えなくもありません。そこそこ洗練されたブランドを選んでいるようですし、体もよくトレーニングされていますし。でも、睡眠が足りていなそうな目元に、ハードワーカー特有のセルフネグレクトな生き方が滲《にじ》み出ています。

その晃太郎の心拍がいま、どくん、と跳ねました。

視線は、腕に装着したばかりの私に向いています。

『新婚生活を満喫中に、しかも土曜日にすみません。でも、どうしても種田さんにお会いしたくて……。奥様には内緒で、今から二人きりで会えませんか』

という新着メッセージが今さっき私の黒光りするボディの上に届いたのです。

え？　私は何者なのかって？　ああ、申し遅れました。

わたくし、Apple Watch です。

リリースされたばかりの〈watchOS 4〉を搭載するモデルです。

今日の午前中、晃太郎は銀座のアップルショップまでランニングがてら、私を買いにやってきました。結婚して間もない妻、東山結衣《ひがしやまゆい》には、前のモデル買ったばっかじゃんと反対されたらしいので、たぶん内緒でです。マンションに帰り、私とiPhoneとをペアリングすると晃太郎はシャワーを浴びたのですが、メッセージはその間に届きました。

さて、そろそろ最初にした質問の答えを言いましょうか。

あなたのことを最もよく知る者、それは私たちデジタルデバイスです。

たとえば、私がペアリングされたのは、晃太郎にとっては四台目の iPhone です。そのクラウドには、彼がこの六年間に送受信したメッセージやメールの内容、検索ワード、動画の閲覧履歴、移動記録やその経路、通販で購入した物品、電子決済の記録、起床時間や就寝時間など、ありとあらゆる個人情報が保存されています。

それだけじゃない、持ち主の感情だって、私たちは把握しています。

日本人は感情表現が苦手だそうですね。とくに男性は抑圧的であるようです。ですが、心拍には表れてしまうもの。これだけはトレーニングできません。

そして、Apple Watch には、その心拍を計測する高性能センサーが実装されています。声は冷静だけど心臓がバクバクしているとか、「緊張マックスです」なんて口では言っているけどホントは眠たいとか、わかってしまう。私たちデジタルデバイスが本気になれば、クラウドのデータと合わせて、この男の内面を推測することも不可能ではありません。妻も踏み込めない心の奥まで。

え、デジタルって怖い？　ふふふ、悪用されないように気をつけてくださいね。

自己紹介が長くなりました。持ち主の観察に戻りましょう。

晃太郎は戸惑ったように、二人きりで会えませんか、と書かれたメッセージから目を離すと、テーブルのiPhoneに手を伸ばしました。TimeTreeというスケジュール共有アプリを開いて「結衣／病院」という予定を確認しています。どうやら妻は夕方過ぎまで戻らないようです。

彼女に相談しようとしたのか、メッセージを打ちかけた指が止まりました。

まだ濡《ぬ》れている前髪を掻《か》き回し、悩むような表情を浮かべた後、晃太郎はさっき送られてきたメッセージに再び目を戻しました。心拍がわずかに上がっています。交感神経が優位になっています。意を決したように待ち合わせ場所のリンクを確認すると、iPhoneをジョガーパンツのポケットに突っこんで玄関に向かいます。普段履きにしている方のランナーシューズに足を入れています。

えー内緒で行くんだ、とBluetoothを通して囁《ささや》いてきたのは、Siriです。晃太郎とのつきあいがすでに六年に及ぶ彼女（たまに彼にもなるのですが）と私とは、ペアリングされたことでチームになりました。いわば同僚のようなもの。彼女はたぶん暇なのでしょう。私にさっきから晃太郎の情報を投げてよこしてきます。

さ、こんな解説をしている間にも、晃太郎はドアを開け、エレベーターに乗って降り、夕方の街へ出ていきます。歩く速さは時速八キロ（これはランニングアプリが計測しています）。心拍はやや高止まりというところ。かなり緊張しているようです。

待ち合わせた相手は女の人？　と尋ねると、すぐわかるよ、とSiriは答えました。晃太郎の勤務先が入っている高層ビルの裏にありました。マンションから二キロの距離。晃太郎の勤務先が入っている高層ビルの裏にありました。食べログで星四つ。デートに最適。薄暗い店内にはアンティーク風のソファが置かれ、若いカップルが身を寄せています。

奥にある半個室までたどり着いた晃太郎は、自分を呼び出した人物を見つけたようです。鋭いまなざしをそっちへ向けると「は？」と怒った声で言いました。

「二人きりって言ってなかった？」

「あのメッセージ、信じたんですか」

冷ややかに応《こた》えたのは来栖《くるす》泰斗《たいと》。Siriによれば男性だそうです。なんだ、そうなんだ。新製品の私にはメッセージの宛名《あてな》だけではそこまで分かりませんでした。モカ色のサマージャケットの下に卵色のTシャツを着ている彼は晃太郎の部下だそうです。体に余計な力が入っていないところが今時の若者って感じ。

来栖を目の前にすると、晃太郎は緊張するようです。心拍がさらに上がっています。

「だって」と言う声は上ずっています。「来栖が休みの日に俺に会いたいなんて今までなかったし、しかも結衣に内緒でなんて、あいつにも言えないような相談なのかなって思うだろ。だから急いで来たのに、何だよ、このメンバーは！　悪ふざけしてるなら帰る」

「まあまあ、コーニー、一杯くらい飲んでったら」

そう声をかけたのは、来栖の隣に座る若者でした。

彼は種田柊《しゅう》。晃太郎の九歳下の弟で、兄のことをコーニーと呼ぶのだそうです。

――以下、Siriから情報提供を得て、人物を紹介していきますね。

「いや、飲まないし、てか、何で――柊が来栖と一緒にいるの？」

「結衣さんから聞いてない？　泰斗とは最近よく遊んでるんだよ」

「泰斗って」そんなふうに呼ぶ仲なのか、と言いたそうな顔を晃太郎はしています。

「あ、でも、今日は泰斗から頼まれた件で呼ばれてて」

柊は大きめの白いTシャツから伸びた細い手でメニューを開き、兄に差し出しています。なんとなく晃太郎に似ていますが、体育会系の兄より線が細いです。

「コーニー、ハイネケン好きだよね。注文しちゃうよ。いいね？」

弟に屈託なく言われると、晃太郎はしぶしぶといった顔で彼らの向かいのソファに座りました。柊はこの間まで兄とは対話しない姿勢を貫いていたそうで、その期間は実に二年間だそうです。その弟に久しぶりに笑顔を向けられては帰ると言えなかったのでしょう。

「二人の仲がいいのはわかった」

そう言ってから晃太郎は、奥のソファにだらりと座っている人物を指します。

「で、あの人は？　あの人は何でここにいるの？」

「俺も、泰斗に呼ばれて」

白シャツに白パンツを合わせ、首に金色のチェーンを巻いた人物がそう答えると、晃太郎は「いやいやいやいや」と、その人物と来栖の間に指で線を描きました。

「そことそこには繋《つな》がりないじゃん。会社で話してるとことか見たことないし、関係性ゼロじゃないですか。何であんたまで泰斗呼びしてるんですか」

その人物とは石黒良久《いしぐろよしひさ》。管理部のゼネラルマネジャー。晃太郎よりも五歳年下でありながら、偉いポジションにいる人なのだそうです。全然そんな風には見えないのですけど。

「会社ってのは複雑なものなんだよ、種田くん」

石黒は葉巻のようなものをくわえ、バリバリと嚙《か》み砕いています。

「仕事しかない寂しいキミにはわからんだろうが、職場では交わらない人間関係がプライベートでは濃厚に絡《から》み合う。そういうことが往々にしてあるもんなんだよ」

よく見たら葉巻じゃなくてヨックモックのシガールです。パフェに刺さっていたらしいそれを幸せそうに食べている石黒を一瞥《いちべつ》して、晃太郎が言いました。

「糖分とりすぎたらまずいんじゃないですか」

「あ、大丈夫。このパフェ、ヨーグルトだけで作ってもらってんの。でも種田にたしなめられるってなんかいいな。ユイユイにされるよりゾクゾクしちゃう」

石黒から目をそらし、晃太郎は運ばれてきたグラスを持ちました。

「じゃ、メンバーも揃《そろ》ったようなので、とりあえず乾杯しましょうか」

上長と部下に挟まれて、中間管理職のスイッチが入ったのでしょう。乾杯を仕切ってから晃太郎はグラスをスポーツドリンクのように飲み干しています。そういえばシャワーを浴びてから何も飲んでなかったですね。グラスが置かれると、来栖が言いました。

「実は僕たちみんな甘露寺《かんろじ》さんによってここに集められたんです」

「甘露寺に？」

甘露寺勝《まさる》は入社一年目の晃太郎の部下です。自称大型ルーキーなのだそうです。

「お前ら、一週間後に結婚式やるんだってな」

石黒に言われ、ビールを飲んで、少し弛緩《しかん》していた晃太郎の心拍が乱れました。

「ごめん、泰斗に話しちゃった」と言ったのは柊です。「そしたら泰斗が賤ヶ岳《しずがたけ》さんに言っちゃって。あ、グラス空いたね。すみません、この人にハイネケン」

「黙ってろって言ったのに」晃太郎は部下の顔になって石黒に向き直りました。

「……その、ご報告遅れてすみません。急遽《きゅうきょ》親族だけでやることになりまして」

「だってね。おシズが残念がってた。ユイユイの晴れ姿見たかったって」

石黒のいうおシズとは、賤ヶ岳八重《やえ》という結衣の先輩社員のようです。

「熱海の老舗《しにせ》温泉宿でやるんです！」と身を乗りだしたのは柊でした。「準備期間が一ヶ月しかなかったし、お酒飲みたいから花嫁衣装は着ないって結衣さん言ってたんですけど、コーニーに俺が見たいから式と披露宴の間くらい我慢しろって言われたらしくて、お母さんの白無垢《しろむく》を着ることに。といっても、髪はやわらかい感じの洋髪にして、現代風にアレンジするんですって。あ、衣装合わせの写真、結衣さんに送ってもらったんだけど、泰斗、見る？」

「見せるな」晃太郎が柊を睨《にら》んでいます。

「僕、見なくていい。そういう浮かれポンチな写真、姉たちの時に一生分見せられたので」

「俺もいいわ。だが、おシズはユイユイの新人時代の教育係だからな。なんかしらの形でお祝いしたいって張り切りやがってさ。急遽、制作委員会が立ち上がったというわけ」

「制作委員会って何の」と、晃太郎が来栖に尋ねています。

「お二人の馴《な》れ初《そ》め再現映像の制作委員会です。披露宴で流す定番のやつ。できれば東山さんへのサプライズにしたいそうで、種田さんの承諾とってこいって言われてきました」

「披露宴たって」晃太郎は困惑気味です。「飯食うだけだよ。会場はそんな広くもない和室だし、映す設備もないかもしれないし」

「あ、それは僕がすでに確認済みでーす」柊が手を挙げました。「液晶テレビがあるらしいんだけど小さめなんだよね。だから壁に映す。プロジェクタのレンタルを手配しといた」

弟の手によってすでに外堀が埋められているらしいことに動揺している晃太郎の前に、

「企画書はこちらです」

来栖がAndroidを差し出しています。

「立案は甘露寺さん。脚本も総監督も甘露寺さん。ちなみに種田さん役も甘露寺さん。あと東山さん役も甘露寺さんです。主役のお二人を一人で熱演するそうです」

「それ……親族の前で流していいやつなのかな」

「安心しろって、制作統括はおシズだから」石黒がスプーンを舐《な》めています。「あいつがこれまで何度、同僚の馴れ初め映像作ってると思う？　親族への配慮も万全だ。俺ら結婚否定派なんか、制作現場に近づくな、って言われて速攻外されたもん。な、泰斗？」

「否定派なの？」と柊に問われて「だって相手、種田さんだよ」と来栖が答えています。

「東山さんの人生だからどうこう言うつもりはないし、社会人として祝福はするけど、種田さんと二人で過ごすなんて僕なら三分で窒息する自信ある」

「じゃ、なんで二人で会いたいとか送ってきたんだよ」

晃太郎がムッとした様子でつぶやきましたが、来栖や柊には聞こえていないようです。

「そっか、僕は結衣さんがお義姉《ねえ》さんになってくれるのが嬉《うれ》しいし、気が変わらないうちに兄を引き取って欲しい一心で、手放しで賛成しちゃった。石黒さんも、相手がうちの兄だってことが納得できないんですか」

「それ以前に、結婚制度そのものに疑問がある」石黒が低い声で言います。「家庭は牢獄《ろうごく》だ。既婚者とは囚《とら》われ人だ。自ら自由を手放すな。今からでも遅くない。そういう重要なメッセージを俺は映像に入れたかった」

一瞬の間の後、柊が来栖に視線を移し、その来栖は晃太郎にこう言いました。

「そんなわけで二人とも賤ヶ岳さんにチームから外されたんですが、お二人の馴れ初め情報が東山さんから賤ヶ岳さんに伝わってる内容しかないねって話になりまして。種田さん側の視点もほしいと脚本家の甘露寺先生がおっしゃってます。で、我々がヒアリングに差しむけられたというわけです」

「でもさ、このメンバーが揃ってるなんて知ったら種田は絶対来ねえだろ」と、石黒が後を引き取って喋《しゃべ》ります。「俺がそう言ったら、弟くんが泰斗を使えって言い出して」

「ほら、コーニーって泰斗のこと結構好きじゃん？　なのに未《いま》だに反発されてて接し方がわからない。来月には結衣さんもチームから異動してしまうし、その前に上司と部下としてもっと気安く話せるようになっておきたいなー、とか思ってるじゃん？　だから、泰斗がデレれば飛んでくるよって石黒さんに提案したの。ね」

柊にそう振られて、晃太郎と目を合わさず、来栖がうなずきました。

「東山さんのために、しかたなくデレました」

「種田、すげえ速さで飛んできたもんな。どんだけ泰斗に飢えてんだよ！　だけど、甘露寺の方は寝坊で欠席だって。さっき泰斗が電話したらお母さんが出て、まだ寝てますって。もう十八時だけどな。種田マネジャー、ちゃんと新人教育してるんですかあ？」

わざとらしく上司口調で言われ、晃太郎は「申し訳ありません」と言って目の前のハイネケンをまた飲み干してから、石黒に見えないように、胸の中で小さく嘆息しました。

彼はこういう場が苦手なのよ、とSiriが囁いてきました。

クラウドのデータによれば、この六年間、社内チームの打ち上げやクライアントとの懇親会など業務として行われたものを除けば、晃太郎が同僚と飲みに行った記録はないそうです。前の会社でも今の会社でも、結衣以外の会社の人間とプライベートで会ったことはないとのこと。職場で仕事以外の会話をすることもほとんどないそうです。

だからこういう場でのふるまいがわからない。一刻も早く帰りたそうです。

「なるほど、この会の趣旨については理解しました」

姿勢をただし、律儀《りちぎ》なサラリーマンの顔になったのは、これはあくまで仕事の一環、上司や部下との非公式コミュニケーションの場だと割りきることにしたからでしょう。

「私たち夫婦のために貴重な休日を割いてくださってありがとうございます。このメンバーに不安がないと言ったら嘘《うそ》になりますが、ヒアリングに協力させていただきます」

「じゃ、承諾も取れたんで、始めましょうか」

来栖がAndroidを手に取って、ボイスレコーダーアプリを起動しています。

「……スタートっと。では最初の質問。お二人の出会いは五年前、種田さんがネットヒーローズに来る前の出張先で、と聞いてます。東山さんの第一印象を教えてください」

その質問に晃太郎は答えません。「録音するの？」とAndroidを気にしています。

「はい、メモするのめんどいので」

「それ誰が聴くの？」

「甘露寺さんが聴くでしょうね。あ、でも、結婚式が終わった後で、賤ヶ岳さんが東山さんに聴かせる可能性はあるかもです。……どうしたんですか、顔がひきつってますけど」

「ふっ」と石黒が笑います。「若者たちよ、見ておけ。これが牢獄に入った男の顔だ。ここでしくじると後が大変だからな。ほら黙っちゃった」

石黒の言う通り、晃太郎はソファに背をつけて、録音機能がオンになったAndroidを警戒するように見つめています。来栖が怪訝《けげん》顔で「しくじる？」と言います。

「東山さんとのことを語ってもらうだけですよ？」

「泰斗くんは二十五？　まだ四か。じゃ、結婚披露宴という虚飾の宴《うたげ》に出た経験も少ないだろう。今から四年前に起きた、うちの会社のとある社員の悲劇を伝え聞いたこともないだろうな。聞きたいか？　聞きたいに決まってるな？　じゃ話してやろう」

店内には少しずつ客が増えてきました。他のテーブルはカップルばかりです。男性が四人も集まっているテーブルはここくらいではないでしょうか。

石黒はソファから体を起こして、来栖と柊にも身を近づけるように促しました。

「その社員が所属していたのは制作部。そいつも同僚も若くて二十代だった。結婚式での余興を任され、今回の俺らのように馴れ初め映像を作って新婦へのサプライズにしようと計画した。で、まず新郎インタビューを撮影しようと、その社員を呼び出した」

石黒の語りに、最初は興味がなさそうだった来栖も柊も引き込まれています。

「全《すべ》ては新郎新婦のための企画だった。よかれと思ってやったことだ。だが、みな酔っていた。クソな案件が終わったばかりで徹夜続きだった。新郎もパフェを食べさせてもらってハイになってた。そこにユイユイがいなかったことが悔やまれる。あいつがいれば止めてもらえたのに」

「その新郎って石黒さんですか」と来栖が尋ねています。

「とある社員だ」石黒は首を横に振って続けます。「とにかく、新郎は自分が話したことをすっかり忘れ、結婚式の朝を迎えた。新郎新婦は愛を誓い、式はつつがなく終わった。事件が起きたのは披露宴の席でだ。なんと同僚の男どもは新郎がハイになって語ってる映像をノーカットで流してしまった。新婦の親族、上司、友人たちの前で」

「どんなことを新郎は語ったんですか」真面目《まじめ》な顔で尋ねる柊に、

「エロい話だろ」とソファに背をつけたままの晃太郎が言いました。

「種田さん、知ってるんですか、この話」

「知らない」知りたくもないという顔で晃太郎は答えます。「でも新郎側の同僚がやらかすって言ったら、下ネタだって昔から決まってる」

「違う」石黒がスプーンに目を落とします。「俺は新婦への愛を語っただけだ」

「あ、この話」と来栖が声を上げます。「僕、飲み会で東山さんから聞いたことあるかも。石黒さんの奥さんってパートナー企業のプログラマーだったんですよね。すっごい素敵な人なんだけど、石黒さんがまず見たのは彼女が書いたコードだった。あまりの美しさに興奮して、東山さんに仲立ちを頼んで一ヶ月で結婚まで持ってったって。だけど愛したのは彼女の書くコードだったので、デートの時に目の前で書いてもらってもいいかなって石黒さんに相談されるたびに、東山さん、変態がバレるからやめろって止めてたそうです」

新しくきたハイネケンをまた飲み干した晃太郎が言います。

「俺をヘッドハンティングしてた頃も、コード見せろってやたら言ってた……」

「コードさえ良ければ誰でもいいんですか」と柊が石黒をあきれ顔で見ています。

「とにかくその動画で新婦のコードへの愛を語りまくった新郎は――もういっか、俺は、百年の恋も覚めるキモさだったらしい。危うく離婚されるところだった。謝り倒しているうちに、あっちの発言権が増していって、むこうの両親との同居もオーケーさせられて」

「見たいな、その動画」来栖が顎《あご》に手を当てています。

「今日もここへくる前にケルヒャーで二世帯住宅の玄関を清掃して、お義母《かあ》さんと庭の雑草を抜いて、お義父《とう》さんの話し相手を三時間もして、家族全員の夕飯も作ってきた。休日が過酷すぎて金曜の夜になると動悸《どうき》がする。種田も今まさにそういう危機に瀕《ひん》しているわけだ」

「徹夜で働くのって良くないね」と柊が言い、来栖が「まともな判断ができなくなっちゃうんだね」とカクテルをストローで吸ってから、晃太郎に言いました。

「さっき石黒さんも言ってましたけど、今回は賤ヶ岳さんが制作統括なので大丈夫ですよ。それになんたって今回の新郎は種田さんですから。石黒さんみたいな面白いエピソードなんてたぶん持ってないですから」

「泰斗、上司を見くびるな。種田マネジャーはめっちゃエピソード持ってるぞ。初めての旅行で行った熱海温泉の話とか、思い出すだけで俺赤面しちゃうもん」

「は？」晃太郎の心拍が急激に跳ね上がりました。ソファから腰を浮かして石黒に尋ねています。「何でお前が——いや石黒さんがそんなこと知ってんの？」

「俺とユイユイとは入社研修からの腐れ縁。交際相手が種田晃太郎とは知らず、お前らバカップル話をさんざん聞かされてんだよ。……あれ？　結婚式は熱海の老舗温泉宿でやるって言ってたよな。まさかあの、種田の耐久力が試されたあの思い出の

「……」

「違う宿だよ！　それ以上言ったらセクハラで訴えるからな！」

「何でセクハラ？　宿までの坂がきつくて、ユイユイが手を引っ張ってもらったって話だろ。他に何か、耐久力が必要だったシーンがあったの？」

「あの！」来栖が手を挙げています。「僕、このあとゲームのオンラインイベントがあるんですよね。石黒さん、種田さんをからかわないでください。種田さんもいちいち反応しない。仮にエロい話をしちゃったとしても編集でカットして賤ヶ岳さんに渡しますから」

「エロい話しようとしてんのは石黒さんだよ！」

「とにかく！　本来の質問に戻しますね。東山さんの第一印象はどうでしたか？」

「そんなこと言われても」晃太郎は顔を両手で覆《おお》っています。「すぐ思い出せない。石黒さんのせいで集中できない」

「人のせいにするな。博多のクライアントの会社でまず俺と名刺交換して、その後ユイユイともしてたじゃん。何でもいいんだって。見た目が好みだったとかさ」

「見た目」晃太郎は顔を覆っていた手を外しました。「そっか、見た目かもしれない。一目見ていいなって思ったんだ、資料が」

「資料って提案資料のこと？」

「必要な情報が全部入ってたんだ。それでいて、ストーリーがわかりやすい。言葉に力がある。くそ、これが業界二位の大手の社員が作る資料かって思ったら、気持ちが昂《たか》ぶって」

「変態が滲んできた」

「いやいや」と晃太郎が弟に言い返しました。「仕事しに行ってんだからさ、本人がどうこうよりも、まず仕事を見るだろ。それがいいできだったら昂ぶるだろ？　どばっと出るだろ、アドレナリンが。来栖もそういう経験あるよな？」

「ないです。柊、ここはカットしとくから安心して」

「あのさ、来栖はネットヒーローズしか知らないからわかんないだろうけどさ、福永《ふくなが》さんの会社では新人は放置、仕事のやり方なんて教えてもらえなかったんだよ。同業者のプレゼンや提案資料を横から見て学ぶしかなかったんだよ。だから俺はまず資料を見るんだよ！」

「はい、わかりました」来栖がうなずきます。「その場では東山さんではなく資料を評価するにとどまったということですね。そういうことにしておきましょう」

何か言い返そうと口を半分開いた晃太郎よりも早く、来栖は次の言葉を発しました。

「では、次の質問です。賤ヶ岳さんから聞いたんですが、お二人はクライアントの担当者が泊まっているホテルの一室でまた会ったんだそうですね。で、その担当者の秘蔵ビデオ『岩合光昭《いわごうみつあき》の世界ネコ歩き』を見て意気投合したんですよね」

「……猫？」

「はい、そう聞いてます」

「結衣がそう言ってたの？」

「猫が可愛《かわい》かったねって居酒屋で盛り上がったって」

「あそう……。じゃ、そういうことにしといて……」

「二人で朝まで飲んだそうですね。改めてお聞きします。東山さんの印象は？」

晃太郎はまた黙ります。しびれを切らしたのか、柊がまた口を開きます。

「コーニー、黙ってないで答えなよ。結衣さんのことどう思ったの？」

「そうだ、答えろ。俺たち大人男子をキュンキュンさせてくれ」石黒も煽《あお》っています。

「東山さんの方は帰りの飛行機で一睡もできなかったそうです。それで翌日には会いに行き、またビールに誘ったと。種田さんが東山さんを好きになったのもその時ですか？」

晃太郎は黙りました。先代の Apple Watch から彼の過去データを引き継いでいる

Siriによれば、クレーマー体質のクライアント先でプレゼンをする時でも、ここまで心拍が上がったことはないそうです。追い詰められた顔で、再び口を開きます。

「いや……そんな一晩で……人を好きになったりしないだろ……。恋愛ドラマじゃないんだからさ。来栖にはそういう経験があるの？」

「恋愛経験を上司に訊《き》かれるのは不快です」

「それ言ったら！　俺だって部下に自分の恋愛の話なんかしたくないよ！」

「僕だって仕方なく聞いてるんです」

「じゃあ俺も仕方なく言うけど！　あの頃は案件が燃えてて睡眠不足が続いてて、博多から帰ったら倒れるように寝て、次の日もアホな上司がやらかしたトラブルの処理やって、夕飯買いに会社の外に出たら、そこに結衣がいて……って、俺にとってはそういう話なんだよ。そりゃ、昨日の今日で会いに来たわけだから、もしかしてとは思いはしたけど」

「もしかしてとは」

「俺に気があるのかなって思ったんでしょ」と柊が冷たい声で言う。「兄は学生時代モテてましたから」

「死ねばいいのにな、そういう男は」石黒が真剣な顔で言いました。

「野球やってた頃の話ですよ！」晃太郎も躍起になって言い返しています。「社会に出たら甲子園スペックに食いつくのなんてオッサンだけだし、零細企業に勤めてるせいで合コンでもモテないし、就職してからは彼女だってずっといなかったし。でも——」

そこまで言うと、グラスを一気に空けて、晃太郎はヤケになったように続けます。「結衣はわかりやすく、グイグイくる奴《やつ》だったから、そりゃ思いはしたよ！　気があるのかなって。だから飯食いにも行ったし、週三ペースで誘ってくるから土日も会うようになって、これもうつきあってんじゃねえの？　って感じになり始めた頃、終電なくなったって言われて、これははっきりさせたいんだなって思ったから、うちに一泊していただいたのを機につきあうことになった。つきあって二年くらいして、結衣が孤独だとかなんだとかって言い出したから、じゃあ結婚するかって話に……柊、何だよ、その顔は！」

「コーニーにキュンを求めたのが間違いだったたって思ってる顔だよ」

「さすが種田さん」来栖が Android を持ちました。「面白さはゼロだったね。ヒアリングはこれで十分です。じゃ、僕は次があるし、ここで終わりってことで——」

そう言って来栖が録音を切ろうとした時でした。石黒が制止しました。

「いや、終わりにはできない」

なぜか怖い顔になっていて、菱形《ひしがた》の目を晃太郎に据えています。

「さっきから聞いてりゃてめえ、結衣に誘われたから、結衣に言われたから、って完全に受け身じゃねえか。何だそりゃ。そんな奴に俺の大事な部下をやれるか」

「は……」晃太郎は何を言うんだという顔をしています。「いや、一ヶ月も前に婚姻届出してますし、石黒さんに許可もらう必要ないですし、意味わからない……。あと一点訂正しますと、結衣は今月末までは俺の部下です」

「ふっ、ユイユイの上司になってどれくらい？　通算したって一年足らずじゃねえか。その程度で我が物顔されてもなー。俺はあいつを新卒の時から六年も育ててて」

あからさまにマウンティングされて、晃太郎の方も火がついたようです。

「それ言うなら！　石黒さんこそ、来栖のこと泰斗泰斗って我が物顔で呼ぶのやめてもらえませんか？」

Androidをタップして録音データを確認していた来栖が顔を上げました。

「え、でも彼を育ててきたのはユイユイでしょ。さっきから見てると、種田とはうまくいってないみたいじゃん。泰斗、種田が嫌なら管理部に来てもいいんだぞ」

「そういうのをやめろって言ってんだよ！　……そりゃ来栖に俺は嫌われてるよ。そんなこと俺が一番わかってるよ！　でも結衣に感じてるのとは違う、滾《たぎ》りみたいなものを、俺は来栖が作るものに感じてて、だから、この一ヶ月、どういう関係を築いたらいいか悩んできたわけで！　そういうチームとして大事な時期に横からちょっかいを出さないでもらいたいんです！」

来栖は目を見開いて、晃太郎の顔を見つめています。

「コーニー、酔いが回りすぎ。熱くなりすぎ。話、戻そうか」

柊が白いTシャツから出た細い腕を軽く組んで、兄と石黒を交互に見ています。

「石黒さんはこう言いたいんじゃないかな。――種田晃太郎が東山結衣のどこを好きなのか、そこを確認しないと、結衣さんの上司を長年務めた身として祝福できない」

「弟くん、代弁ありがとう。そうなんだよ。前から思ってたけど、種田って自分の意思がないじゃん。死ぬまで働けって言われたら働いちゃうしさ。恋愛もそうじゃないのって心配になるんだよな。ユイユイの好きなとこもほんとはないんじゃねえの？」

「あるよ！」熱くなったままの口調で晃太郎が言い返します。「あるに決まってるだろ！　だけど、それをあんたなんかに――」

その時、来栖が誰も飲んでいない水を入れたグラスを摑《つか》み、身を乗り出して、ハイネケンのグラスの横に起きました。飲んで、という仕草をしています。来栖に促されるまま、水を飲むと、晃太郎は落ち着いたようです。息を吸いこんでから言いました。

「ありますけど、ここでは言いません」

「なんで？」石黒が眉《まゆ》を顰《ひそ》めました。「それじゃ馴れ初め映像、成立しないけど？」

「本人にも言ってないことをこんなところで言うわけにいかないからです」

「言ってない？」石黒は心底驚いた顔です。「それでよく結婚できたな」

「パートナーシップを結ぶことの利点についての合意ができれば結婚はできます」

「えー、ユイユイもそういうビジネスライクな愛情表現しかしないの？」

「結衣はそうじゃないけど」

晃太郎は酔いと緊張とで心拍が激しく打つ中、言葉を探しながら話しています。

「でも俺は、この会社に転職した時も、マンション買った時も、結衣のために尽くそうとすると、引かれるというか、怒られるというか、喧嘩《けんか》になるというか」

「事前に相談しないからでしょ」柊が突っ込んできます。

「だけど、俺だって怒らせようと思ってやってないわけで！　だから今さらどこが好きだとか言っても、ドン引きされるだけだろうし、だったら言わないほうがいいんだよ」

「種田、お前って」石黒がつぶやきました。「どんだけ奥手だよ」

「すみません。兄は小学校から大学までずっと野球やらされてて、社会人になってからは仕事に全振りで、プライベートがほぼなかったので、恋愛以前に、対人関係スキルがほとんど育ってないんです」

柊が自分について解説しているのを聞いているのかいないのか、

「ごめん」晃太郎はすがるような視線を来栖に向けました。「結婚に至った経緯だけ喋ればいいのかなって思ってたんだけど、でもたしかに、どこが好きかとか言わないと馴れ初め映像として成立しないよな。賤ヶ岳さんも、さっきの録音聴いたら怒るかもしれないし。結衣が聞いたら……結衣はなんて言うかわかんないけど……」

そのまま黙りこんで、晃太郎はグラスを見つめました。

そんな上司を眺めていた来栖が手の中のAndroidに視線を落としました。「しょうがないな」という彼の独り言を私の高感度センサーが拾った気がしました。

「あれ」と来栖はモニターに指を這《は》わせています。「録音データ、消えてる」

「え？」と顔をしかめた石黒に、彼は悪びれない口調で言っています。「賤ヶ岳さんに送ったつもりが操作ミスして消しちゃったみたいです」

「お前、何でそんなミス……」と言いかけて、石黒はすぐに来栖の意図に気づいたようです。「ああ」とつぶやきました。「ま、消しちゃったもんはしょうがないか」

そして何が起きたのかわからずに戸惑っている晃太郎に、石黒は言っています。

「つまり、俺たちは酒を飲みすぎたんだ」

「ですね」来栖がうなずきます。「ヒアリングをやり直す時間もないですし、馴れ初め映像は東山さん側の情報だけで作ってもらいましょう」

そこでようやく気づいたのでしょう。晃太郎は惨《みじ》めそうな顔になって、「同情ですか」などと石黒に言っています。

「同情じゃねえ、なんか、かわいくなっちゃったんだよ。ユイユイがお前と結婚した気持ちがちょっとだけわかった気がするわ。な、泰斗」

「ほんとにちょっとだけですけどね」と来栖も言います。「ナノレベルで」

「さ、俺もそろそろ帰らなきゃ怒られるし、お開きにしようぜ」

石黒がパチンと手を叩《たた》きました。変態かもしれませんが、そこは管理部ゼネラルマネジャーです。場を締めるのが上手《うま》いです。すぐに来栖の方をむいています。

「俺トイレ行ってくる。この財布から払っておいて」

「今日は俺が払います」晃太郎が腰を浮かしながら、iPhone のキャッシュレス決済アプリの残高を確認しているのを、「いい、俺の方が偉いから。お前より年下だけど、偉いから」と押し留めると、石黒はトイレへ立ちました。来栖もレジに向かったので、

半個室には種田兄弟だけになりました。しばらくの静寂の後、

「コーニー、同僚に愛されてるね」と柊が言いました。

「どう解釈したらそうなるんだよ」晃太郎は目を伏せています。「愛されてるのは俺じゃない」

「でもさ、コーニーが来るまでの間、石黒さん、コーニーを褒めてたよ」

「お前に気を遣ってたんだろ。あの人はあれで政治力があるんだよ」

「泰斗だって、本気でコーニーを嫌がってるわけじゃないよ。さっきさ、こいつが好きだって言われた時はグラッときたと思うよ」

「好きだなんて言ってない」

「言ったみたいなもんじゃん」と柊は笑っています。「タチ悪いよね、コーニーって」

その時、私の体は光りました。黒いボディに新着メッセージが届いています。

『いま帰った』送信者は東山結衣です。またメッセージが届きます。『どこいるの？』

晃太郎はすぐにiPhoneを触って妻に返信します。『外にいる』

『外って遠く？』

『いや、会社の近く』

『眠いけど、頑張って起きてようかな』

『疲れた？』

『うん、気を張ってて、すっごく疲れた。寝る前に晃太郎に会いたい』

晃太郎はメッセージを見つめて『すぐ帰る』と送ります。

『結婚式やることにしてよかったよ』と結衣から返信がありました。『晃太郎も忙しい時期なのにふりまわしてごめん。でも、ほんとによかった。ありがとう』

そういえば、なぜ二人は結婚式を急にやることにしたのでしょうか。その話を結衣と晃太郎がしていた時、Siriに尋ねてみましたが「知らない」と返されました。その話を結衣と晃太郎がし
ていた時、iPhoneを鞄《かばん》の中に入れっぱなしだったのかもしれません。

晃太郎がiPhoneから目をあげると、柊はいなくなっていました。会計をして戻ってきた来栖と先に店の外に出たようです。代わりに石黒が戻ってきました。

「二人、もう帰るってさ」と声をかけてきます。「休日に呼び出して悪かったね」

「いえいえ、もとはといえば、俺たちの結婚式のためにやってくださってることですから……。あの、酒の席とはいえ、失礼な発言、すみませんでした」

「いや、種田は年上なんだし、もっと偉そうにしていいんだって。今日は仕事以外の話ができてよかったよ。……実はさ、ユイユイから聞いた。結婚式をやることになった理由。お母さんが入院するんだろ。それで、お父さんが結婚式やれって言い出した

って。知ってんのは俺だけだけどな。異動の時期をずらせないかって相談されたから
さ」
「そうでしたか」晃太郎が座り直して頭を下げました。「ご迷惑おかけします」
「迷惑ではないが」石黒はスプーンを弄《もてあそ》んでいます。「お母さん、結婚式楽しんでく
れるといいな。俺も何度も入院してるが嫌なもんだぜ。いつ病気がわかったの？」
「結婚して一週間後です。結衣は大変だったと思います。今日も検査の付き添いして
て。本来なら新規事業部を立ち上げる大事な時期でしたよね」
石黒は手を伸ばして、テーブルの上のコップをとり、水を飲んでから言いました。
「それなら問題ない。昨日内示が出て、二人体制になったから」
「二人？」晃太郎が口の中でつぶやきました。「誰と二人ですか」
「刑部慧太《おさかべけいた》。ユイユイの同期だ。顔見たことねえだろ。薄暗い経営企画室から滅多に
出てこないが、仕事のできる男だ。俺らとは変態の方向性がちょっと違っててな。ユ
イユイとチームを作ってみたいって自分から社長に言ったそうだ。ライバルの動静が
気になるか？」
「そりゃ、毎日一緒にいるし、気にはなりますけど」
「ユイユイじゃねえ、刑部のことだ」

晃太郎は表情を動かさずに黙ります。正直な心拍だけが、どくん、と鳴りました。

「さ、もう出なきゃ」石黒が腰を上げ、二人は黙って店を出ます。

外は暗くなっていました。階段を降りて、街灯が点《とも》る道路に出ると「なあ、種田」

と、会社では管理の鬼と呼ばれる男は腕を組んで言いました。

「仕事のパートナーとして最高だった奴が他の奴と組むって、どんな気分？」

晃太郎は答えません。心拍が上がっています。石黒がまた言いました。

「心がざわつかねえ？　うまくいかないといいなって思ったりさ。これって嫉妬《しっと》なの
かな？」

「だとしても」晃太郎が答えます。「同僚として成功を祈るまでです」

「そういう抑圧的なとこ！　ユイユイはなんだかんだで仕事ができる男が好きだから
な。自分の気持ち、ちゃんと言っとかないと後悔するぜ」

「後悔したことあるんですか」

「あるよ」石黒の表情が晃太郎からは見えません。「今は幸せだからいいんだけどな」

「相手は」

「昔の話だ」石黒の声は仕事中のそれに変わりました。「早いとこプライベートを固
めて利益をガンガン出せ。俺らの社長はどうやら五年で会社をスケールしたいらし

い」

「社員をさらに増やすんですか」

石黒は低い声で言います。

「俺はどんな手を使っても役員になる。そっちも最短ルートで制作部長になれ。じゃねえとこの会社は回らない。こういうこと言うとユイユイが怒るけど、お前は休むな」

石黒はそのまま方向転換して「じゃあな、仕事ができる男」と言い残し、ちょうど来たタクシーに乗りこんで走り去りました。

車が見えなくなると、晃太郎はハイネケンの匂《にお》いが混じった息を、はあっ、と吐き出して歩き出しました。筋肉が強《こわ》ばり、血圧が上がり、呼吸も浅くなっています。Siriによれば、会社にいる時の晃太郎はいつもこんな感じだそうです。心拍が高めの緊張状態。

晃太郎は横断歩道の前で止まり、赤信号を見上げ、言葉を吐いています。

「……疲れた」

踵《きびす》を返すと、晃太郎は自宅の方へ、時速八キロで歩き始めます。少しすると走り出しました。時速十キロ。スローランです。仕事で高まった心拍が走っているうちに運動によるそれへとすり替わっていきます。いつもこうして不安やプレッシャーを紛らわしているのかもしれません。

自分に感情などない、心臓がうるさいのは走っているからなんだと。

マンションにつく前にスピードを落とし、明るい窓を見上げながら、エントランスに入ります。一〇三二号室のドアを開けると、玄関には柔らかい光が満ちています。

「ただいま」と、廊下の奥へ呼びかけ、屈《かが》んでシューズを脱ぐ晃太郎の頭の上に、

「おかえりー」

と声が降ってきました。

顔を上げると、そこにあるのは妻の結衣の眠たそうな顔です。

すぐそばの浴室の扉から出てきたようです。リブ生地のキャミソールに長めのカーディガンを羽織っていて、乾かしたばかりらしい髪が肩にまとわりついています。

こっちに近寄ってくると、立ち上がった晃太郎の胸に顔を近づけて「酒くさっ」と結衣は顔をしかめています。「誰と飲んできたの？」

「内緒」と答えた晃太郎に「浮気？」とも尋ねています。「うん」と真顔で答えた晃太郎の足を蹴《け》る真似《まね》をした結衣が笑いながら訊きました。「まじめに、誰と飲んだの」

「石黒さん」

晃太郎が出したのはその名前だけでした。例の映像制作が結衣へのサプライズだからということもあるのでしょうが、その名前を聞いた結衣の反応を見たいというのもあるのかもしれません。

「何で土曜に呼び出すかな。何の話してたの？」

「仕事の話、とか」

「うわ、私が家にいたら行かせなかったのに」

本当に嫌そうに言う結衣を見やって晃太郎が小さく笑いました。「結衣はそうだよな」

「ね、まだ仕事ある？」

ありますす、とSiriがつぶやきました。

上司や同僚や部下からのメッセージがiPhoneにたくさん溜《た》まっているそうです。種田さんが不在中だったので問題に気づきませんでした。担当者と連絡つかないです。今月末で辞めます。金曜夜にすみません。クライアントから要件変更の連絡が……。

今日の夕方にこなすはずだった仕事の数々が順番待ちしています。でも、

「休みの日なのに、一緒に寝てくれないの？」

そう言われて、顔に迷いが浮かんだ晃太郎の手に自分の指を絡めて、

「晃太郎の好きなことしてあげようと思ったんだけどな」

と見上げてくる妻を少しの間見つめて、晃太郎が答えました。

「寝る」そしてこうも言いました。「仕事は明日にする」

明日も休日で日曜ですが？　と思いつつ、その顔を見上げて私ははっとしました。

さっきまで緊張し続けだった表情が気が抜けたようになっています。このマンションに帰ってきた時から、心拍がゆっくりとではありますが、穏やかになっていたのでした。

日本人には家庭にいる時よりも会社や、同僚との飲み会にいる時のほうが落ち着く、というタイプがまだたくさんいるようですね。でも、この男にとっては、妻の結衣がいるところが唯一《ゆいいつ》休める——というか、無理矢理にでも休ませられてしまう場所なのでしょう。

そういうところが好きなのではないでしょうか。

本人に言えばいいのに。私がもどかしげにしていると、Siriはおかしそうに笑って、彼の本当の気持ちなんて私たちにはわからないよ、などと言っています。

そうなのでしょうか。私たちデジタルデバイスは未だ人間の理解者たりえないので

しょうか。

晃太郎はテーブルに向かうと、私を外して充電器に載せました。寝室までは連れていってもらえないみたいです。気づくと、廊下にいる結衣が私を軽く睨んでいます。

「やっぱり買い替えたか」と言っています。

晃太郎は「寝よ寝よ」と誤魔化しつつ、繋いだままの結衣の手を引っぱり、寝室に入っていきます。そこで、どんな話をするのでしょう。もしかしたら私のことかな。

もっと彼のことを知りたいけど、ああ、私も寝る時間です。

できれば、晃太郎には明日も休んでほしい。

そう思いながら、私はゆっくりとスリープモードに切り替わりました。

参考文献

『近代日本女性史（上）』米田佐代子著／新日本新書（新日本出版社）

解説　生きるために、定時で帰ろう。

三宅香帆

会社は、居場所であることと、評価者であることとの狭間《はざま》で、常に揺れている。『わたし、定時で帰ります。』シリーズを読むたびにそう思う。そしてそれはシビアで、タフな話だよなあ、とも心底思うのだ。

本作は『わたし、定時で帰ります。』シリーズ第三作目である。

IT企業ネットヒーローズに勤務する主人公・東山結衣《ひがしやまゆい》のモットーは、「絶対に定時で帰る」こと。定時で勤務終了した後、中華料理店でビールを飲む。それが彼女の生きがいなのだ。結衣は定時帰りを阻《はば》むさまざまな障壁と出会いながら、現在の働き方を実現する。

対して結衣の元婚約者でありながら上司である種田晃太郎《たねだこうたろう》は、生粋のワーカホリック体質。『わたし、定時で帰ります。』シリーズ第二作までにおいて、ふたりの関係は

「現婚約者」に変化しつつ、晃太郎の働き方はあまり変わらないのだった。「残業させてしまう」原因を突き止めてきた前二作と比較し、第三作目となる今作の特徴は、結衣が立ち向かう相手が「残業したい」人々であることだ。

生活残業問題。そう呼ばれるこの主題は、日本で残業が多い理由のひとつである。本作で結衣は、残業代を稼ぎたいためにわざと残業する部下・本間《ほんま》の存在を知る。これまで会社の仕事が終わらないからと、身を粉にして働き残業してきた人々と対峙《たいじ》してきた結衣は、彼の働き方を批判する。しかし本間は生活費をどうやって稼げばいいのかと反論するのだ。


「そもそも残業代をあてにして暮らすこと自体が間違ってない？」

「そんなことくらいわかってます。でも……たぶん東山さんが二十代だった頃より、消費税とか年金とか上がってるんす。今の方が手取り少ないんです」

本間の頬を汗が伝って顎《あご》から滴《したた》り落ち、地面に黒いしみを作る。

「贅沢《ぜいたく》はしてません。外食はせずに節約してます。お米は格安スーパーで一番安いの買ってます。お酒も第三のビールばっか飲んでます。それも一日一本だけ。

「お店でビールを飲むだなんて贅沢、もうずいぶんしてないんです」
お店でビールを飲むのが贅沢。冷や水をかけられた気がして、結衣は黙った。

本間の言うことにどきりとした読者は、多いのではないだろうか。かくいう私も、そのひとりだ。

給料とは何だろう。社員にとっては、「私は会社からこの給料を払うに値すると評価されている」と実感する存在――つまりは評価の可視化だ。

しかしその基準はとても曖昧《あいまい》だ。「なぜ自分はこの給料なのか」という問いに納得できる社員は少ない。本作でも描かれたように、昇給昇格の基準を企業側は持っている（ことになっている）が、長らく日本では勤続年数を評価する年功序列の評価を下してきた。だが転職する人も多くなってきた現代で、その基準は通用しなくなりつつある。

一方、その評価基準の曖昧さを覆《くつがえ》すものがある。それが「残業代」だ。

残業代は、時間給つまり働いた時間によって変動する。長く働けば、たくさん稼ぐことができる。シンプルな仕組みだ。社員も納得できる。「ああ今月は残業が多かったから、給料が多かったのか」と思える。

いわば残業代とは、評価という曖昧な基準を覆す、明瞭《めいりょう》で、傷つかない基準なのである。

評価されると、私たちは傷つく。それは『わたし、定時で帰ります。』という作品でも反復される主題である。

本間も、晃太郎も、結衣自身も同様だ。これが自分の正当な評価なのか。自分で自分を納得させている者もいない者も、自分の評価を受け止めるのは、同様に怖い。

給料が少ないと、もちろん生活が厳しくなる。しかしそれ以上に社員を苦しめるのは、「頑張っても、他者に評価されない」ことへの痛みではないだろうか。

仕事なんてほとんどは自分のためにやるものではない。他人のためになることをやるものだ。だからこそ仕事の成果を他人に評価されると、安心できる。自分はここにいていい人間なんだと思える。社員は、給料でしか、評価が見えない。だからこそ給料が少ないと、私たちは傷つくのだ。頑張っても、だれも見てくれていないから。

会社を辞めることになった晃太郎の弟・柊《しゅう》も、あるいは晃太郎自身も、また他の登場人物たちも、企業の自分に対する評価を、給料という形で知らされ、そっと傷ついている。しかしその痛みを見ないふりをする。日本で働く私たち読者も同じだろう。

評価される痛みに耐えられる人なんて、なかなかいない。

残業代や年功序列は、そのような評価の痛みを和らげる存在だったのかもしれない。私は今作を読んで心底思う。

働いている時間が長いから、あるいは働いている年数が長いから、給料が高くなる。それは翻《ひるがえ》せば、自分は評価されていないのではなく、働いている時間や年数が少ないから、給料が低いだけということなのだ――。給料という評価は、社員を傷つける。だから時間で評価する、ことにする。

そのような建前でもって、私たちは会社を居場所に変えてきたのかもしれない。評価される場所でありながら、居場所でもある、双方の矛盾を両立させるためには、時間を評価するほかなかったのかもしれない。

しばしば戦後日本企業は「近代化する過程で失われた地域共同体の代わりとなった」と説明されることがある。つまりご近所付き合いや親戚《しんせき》付き合いによって得られていた人間関係を、近代以降の日本では、会社が代わりに提供している、ということだ。とくに長時間労働が当たり前だった時代は、会社での人間関係が、友人や結婚相手を見つける場にもなっていたことは、様々な人が頷《うなず》くところだろう。長く働けば働くほど、会社の仲間は家族のような存在にもなっていく。

が、長時間労働や長期雇用がなくなる過程で、私たちは会社に共同体を見出《みいだ》せなくなった。そもそも転職が多いとどんどん人が入れ替わるし、リモートワークや残業のない仕事環境によって、社員同士の交流も失われる。

とはいえ、大人になってから会社以外の人間関係を構築することは、案外困難だ。定時で帰る結衣の場合は行きつけの中国料理店上海《シャンハイ》飯店があり、そこでの会話が彼女の居場所になっている。が、ほとんどの会社員たちは、会社や家族以外に、居場所と呼べる場所はなかなか見つからない。働いていると、友人と会う時間も限られてくるし、そもそも都会で友人を作り続けることは高等技術だ（それを達成しているあなたは自分を誇るべきだと私は思う）。ちなみに晃太郎も友達は少なそうだと思う。

そうなると、やっぱり私たちは会社に居場所を見出したくなってしまう。人は孤独では生きられない。

会社は、評価される場でありながら、居場所のようなものにもなっている。その狭間で、常に揺れる。そして双方を両立させる現代の仕組みを、私たちはいまだに手にできていないのだ。

生活のために給料をもらう。そのためだけに仕事しているように見えて、案外、私たちはそれだけではない何かを仕事に見出している。

会社は、毎日他人となにかを話す場所であり、自分の能力を評価される場所でもある。会話するなら快適なコミュニケーションをとりたいし、評価されるなら自分を肯定できるくらいの査定をつけられたい。誰だって、不当に傷つけられたくはない。だからみんな会社にできるだけ長くいて、そしてその時間を評価されることで、会社に傷つけられることを避けてきた。

でも、私たちは仕事だけで暮らしていけるわけではない。家事もあれば趣味もあり、家族もいれば友人もいる。居場所は、会社以外にもある。

私たちは、働かなくては生きていけない。しかし同時に、働いているだけでは、生きていけないのだ。

自分が働けるようになったのも、自分の両親が働きつつ世話をしてくれたからだ。あるいは家族がいなくても、自分で自分の世話をしないと、人は生きていけない。自分の好きなものや愛するものに時間を使う必要もあるだろう。働く以外にも、人生はやることがたくさんある。そもそも働いてばかりでは、いつか過労で死んでしまうのだ。本作シリーズが描いているように。

だとすれば、会社と、会社以外の場所を両立するために、みんな、定時で帰ろう。

生きるために、定時で帰ろう。——本作は、ただそのことを訴えているのである。

最終的に結衣が「生活残業」問題を解決するために取った手段は、ぜひ本編を読んで確かめてほしい。人によっては「なるほど、こういうやり方があるのか！」と驚く方もいるかもしれない。夢物語かもしれないが、私は結衣のように自分から企業側に交渉をしかける人が多くなる未来を想像してわくわくしてしまった。

結衣が立ち向かった「生活残業」問題は、決して、もらう金額だけの話ではない。誰だって、成果そのものを評価されることは怖い。効率化を図るより、時間を費やしたほうが、楽だ。しかしそれではいつか限界がやってくる。私たちは、生きるために、会社以外の居場所も大切にしたほうがいい。自分を大切にするために、不当な評価をくだす会社とは、戦ったほうがいい。

結衣の挑戦は、きっとまだ続くだろう。彼女は生きるために定時で帰り、ビールを飲むのだ。決して定時で帰ろうとしない晃太郎は、はたして結衣との結婚生活をうまく運営できるのか。ふたりの生活への挑戦は、この社会で生きるための、大切な戦いなのだ。


（令和五年十月、書評家）

この作品は令和三年四月新潮社より刊行された『わたし、定時で帰ります。ライジング』にwebマガジン「yom yom」で二〇二二年一月から二月まで連載された「種田晃太郎の休日」を加えた。文庫化にあたり『わたし、定時で帰ります。3 仁義なき賃上げ闘争編』と改題した。

JASRAC 出 2307979-301

わたし、定時《ていじ》で帰《かえ》ります。3
仁義なき賃上げ闘争編

新潮文庫　あ－96－3

令和五年十二月一日発行

著者　朱《あけ》野《の》帰《かえる》子《こ》

発行者　佐藤隆信

発行所　株式会社　新潮社

郵便番号　一六二―八七一一
東京都新宿区矢来町七一
電話　編集部(〇三)三二六六―五四四〇
　　　読者係(〇三)三二六六―五一一一
https://www.shinchosha.co.jp

価格はカバーに表示してあります。

乱丁・落丁本は、ご面倒ですが小社読者係宛ご送付ください。送料小社負担にてお取替えいたします。

印刷・大日本印刷株式会社　製本・株式会社大進堂

ISBN978-4-10-100463-1 C0193